Das Buch

Lacey Farrell hat es geschafft – sie gehört zu den erfolgreichsten Immobilienmaklerinnen New Yorks. Dann aber nimmt ihr Leben eine dramatische Wende: Sie wird Zeugin eines Mordes. Als sie ihre Klientin Isabelle Waring in deren Wohnung aufsuchen will, sieht sie den Mörder flüchten. Im Sterben bittet Isabelle Lacey, das Tagebuch ihrer Tochter zu lesen, in dem sie offensichtlich Hinweise auf deren Tod, angeblich einen Unfall, gefunden hat. Mußte Isabelle sterben, weil sie nicht an den Unfall glaubte und hartnäckig nach dem Mörder ihrer Tochter suchte?

Als Zeugin des Mordes gerät Lacey selbst in tödliche Gefahr. Nachdem in ihre Wohnung eingebrochen und auf sie geschossen wurde, bringt die Polizei sie in einem Zeugenschutzprogramm unter. Mit dem neuem Namen Alice Carroll und neuer Identität soll sie in Minneapolis abwarten, bis der Täter gefaßt ist. Doch auch dort scheint sie nicht sicher zu sein ...

Die Autorin

Mary Higgins Clark wurde 1928 geboren. Mit ihren Spannungsromanen hat sie weltweit Millionen von Leserinnen und Lesern gewonnen, und mit jedem neuen Roman erobert sie die Bestsellerlisten. Beinamen wie »Königin der Spannung« und »Meisterin des sanften Schreckens« zeugen von ihrer großen Popularität. Im Wilhelm Heyne Verlag sind zahlreiche ihrer Romane erschienen. Die Autorin lebt in Saddle River, New Jersey.

d.K.

MARY HIGGINS CLARK

SIEH DICH NICHT UM

Roman

Aus dem Amerikanischen
von Karin Dufner und Sonja Schuhmacher

WILHELM HEYNE VERLAG
MÜNCHEN

HEYNE ALLGEMEINE REIHE
Nr. 01/12287

Titel der Originalausgabe
PRETEND YOU DON´T SEE HER
erschien bei Simon & Schuster, New York

Umwelthinweis:
Dieses Buch wurde auf
chlor- und säurefreiem Papier gedruckt

Taschenbuchausgabe 06/2001

Printed in Germany 2001
http://www.heyne.de
Umschlaggestaltung: Hauptmann und Kampa
Werbeagentur, CH-Zug
Umschlagillustration: Bavaria Bildagentur/Definitive Stock,
Gauting
Druck und Bindung: Elsnerdruck, Berlin

ISBN: 3-453-18759-8

Für meinen Mann John Conheeny
und unsere Kinder
Marilyn Clark
Warren und Sharon Meier Clark
David Clark
Carol Higgins Clark
Patricia Clark Derenzo und Jerry Derenzo
John und Debbie Armbruster Conheeny
Barbara Conheeny
Patricia Conheeny
Nancy Conheeny Tarleton und David Tarleton
In Liebe.

DANKSAGUNG

Oft werde ich gefragt, woher ich die Ideen zu meinen Büchern bekomme.

In diesem Fall muß ich bei der Antwort ein wenig ins Detail gehen. Ich hatte verschiedene Romanhandlungen im Kopf, von denen allerdings keine meine Phantasie beflügelte. Eines Abends dann ging ich zum Essen in ein berühmtes New Yorker Restaurant, Rao's Bar and Grill.

Als der Abend sich seinem Ende näherte, griff Frank Pellegrino, einer der Besitzer und ein professioneller Sänger, zum Mikrophon und trug ein Lied vor, das Jerry Vale vor vielen Jahren populär gemacht hatte: »Pretend You Don't See Her.« Während ich mir den Text anhörte, nahm ein vager Gedanke, mit dem ich bereits gespielt hatte, Gestalt an: Eine junge Frau wird Zeugin eines Mordes und muß zur Rettung ihres Lebens in das Zeugenschutzprogramm aufgenommen werden.

Grazie, Frank!

Weiterhin verbeuge ich mich vor meinen Lektoren Michael Korda und Chuck Adams. Schon in meiner Schulzeit konnte ich nur unter Zeitdruck arbeiten, und daran hat sich bis heute nichts geändert. Michael und Chuck, die Korrektorin Gypsy da Silva und die Assistentinnen Rebecca Head und Carol Bowie – ihr wart meine Rettung und habt es verdient, daß man euch heiligspricht.

Auch meiner Pressereferentin Lisl Cade und meinem Agenten Gene Winick, deren Freundschaft ich sehr schätze, schulde ich einen Blumenstrauß.

Die Recherchen eines Autors werden um einiges einfacher, wenn man Experten zu Rate zieht. Ich bedanke mich bei Robert Ressler, Autor und pensionierter Abteilungsleiter beim FBI, der mir das Zeugenschutzprogramm erklärte; bei Rechtsanwalt Alan Lippel, der verschiedene juristische Probleme mit mir klärte, die im Rahmen der Romanhandlung auftraten; bei Jack Rafferty, einem pensionierten Detective, der meine Fragen zum Polizeialltag beantwortete; und bei Jeffrey Snyder, der selbst einmal unter dem Zeugenschutzprogramm gelebt hat. Ich danke Ihnen allen dafür, daß Sie Ihr Wissen und Ihre Erfahrungen mit mir geteilt haben!

Außerdem ziehe ich meinen Hut vor dem Computerfachmann Nelson Kina, der im Four Seasons Hotel in Maui arbeitet. Er hat wichtige Kapitel wieder zu Tage gefördert, die ich schon verloren glaubte.

Dank auch an Carol Higgins Clark, meine Tochter und ebenfalls Romanautorin, auf deren konstruktive Kritik ich stets besonders viel gebe.

Ich grüße meinen guten Freund Jim Smith aus Minneapolis, der mir die nötigen Informationen über diese Stadt zugänglich machte.

Ich bedanke mich auch bei meinem Fanclub, meinen Kindern und Enkeln. Selbst die Kleinsten fragten mich ständig: »Hast du das Buch schon fertig, Mimi?«

Und schließlich einen Orden für meinen Mann John Coheeny, der eine Schriftstellerin mit Abgabeterminen geheiratet hat und sich mit unendlicher Geduld und viel Humor dieser schweren Aufgabe stellt.

Seid alle bedankt! Und um nun einen Mönch aus dem fünfzehnten Jahrhundert zu zitieren: »Das Buch ist fertig. Laßt den Schriftsteller spielen.«

Später versuchte Lacey sich mit dem Gedanken zu trösten, daß sie zusammen mit Isabelle getötet worden wäre, wenn sie nur wenige Sekunden früher gekommen wäre. Sie hätte ihr auch nicht helfen können.

Aber es war ohnehin ganz anders abgelaufen. Mit dem Schlüssel, über den sie als Immobilienmaklerin verfügte, hatte sie die Maisonettewohnung in der 70. Straße Ost betreten und Isabelles Namen gerufen. »Nicht ...!« schrie Isabelle im selben Augenblick, und dann knallte ein Schuß.

Sollte Lacey weglaufen oder sich verstecken? Sie hatte die Wohnungstür zugeschlagen und war rasch in einen Wandschrank im Flur geschlüpft. Es blieb ihr nicht einmal die Zeit, die Schranktür ganz zu schließen, denn im nächsten Moment kam ein blonder, gutgekleideter Mann die Treppe hinuntergerannt. Durch den Türspalt erkannte Lacey deutlich sein Gesicht, das sich unauslöschlich in ihr Gedächtnis einprägte. Sie hatte es schon einmal gesehen, erst vor wenigen Stunden. Obwohl das Gesicht jetzt wutverzerrt war, handelte es sich eindeutig um denselben Mann, dem sie an jenem Vormittag die Wohnung gezeigt hatte: den liebenswürdigen Curtis Caldwell aus Texas.

Lacey beobachtete, wie er an ihr vorbeistürzte, eine Pistole in der rechten und eine Ledermappe in der linken Hand. Er riß die Tür auf und eilte aus der Wohnung.

Aufzüge und Feuertreppe befanden sich am hinteren Ende des Flurs. Caldwell würde mit Sicherheit sofort merken, daß die Person, die in die Wohnung gekommen war, noch hier sein mußte. Ganz instinktiv stürzte Lacey aus dem Schrank und stieß die Tür hinter ihm zu. Er wirbelte herum, und einen beängstigenden Moment lang trafen sich ihre Blicke. Er fixierte sie mit blaßblauen, eisigen Augen. Dann warf er sich gegen die Tür, aber nicht schnell genug. Sie knallte zu, und

Lacey schob den Riegel vor, während ein Schlüssel schon ins Schloß gesteckt wurde.

Mit klopfendem Herzen lehnte Lacey sich an die Tür und beobachtete zitternd, wie sich der Türknauf drehte. Hoffentlich schaffte Caldwell es nicht, wieder hereinzukommen.

Sie mußte die Polizei anrufen.

Sie mußte Hilfe holen.

Isabelle! dachte sie. Bestimmt war sie es gewesen, die geschrien hatte. Lebte sie noch?

Eine Hand auf das Geländer gestützt, eilte Lacey die mit dickem Teppich bedeckten Stufen hinauf ins elfenbein- und pfirsichfarben ausgestattete Wohnzimmer. Wie oft hatte sie in den letzten Wochen dort mit Isabelle gesessen und der trauernden Mutter zugehört, die einfach nicht glauben konnte, daß ihre Tochter Heather bei einem Unfall ums Leben gekommen war.

Voller Angst stürzte Lacey ins Schlafzimmer. Isabelle lag zusammengesunken und mit weit aufgerissenen Augen auf dem Bett. Mit ihrer blutverschmierten Hand tastete sie verzweifelt nach einem Papierbündel, das neben ihr unter einem Kissen gelegen hatte. Der Wind, der durchs offene Fenster hereinwehte, trug eine der Seiten durchs Zimmer.

Lacey fiel auf die Knie. »Isabelle«, flehte sie. Sie wollte noch mehr sagen – daß sie einen Krankenwagen holen würde, daß Isabelle sich keine Sorgen zu machen brauche –, aber sie brachte die Worte nicht über die Lippen. Es war zu spät. Das war nicht zu übersehen. Isabelle lag im Sterben.

Später erschien diese Szene leicht abgewandelt in dem Alptraum, der sie mit zunehmender Häufigkeit heimsuchte. Der Traum war immer derselbe: Sie kniete neben Isabelle und hörte die letzten Worte der Sterbenden. Isabelle sprach von dem Tagebuch und bat Lacey, die Seiten an sich zu nehmen. Dann legte sich eine Hand auf ihre Schulter, und als sie aufsah, stand vor ihr der Mörder mit eiskaltem, ernstem Blick. Er zielte mit der Pistole auf ihre Stirn und drückte ab.

I

Es war Anfang September, die Woche nach dem Labor Day. Das unaufhörliche Klingeln der Telephone im Büro von Parker und Parker sagte Lacey, daß die Sommerflaute endlich vorbei war. Manhattans Immobilienmarkt war im letzten Monat ziemlich träge gewesen, doch jetzt tat sich wieder etwas.

»Wurde auch Zeit«, sagte sie zu Rick Parker, der ihr gerade eine Tasse schwarzen Kaffee auf den Schreibtisch stellte. »Seit Juni habe ich keinen anständigen Abschluß mehr gemacht. Alle Interessenten hatten sich in die Hamptons oder nach Cape Cod abgesetzt, aber zum Glück kommen sie jetzt allmählich zurück. Ein Monat Urlaub ist zwar nicht schlecht, aber jetzt muß der Rubel wieder rollen.«

Sie griff nach der Tasse. »Danke. Es ist nett, vom Juniorchef bedient zu werden.«

»Gern geschehen. Du siehst großartig aus, Lacey.«

Lacey versuchte, nicht auf Ricks Gesichtsausdruck zu achten. Sie hatte immer das Gefühl, daß er sie mit den Augen auszog. Rick war verwöhnt, sah gut aus und verfügte über einen künstlichen Charme, den er nach Gutdünken einschalten konnte. Lacey fühlte sich in seiner Gesellschaft äußerst unwohl. Sie bedauerte es sehr, daß sein Vater ihn aus der Filiale in der West Side hierher versetzt hatte. Sie wollte zwar ihren Job nicht gefährden, aber in letzter Zeit wurde es immer schwieriger, sich Rick vom Leibe zu halten.

Als ihr Telephon klingelte, nahm sie erleichtert den Hörer ab. *Gerettet!* »Lacey Farrell«, meldete sie sich.

»Miss Farrell, hier spricht Isabelle Waring. Wir haben uns kennengelernt, als Sie letztes Jahr in dem Haus, in dem ich wohne, eine Eigentumswohnung verkauft haben.«

Eine potentielle Kundin, dachte Lacey. Bestimmt wollte Mrs. Waring ihre Wohnung verkaufen.

Lacey überlegte, woher sie Mrs. Waring kannte. Im Mai hatte sie zwei Wohnungen in der 70. Straße Ost verkauft. Doch sie hatte außer mit dem Hausverwalter mit niemandem gesprochen. Das zweite Haus, das in Frage kam, lag in der Nähe der Fifth Avenue. Die Wohnung hatte einer Familie Norstrom gehört, und Lacey erinnerte sich vage an eine attraktive Rothaarige in den Fünfzigern, die sie im Aufzug um ihre Visitenkarte gebeten hatte.

»Die Wohnung von Norstroms?« fragte sie auf gut Glück. »Sind wir uns im Aufzug begegnet?«

Mrs. Waring klang erfreut. »*Genau!* Ich möchte die Wohnung meiner Tochter verkaufen, und wenn es Ihnen paßt, würde ich mich freuen, wenn Sie die Angelegenheit für mich abwickeln.«

»Es paßt mir sehr gut, Mrs. Waring.«

Lacey vereinbarte einen Termin für den folgenden Vormittag und drehte sich zu Rick um. »Glück gehabt! 70. Straße Ost, Nummer drei. Ein lohnendes Objekt.«

»Nummer drei auf der Siebzigsten Ost? Welche Wohnung?« fragte er rasch.

»Zehn B. Kennst du sie etwa?«

»Woher sollte ich?« antwortete er barsch. »Schließlich hat mein Vater in seiner unendlichen Weisheit mich fünf Jahre lang die West Side bearbeiten lassen.«

Lacey hatte den Eindruck, daß Rick sich bemühte, freundlich zu sein, als er hinzufügte: »Hat sich angehört, als wärst du jemandem begegnet, dem du gefallen hast und der dir jetzt den Verkauf seiner Wohnung überträgt. Wie mein Großvater schon immer sagte, Lacey: Man muß in diesem Geschäft nur das Glück haben, daß die Leute sich an einen erinnern.«

»Mag sein, obwohl ich es nicht unbedingt immer als Glück bezeichnen würde«, entgegnete Lacey in der Hoffnung, durch ihre abweisende Reaktion das Gespräch beenden zu können. Warum schaffte es Rick nicht, sie zu behandeln wie jede andere Angestellte des Familienimperiums?

Achselzuckend trollte er sich in sein Büro, dessen Fenster die Zweiundsechzigste Straße Ost überblickten. Von Laceys Fenstern aus konnte man die Madison Avenue sehen. Ihr machte es Spaß, das Verkehrschaos, die Touristenhorden und die gutbetuchte Schickeria zu beobachten, die die Designerboutiquen frequentierte.

»Einige von uns sind in New York geboren«, pflegte sie den zuweilen verängstigten Ehefrauen der Manager zu erklären, die nach Manhattan versetzt wurden. »Andere ziehen nur ungern hierher, doch ehe sie sich's versehen, stellen sie fest, daß New York trotz aller Probleme die Stadt mit der höchsten Lebensqualität ist.«

Wenn jemand danach fragte, antwortete sie: »Ich bin in Manhattan aufgewachsen und habe – abgesehen von meiner Zeit am College – immer hier gewohnt. New York ist meine Stadt, mein Zuhause.«

Jack Farrell, ihr Vater, hatte genauso empfunden. Schon von frühester Kindheit an hatte sie mit ihm die Stadt erkundet. »Wir beide sind Kumpel, Lace«, pflegte er zu sagen. »Du bist eine Stadtpflanze wie ich. Deine liebe Mutter würde ja so gern wie alle anderen in eine der Vorstädte flüchten. Es ist ihr hoch anzurechnen, daß sie es hier aushält, denn da draußen würde ich eingehen wie eine Primel.«

Lacey hatte nicht nur Jacks Liebe zu New York geerbt, sondern auch sein irisches Aussehen: helle Haut, blaugrüne Augen und dunkelbraunes Haar. Ihre Schwester Kit wirkte eher englisch wie ihre Mutter: porzellanblaue Augen und Haare so blond wie Winterweizen.

Jack Farrell war Musiker gewesen und hatte meistens in Theaterorchestern gespielt. Manchmal war er auch in Clubs aufgetreten oder hatte Konzerte gegeben. Als Kind hatte Lacey die Lieder jedes Broadway-Musicals mitsingen können. Den plötzlichen Tod ihres Vaters, kurz nach ihrem Abschluß am College, hatte sie noch immer nicht verwunden, und sie fragte sich, ob sie wohl je darüber hinwegkommen würde. Wenn sie durchs Theaterviertel schlenderte, erwartete sie manchmal sogar fast, ihm auf der Straße zu begegnen.

»Dein Vater hatte recht. Ich werde nicht in der Stadt bleiben«, hatte ihre Mutter nach der Beerdigung wehmütig gesagt. Sie war Kinderkrankenschwester und hatte sich eine Eigentumswohnung in New Jersey gekauft, um in der Nähe von Laceys Schwester Kit und deren Familie zu sein. Inzwischen arbeitete sie dort in einem Krankenhaus.

Die frischgebackene College-Absolventin Lacey hatte eine kleine Wohnung in der East End Avenue und eine Stelle bei der Immobilienfirma Parker und Parker gefunden. Heute, acht Jahre später, gehörte sie zu den erfolgreichsten Maklern des Unternehmens.

Vor sich hinsummend, griff sie nach den Unterlagen zu dem Haus 70. Straße Ost, Nr. 3, und fing an zu lesen. Ich habe eine Maisonettewohnung im ersten Stock verkauft, fiel ihr ein. Gutgeschnittene Zimmer, hohe Decken, die Küche mußte modernisiert werden. Jetzt brauche ich nur noch Informationen über Mrs. Warings Wohnung.

Wenn möglich, versuchte Lacey, im voraus etwas über das angebotene Objekt zu erfahren. Dazu war es hilfreich, die Leute zu kennen, die in den verschiedenen von Parker und Parker betreuten Häusern arbeiteten. Glücklicherweise hatte sie sich mit Tim Powers, dem Hausmeister des betreffenden Gebäudes, angefreundet. Also rief sie ihn an und hörte mehr als zwanzig Minuten zu, während er in allen Einzelheiten seinen Sommerurlaub schilderte. Leider hatte sie vergessen, was für ein Schwätzer Tim war. Es dauerte eine Weile, bis sie das Gespräch auf Mrs. Warings Wohnung bringen konnte.

Tim erzählte, daß Isabelle Waring die Mutter von Heather Landi war, einer jungen Sängerin und Schauspielerin, die sich gerade einen Namen in der Theaterszene gemacht hatte. Dann aber war Heather, Tochter des prominenten Restaurantbesitzers Jimmy Landi, Anfang letzten Winters bei einem Autounfall ums Leben gekommen. Ihr Wagen war auf dem Heimweg von einem Skiwochenende in Vermont eine Böschung hinuntergestürzt. Die Wohnung hatte Heather gehört, und nun wollte die Mutter sie offenbar verkaufen.

»Mrs. Waring glaubt nicht, daß Heathers Tod ein Unfall war«, sagte Tim.

Als Lacey ihn endlich losgeworden war, saß sie eine Weile da und überlegte. Sie hatte Heather Landi im vergangenen Jahr in einem erfolgreichen Off-Broadway-Musical gesehen. Sie war ihr sogar besonders aufgefallen.

Heather hatte das Zeug zum Star gehabt, dachte Lacey: Schönheit, Ausstrahlung und einen glockenreinen Sopran. »Eine Traumfrau«, hätte Dad gesagt. Kein Wunder, daß ihre Mutter ihren Tod nicht wahrhaben will.

Lacey erschauderte und stand auf, um die Klimaanlage herunterzuschalten.

Am Dienstag morgen schlenderte Isabelle Waring durch die Wohnung ihrer Tochter und versuchte, sie mit dem kritischen Blick einer Immobilienmaklerin zu sehen. Sie war froh, daß sie Lacey Farrells Visitenkarte behalten hatte. Jimmy, ihr Ex-Mann und Heathers Vater, hatte verlangt, daß sie die Wohnung verkaufte. Und fairerweise mußte man sagen, daß er ihr genug Zeit gelassen hatte.

Als sie Lacey Farrell im Aufzug begegnet war, hatte sie die junge Frau auf Anhieb sympathisch gefunden. Sie erinnerte sie an Heather.

Zugegeben, Lacey sah nicht aus wie Heather, die kurze hellbraune Locken mit goldenen Strähnchen und braune Augen gehabt hatte. Sie war klein gewesen, nur knapp eins zweiundsechzig, mit weiblichen Rundungen. Die Familienzwergin hatte sie sich immer genannt. Lacey hingegen war hochgewachsen, schlank und hatte blaugrüne Augen und dunkles, langes Haar, das ihr bis zu den Schultern reichte. Doch in ihrem Lächeln und ihrer Art ähnelte sie Heather sehr.

Isabelle sah sich um. Ihr war klar, daß Birkenpaneele und eine Eingangshalle aus glänzendem Marmor nicht jedermanns Geschmack waren. Heather hatte diese Details geliebt, aber man konnte sie leicht ändern. Andererseits waren die Küche und die Bäder, allesamt renoviert, ein gutes Verkaufsargument.

Monatelang war Isabelle zwischen Cleveland und New York hin und her gefahren, hatte die fünf großen Wandschränke und die vielen Schubladen in der Wohnung geleert und sich mit Heathers Freunden getroffen. Nun mußte sie endlich einen Schlußstrich ziehen. Sie mußte aufhören, nach Gründen zu suchen, und ihr Leben weiterführen.

Allerdings wurde sie den Gedanken nicht los, daß Heathers Tod kein Unfall gewesen war. Ihre Tochter wäre nie so leichtsinnig gewesen, mitten in der Nacht mit dem Auto loszufahren – und das noch dazu in einem Schneesturm. Doch der Gerichtsmediziner hatte nichts Verdächtiges gefunden. Auch Jimmy hatte offenbar keine Zweifel. Andernfalls hätte er, wie Isabelle genau wußte, ganz Manhattan auf den Kopf gestellt, um sich Klarheit zu verschaffen.

Beim letzten ihrer seltenen gemeinsamen Mittagessen hatte er Isabelle wieder einmal zu überreden versucht, die Sache auf sich beruhen zu lassen. Wahrscheinlich habe Heather in jener Nacht nicht schlafen können und sich Sorgen gemacht, weil der Wetterbericht Schnee angekündigt hatte. Schließlich mußte sie am nächsten Tag rechtzeitig zu den Proben zurück sein. Er lehnte die Möglichkeit, daß bei ihrem Tod nicht alles mit rechten Dingen zugegangen sein könnte, rundheraus ab.

Isabelle aber konnte sich nicht damit abfinden. Sie erzählte Jimmy von einem merkwürdigen Telephonat, das sie mit ihrer Tochter kurz vor deren Tod geführt hatte. »Jimmy, Heather war am Telephon ganz anders als sonst. Sie machte sich über irgend etwas Sorgen. Schreckliche Sorgen. Ich habe es ihrer Stimme angehört.«

Das Mittagessen war zu einem abrupten Ende gekommen, als Jimmy der Geduldsfaden riß: »Isabelle, laß es endlich gut sein! Hör bitte auf damit! Es ist schon ohne dein Gerede schwer genug für mich. Ständig mußt du alles noch einmal durchkauen. Du verhörst sogar all ihre Freunde. Bitte, laß unsere Tochter in Frieden ruhen.«

Als Isabelle an diese Worte dachte, schüttelte sie unwillkürlich den Kopf. Jimmy Landi hatte Heather über alles geliebt. Aber an zweiter Stelle kam bei ihm die Macht, überlegte sie bitter. Daran war ihre Ehe gescheitert. Sein berühmtes Restaurant, seine Investitionen und nun sein Casino-Hotel in Atlantic City. Für mich hat er nie Zeit gehabt. Vielleicht wäre es nicht zur Scheidung gekommen, wenn er sich schon vor Jahren mit einem Geschäftspartner zusammengetan hätte. Inzwischen teilte er sich die Arbeit mit Steve Abbott. Ihr fiel auf, daß sie durch die Räume gegangen war, ohne sie wahrzunehmen. Also blieb sie am Fenster stehen und sah auf die Fifth Avenue hinaus.

Im September ist New York besonders schön, dachte sie bei sich. Sie beobachtete die Jogger auf den Pfaden im Central Park, die Kindermädchen mit ihren Schützlingen, die alten Leute, die sich auf Parkbänken sonnten. An solchen Tagen bin ich auch mit Heather im Kinderwagen ausgefahren, erinnerte sie sich. Es hat zehn Jahre gedauert, und ich habe drei Fehlgeburten durchgemacht, bis ich sie endlich bekam. Aber es hat sich gelohnt. Sie war ein ganz besonderes Baby. Ständig blieben Leute stehen, um sie anzusehen und zu bewundern. Und natürlich wußte sie genau, wie sie wirkte. Sie setzte sich auf und betrachtete ihre Umgebung. Sie war so klug, so aufmerksam, so begabt. So vertrauensselig…

Warum hast du das alles weggeworfen, Heather? fragte sich Isabelle wohl schon zum hundertsten Mal seit dem Tod ihrer Tochter. *Nachdem du als Kind miterlebt hattest, wie ein Auto von der Fahrbahn abkam und sich überschlug, hattest du immer Angst vor Glatteis. Du wolltest sogar nach Kalifornien ziehen, weil es dort keinen Winter gibt. Aus welchem Grund bist du um zwei Uhr morgens mit dem Auto über einen verschneiten Berg gefahren? Du warst doch erst vierundzwanzig und hattest dein ganzes Leben vor dir. Was ist in jener Nacht geschehen? Was hat dich dazu gebracht, dich hinters Steuer zu setzen? Wer hat dich dazu gebracht?*

Die Haussprechanlage riß Isabelle aus ihren quälenden Grübeleien und Zweifeln. Der Pförtner meldete, daß Miss Farrell zu ihrem Termin um zehn Uhr eingetroffen sei.

Lacey war nicht auf Isabelle Warings fahrige, überschwengliche Begrüßung gefaßt. »Mein Gott, Sie sehen viel jünger aus, als ich Sie in Erinnerung habe«, sprudelte die ältere Frau hervor. »Wie alt sind Sie denn? Dreißig? Meine Tochter wäre nächste Woche fünfundzwanzig geworden. Diese Wohnung gehörte ihr. Ihr Vater hat sie für sie gekauft. Es ist eine schreckliche Umkehrung der natürlichen Ordnung, finden Sie nicht? Normal wäre es, wenn ich zuerst sterbe und sie *meinen* Haushalt auflöst.«

»Ich habe zwei Neffen und eine Nichte«, antwortete Lacey. »Nicht auszudenken, wenn einem von ihnen etwas zustoßen sollte. Ich glaube, ich kann nachfühlen, was Sie durchmachen.«

Isabelle folgte, während Lacey ihren geschulten Blick durch die Räume schweifen ließ. Das Untergeschoß bestand aus einer Eingangshalle, einem großen Wohnzimmer, einem Eßzimmer, einer kleinen Bibliothek, einer Küche und einer Toilette. Im oberen Stockwerk, das man über eine Wendeltreppe erreichte, lagen ein weiteres Wohnzimmer, Ankleidezimmer, Schlafzimmer und Bad.

»Eine Menge Platz für eine junge Frau«, sagte Isabelle. »Ihr Vater hat ihr die Wohnung geschenkt. Er konnte gar nicht genug für sie tun. Doch sie ist trotzdem keine verwöhnte Göre geworden. Als sie nach dem Studium nach New York zog, wollte sie zuerst eine kleine Wohnung in der West Side kaufen. Da ist Jimmy fast an die Decke gegangen. Er fand, daß sie in einem Haus mit Portier besser aufgehoben wäre, denn ihre Sicherheit lag ihm sehr am Herzen. Jetzt möchte er, daß ich die Wohnung verkaufe und das Geld behalte. Er sagt, Heather hätte es sicher so gewollt. Außerdem verlangt er, ich soll mit dem Trauern aufhören und weitermachen mit meinem Leben. Es ist so schwer, loszulassen... Ich gebe mir solche Mühe, aber ich schaffe es einfach nicht...« Tränen traten ihr in die Augen.

»Sind Sie sicher, daß Sie verkaufen wollen?« fragte Lacey, die in diesem Punkt Gewißheit brauchte.

Hilflos sah sie zu, wie Isabelle Waring die mühsam gewahrte Fassung verlor und zu schluchzen anfing. »Ich wollte herausfinden, warum meine Tochter gestorben ist. Warum sie in jener Nacht Hals über Kopf das Skihotel verlassen hat. Warum sie nicht gewartet hat und wie geplant am nächsten Morgen mit ihren Freunden abgefahren ist. Warum hat sie ihre Pläne geändert? Ich bin sicher, daß jemand die Antwort kennt. Ich möchte den Grund erfahren. Ich weiß, daß sie sich wegen irgend etwas schreckliche Sorgen machte, aber sie hat es mir nicht verraten. Ich dachte, ich könnte hier in ihrer Wohnung oder bei ihren Freunden eine Erklärung finden. Aber ihr Vater will nicht, daß ich weiter andere Menschen belästige. Wahrscheinlich hat er recht. Wir müssen weiterleben. Und deshalb, Lacey, will ich die Wohnung verkaufen.«

Lacey nahm Isabelles Hand. »Ich glaube, Heather hätte das auch gewollt«, sagte sie leise.

An diesem Abend fuhr Lacey die vierzig Kilometer nach Wyckoff in New Jersey, wo ihre Schwester Kit und ihre Mutter lebten. Seit Anfang August, als sie zu ihrem einmonatigen Urlaub in die Hamptons aufgebrochen war, hatte sie die beiden nicht mehr gesehen. Kit und ihr Mann Jay besaßen ein Ferienhaus auf Nantucket und drängten Lacey ständig, den Urlaub doch lieber mit ihnen zu verbringen.

Als Lacey die George Washington Bridge überquerte, bereitete sie sich innerlich schon auf die Vorwürfe vor, die sicher gleich auf die Begrüßung folgen würden. »Du warst nur drei Tage lang bei uns«, würde ihr Schwager ihr vorhalten. »Was gibt es denn in East Hampton, das es in Nantucket nicht gibt?«

Zumindest gibt es *dich* dort nicht, dachte Lacey mit einem schwachen Grinsen. Ihr Schwager Jay Taylor, Inhaber eines florierenden Unternehmens für Gastronomiebedarf, gehörte nicht zu den Menschen, die ihr besonders sympathisch waren. Doch sie hielt sich vor Augen, daß Kit ihn über alles liebte. Außerdem hatten sie drei wunderbare Kinder. Es stand ihr also nicht zu, abfällig über ihn zu urteilen. Wenn Jay nur nicht so geschwollen daherreden würde, dachte Lacey. Einige seiner Verlautbarungen hörten sich an wie ein päpstlicher Erlaß.

Als sie in die Route 4 einbog, wurde ihr klar, wie sehr sie sich auf das Wiedersehen mit den anderen Familienmitgliedern freute. Ihre Mutter, Kit und die Kinder – der zwölfjährige Todd, der zehnjährige Andy und ihr besonderer Liebling, die schüchterne vierjährige Bonnie. Als sie an ihre Nichte dachte, fiel ihr auf, daß ihr die arme Isabelle Waring und ihre Worte den ganzen Tag nicht aus dem Kopf gegangen waren. Es war kaum zu ertragen, die Trauer dieser Frau mitanzusehen. Sie hatte darauf bestanden, daß Lacey zum Kaffee blieb, und dabei weiter über ihre Tochter gesprochen. »Nach der Scheidung bin ich wieder in meine Geburtsstadt Cleveland gezogen. Damals war Heather fünf. Als Kind pendelte sie zwischen mir und ihrem Dad hin und her, was großartig geklappt hat. Ich habe wieder geheiratet. Bill Waring war zwar viel älter als ich, aber wir führten eine gute Ehe. Vor drei Jahren ist er gestorben. Ich habe so gehofft, daß Heather den Richtigen kennenlernt und eine Familie gründet. Aber sie beharrte darauf, zuerst Karriere zu machen. Allerdings hatte ich kurz vor ihrem Tod den Eindruck, daß es einen Mann in ihrem Leben gab. Vielleicht irre ich mich, aber ich glaubte es an ihrer Stimme zu hören.« Dann schlug Isabelle einen mütterlichen Ton an: »Was ist mit Ihnen, Lacey? Sind Sie verheiratet? Haben Sie einen Freund?«

Beim Gedanken an diese Frage huschte ein gequältes Lächeln über Laceys Lippen. Nicht daß ich wüßte, dachte sie. Seit ich die magischen Dreißig überschritten habe, höre ich meine biologische Uhr ticken. Ja, ich liebe meinen Beruf, meine Wohnung, meine Familie und meine Freunde. Ich führe ein angenehmes Leben. Also habe ich kein Recht, mich zu beklagen. Irgendwann passiert es schon.

Ihre Mutter öffnete die Tür. »Kit ist in der Küche, und Jay holt die Kinder ab«, erklärte sie, nachdem sie Lacey liebevoll umarmt hatte. »Und drinnen sitzt jemand, mit dem ich dich gern bekannt machen möchte.«

Lacey war überrascht und auch ein wenig schockiert, als sie vor dem großen Kamin im Wohnzimmer einen fremden Mann stehen sah, der einen Drink in der Hand hielt. Verlegen stellte ihre Mutter ihn als Alex Carbine vor und sagte, sie hätten einander vor vielen Jahren gekannt. Durch Jay, der Alex' neues Restaurant in der 46. Straße West ausgestattet habe, seien sie einander vor kurzem wieder begegnet.

Lacey schüttelte dem Mann die Hand und sah ihn prüfend an. Etwa sechzig, dachte sie. So alt wie Mom. Macht einen guten, seriösen Eindruck. Und Mom ist vollkommen aufgekratzt. Was wird hier gespielt? Sobald sie sich loseisen konnte, ging sie in die modern ausgestattete Küche, wo Kit gerade den Salat anmachte. »Wie lange läuft das schon?« fragte sie ihre Schwester.

Mit ihrem blonden Pferdeschwanz sah Kit aus wie eine Vorzeigehausfrau. Sie grinste. »Seit ungefähr einem Monat. Er ist sehr nett. Jay hat ihn zum Essen mitgebracht, als Mom gerade bei uns war. Alex ist Witwer und schon seit vielen Jahren in der Gastronomie. Aber ich glaube, das hier ist sein erstes eigenes Restaurant. Wir waren schon dort. Ein gut geführtes Lokal.«

Als die Vordertür krachend ins Schloß fiel, zuckten die beiden Schwestern zusammen. »Vorsicht«, warnte Kit. »Da kommen Jay und die Kinder.«

Seit Todd fünf Jahre alt war, unternahm Lacey mit ihm und später auch mit den anderen Kindern regelmäßig Streifzüge durch Manhattan. Sie wollte, daß sie die Stadt so erlebten wie sie damals mit ihrem Vater. Diese Ausflüge nannten sie Jack-

Farrell-Tage, und sie besuchten Matineen am Broadway (inzwischen hatte sie *Cats* schon fünfmal gesehen) und Museen (das Museum of Natural History mit seinen Dinosaurierskeletten gefiel den Kindern mit Abstand am besten). Sie durchwanderten Greenwich Village, fuhren mit der Straßenbahn nach Roosevelt Island, nahmen die Fähre nach Ellis Island, aßen oben im World Trade Center zu Mittag und liefen auf der Rockefeller Plaza Schlittschuh.

Wie immer wurde Lacey von den Jungen stürmisch begrüßt. Die schüchterne Bonnie kuschelte sich an sie. »Ich habe dich sehr vermißt«, sagte sie. Jay verkündete, daß Lacey wirklich hinreißend aussah, und fügte hinzu, der Monat in East Hampton habe ihr offenbar gutgetan.

»Es war wirklich affengeil«, sagte Lacey und bemerkte schadenfroh, daß er zusammenzuckte. Jay hatte eine Abneigung gegen Slang, die schon an Snobismus grenzte.

Beim Essen wollte Todd, der sich für Immobilien und den Beruf seiner Tante interessierte, alles über den New Yorker Wohnungsmarkt wissen.

»Es wird wieder besser«, antwortete sie. »Heute habe ich einen vielversprechenden neuen Auftrag bekommen.« Sie erzählte ihrer Familie von Isabelle Waring und sah, daß Alex Carbine plötzlich aufmerkte. »Kennen Sie Mrs. Waring?« fragte sie.

»Nein«, erwiderte er. »Aber Jimmy Landi, und ich bin ihrer Tochter Heather begegnet. Eine wunderschöne junge Frau. Es war eine schreckliche Tragödie. Jay, Sie hatten doch geschäftlich mit Landi zu tun. Sicher haben Sie Heather auch kennengelernt. Sie war oft im Restaurant.«

Zu ihrem Erstaunen stellte Lacey fest, daß ihr Schwager puterrot anlief.

»Nein, nie gesehen«, entgegnete er gereizt. »Meine Geschäftsbeziehungen mit Jimmy Landi liegen schon ein paar Jahre zurück. Wer möchte noch eine Scheibe Lammbraten?«

Es war sieben Uhr abends. An der Bar herrschte großer Andrang, und allmählich trafen die Gäste ein, die fürs Abendessen reserviert hatten. Eigentlich hätte er hinuntergehen und die Leute begrüßen müssen, aber er konnte sich nicht dazu aufraffen. Heute war kein guter Tag für ihn gewesen. Nach Isabelles Anruf hatte er sich niedergeschlagen gefühlt und wieder an Heather denken müssen, wie sie eingeschlossen in dem umgestürzten Auto verbrannte. Es hatte eine Weile gedauert, dieses schreckliche Bild zu verscheuchen.

Das tiefe Licht der untergehenden Sonne fiel durch die hohen Fenster seines holzgetäfelten Büros. Es lag in einem Backsteingebäude in der 56. Straße West, ebenso wie das Venezia, das Restaurant, das Jimmy vor dreißig Jahren eröffnet hatte.

Drei Vorgänger hintereinander hatten hier Pleite gemacht, bevor er das Lokal übernommen hatte. Er und Isabelle waren jung verheiratet gewesen und lebten – damals noch zur Miete – in einer Wohnung im ersten Stock. Inzwischen gehörte Jimmy das ganze Haus, und das Venezia war eines der beliebtesten Restaurants in Manhattan.

Jimmy saß an seinem massiven Schreibtisch, der noch aus den Beständen der Postkutschengesellschaft Wells Fargo stammte. Er überlegte, warum es ihm so schwerfiel, nach unten zu gehen. Es lag nicht nur am Anruf seiner geschiedenen Frau. Das Lokal war mit Wandgemälden dekoriert, eine Idee, die er bei der Konkurrenz, dem Restaurant La Côte Basque, abgeschaut hatte. Die Gemälde stellten venezianische Szenen dar, und Heather war auf einigen davon abgebildet. Sie blickte als zweijähriges Mädchen aus einem Fenster des Dogenpalastes, wurde als Teenager von einem Gondoliere angehimmelt und schlenderte als Zwanzigjährige, ein Notenblatt in der Hand, über die Seufzerbrücke.

Jimmy wußte, daß er die Bilder übermalen lassen mußte, um seinen Seelenfrieden wiederzufinden. Doch wie Isabelle nicht von dem Gedanken loskam, daß ein Dritter die Schuld an Heathers Tod trug, brauchte er die ständige Gegenwart seiner Tochter. Wenn er durchs Lokal ging, spürte er ihren Blick auf sich und hatte das Gefühl, daß sie ganz nah bei ihm war.

Jimmy war ein dunkelhäutiger Mann von siebenundsechzig Jahren. Sein schwarzes Haar war noch nicht ergraut, seine grüblerischen Augen unter den buschigen Brauen gaben seinem Gesicht einen zynischen Ausdruck, und durch seine mittelgroße, untersetzte Gestalt wirkte er wie ein Mann, der sich auf seine Körperkraft verläßt. Böse Zungen lästerten, daß Maßanzüge bei ihm reine Verschwendung seien. Auch im teuren Zwirn sehe er noch aus wie ein einfacher Arbeiter. Jimmy mußte schmunzeln, als er sich erinnerte, wie entrüstet Heather gewesen war, als ihr diese Bemerkung zugetragen wurde.

Aber ich habe ihr gesagt, sie sollte nicht hinhören, dachte Jimmy lächelnd. Ich habe ihr erklärt, daß ich diese Kerle finanziell alle in die Tasche stecken könnte, und nur das zählt.

Er schüttelte den Kopf und hing weiter seinen Erinnerungen nach. Inzwischen wußte er besser denn je, daß nicht allein das zählte, obwohl es ihm einen Grund gab, morgens überhaupt aufzustehen. Die letzten Monate hatte er nur überstanden, indem er sich mit Leib und Seele dem neuen Casino-Hotel in Atlantic City widmete. »Jetzt kann Donald Trump einpacken«, hatte Heather gesagt, als er ihr das Modell zeigte. »Warum nennst du es nicht ›Bei Heather‹, und ich trete dann exklusiv nur dort auf, Papa.«

Seit sie im Alter von zehn Jahren in Italien gewesen war, nannte sie ihn bei diesem Kosenamen, nie mehr Daddy.

Jimmy wußte noch genau, was er geantwortet hatte: »Natürlich würde ich deinen Namen am liebsten sofort in Großbuchstaben über den Eingang schreiben. Aber du solltest zuerst mit Steve sprechen. Er hat eine Menge Geld in Atlantic City investiert, und ich überlasse ihm viele Entscheidungen. Übrigens: Wie wär's, wenn du deine Karriere an den Nagel hängst? Warum heiratest du nicht, damit ich endlich Enkelkinder bekomme?«

Heather hatte nur gelacht. »Ach, Papa, laß mir noch ein paar Jahre Zeit. Es macht mir so viel Spaß.«

Seufzend erinnerte er sich an ihr Lachen. Nun würde er niemals Enkelkinder haben, dachte er. Kein kleines Mädchen mit goldenem Haar und haselnußbraunen Augen und keinen Jungen, der einmal sein Lokal übernehmen würde.

Ein Klopfen an der Tür riß Jimmy aus seinen Gedanken.

»Komm rein, Steve«, sagte er.

Wie gut, daß ich Steve Abbott habe, dachte er. Vor fünfundzwanzig Jahren hatte der gutaussehende blonde Cornell-Student an die Tür des Restaurants geklopft, bevor sie aufmachten. »Ich möchte bei Ihnen arbeiten, Mr. Landi«, hatte er gesagt. »Von Ihnen kann ich mehr lernen als auf dem College.«

Jimmy hatte nicht gewußt, ob er amüsiert oder verärgert sein sollte. Er hatte den jungen Mann eingehend gemustert: Ein grüner Junge und ein Besserwisser, war sein erster Eindruck gewesen. »Sie möchten für mich arbeiten?« hatte er gefragt und dann in Richtung Küche gezeigt. »Gut, ich habe dort angefangen.«

Dieser Tag war mein Glückstag, dachte Jimmy. Er hat zwar wie ein verwöhnter Musterschüler gewirkt, doch er war ein irischer Junge, dessen Mutter sich als Kellnerin hatte durchschlagen müssen, um ihn zu ernähren. Wie sich herausstellte, hatte er genausoviel Energie wie sie. Damals hielt ich es zwar für einen schweren Fehler, daß er sein Studium abgebrochen und auf das Stipendium verzichtet hatte, aber ich habe mich geirrt. Er war für die Gastronomie geboren.

Steve Abbott öffnete die Tür und knipste beim Hereinkommen das Licht an. »Warum sitzt du hier im Dunkeln? Hältst du eine Séance ab, Jimmy?«

Mit einem wehmütigen Lächeln blickte Jimmy auf und sah den besorgten Blick seines Kompagnons. »Ich grüble.«

»Eben ist der Bürgermeister mit vier Freunden gekommen.«

Jimmy schob seinen Stuhl zurück und stand auf. »Mir hat niemand gesagt, daß er einen Tisch reserviert hat.«

»Hat er auch nicht. Offenbar konnte der hohe Herr unseren Hot dogs nicht widerstehen...« In langen Schritten durchquerte Abbott das Zimmer und legte Landi die Hand auf die Schulter. »Hast wohl keinen guten Tag hinter dir.«

»Stimmt«, antwortete Jimmy. »Heute morgen hat Isabelle angerufen und gesagt, daß eine Immobilienmaklerin wegen Heathers Wohnung da war. Die Frau denkt, daß sie sich gut verkaufen läßt. Und natürlich mußte Isabelle wie bei jedem Telephonat wieder mit der alten Geschichte anfangen. Sie kann sich einfach nicht vorstellen, daß Heather freiwillig bei Glatteis mit dem Auto nach Hause gefahren ist. Sie glaubt nicht, daß ihr Tod ein Unfall war. Sie kann es einfach nicht auf sich beruhen lassen, und sie macht mich damit wahnsinnig.«

Er starrte an Abbott vorbei ins Leere. »Ob du es glaubst oder nicht, als ich Isabelle kennenlernte, war sie eine wirkliche Schönheit. Das tollste Mädchen von Cleveland und außerdem verlobt. Ich habe ihr den Verlobungsring dieses Typen vom Finger gezogen und das Ding aus dem Autofenster geschmissen.« Er kicherte. »Ich mußte zwar einen Kredit aufnehmen, um dem anderen Typen das Geld für den Ring zu ersetzen, aber das Mädchen habe ich trotzdem bekommen. Isabelle hat mich geheiratet.«

Abbott kannte diese Geschichte, und er wußte, warum sie Jimmy im Kopf herumging. »Auch wenn die Ehe nicht gehalten hat, wenigstens hast du eine Tochter wie Heather bekommen.«

»Entschuldige, Steve. Manchmal wiederhole ich mich wie ein Tattergreis. Du weißt ja, wie es weitergegangen ist. Isabelle hat sich in New York nie wohl gefühlt. Sie war hier nicht glücklich. Sie hätte nie aus Cleveland wegziehen sollen.«

»Aber sie hat es getan, und du bist ihr begegnet. Und jetzt komm, Jimmy, der Bürgermeister wartet.«

2

In den nächsten Wochen führte Lacey acht Interessenten durch die Wohnung. Zwei davon waren offensichtlich nur neugierig, die Sorte Leute, denen es Spaß macht, die Zeit von Immobilienmaklern zu verschwenden.

»Aber man kann nie wissen«, sagte Lacey zu Rick Parker. Es war früher Abend, und sie wollte gerade nach Hause gehen, als er vor ihrem Schreibtisch stehenblieb. »Man schleppt jemanden ein Jahr lang von Objekt zu Objekt und schwört sich, lieber zu sterben, als noch mal einen Termin mit diesem Menschen zu machen. Und dann blättert ausgerechnet der unwahrscheinlichste Kandidat eine Million Dollar für eine Wohnung hin.«

»Du hast eben mehr Geduld als ich«, sagte Rick. Sein ebenmäßiges, aristokratisches Gesicht zeigte Widerwillen. »Ich kann Leute nicht ausstehen, die sich nicht entscheiden können. Übrigens: RJP will wissen, ob du schon einen ernsthaften Interessenten für Mrs. Warings Wohnung hast.« RJP war Ricks Spitzname für seinen Vater.

»Ich glaube nicht. Aber wir haben sie ja noch nicht lange im Programm. Morgen ist ein neuer Tag.«

»Danke, Scarlett O'Hara. Ich richte es ihm aus. Bis bald.«

Lacey schnitt hinter seinem Rücken ein Gesicht. Heute war Rick ganz besonders schlechtgelaunt gewesen. Welche Laus ist ihm wohl über die Leber gelaufen? fragte sie sich. Und warum interessierte sich sein Vater, der sich sonst nur mit Luxusobjekten wie dem Plaza Hotel befaßte, für Isabelles Wohnung? Was soll das?

Lacey schloß ihren Schreibtisch ab und rieb sich die Schläfen. Kopfschmerzen kündigten sich an, und sie bemerkte auf einmal, wie müde sie war. Seit ihrer Rückkehr aus dem Urlaub hatte sie sich keine ruhige Minute gegönnt. Sie hatte alte Projekte abgeschlossen, neue Objekte akquiriert, sich mit Freunden verabredet, Kits Kinder für ein Wochenende zu sich genommen und viel Zeit mit Isabelle verbracht …

Mittlerweile rief Isabelle sie täglich an und lud sie häufig in die Wohnung ein. »Lacey, kommen Sie doch zum Mittagessen. Irgendwann müssen Sie doch Hunger haben«, sagte sie dann. Oder: »Möchten Sie auf dem Heimweg nicht auf einen Sprung bei mir reinschauen und ein Glas Wein trinken, Lacey? Wenn es dämmert, fühle ich mich immer so einsam.«

Lacey blickte auf die Straße hinunter. Lange Schatten lagen auf der Madison Avenue, ein deutliches Zeichen dafür, daß die Tage allmählich kürzer wurden. Um diese Tageszeit kann einem wirklich einsam zumute werden, dachte sie. Isabelle ist so traurig. Jetzt zwingt sie sich, die ganze Wohnung durchzusehen und Heathers Kleider und persönliche Habe zu sortieren. Eine Menge Arbeit, anscheinend war Heather eine Sammlernatur.

Es ist schließlich nicht zuviel verlangt, daß ich Isabelle hin und wieder besuche und ihr zuhöre, überlegte Lacey. Es macht mir nichts aus, denn ich habe sie wirklich gern. Inzwischen ist sie wie eine Freundin für mich. Aber Lacey gestand sich ein, daß Isabelles Trauer in ihr die Gefühle wachrief, die sie damals beim Tod ihres Vaters empfunden hatte.

Sie stand auf. Ich gehe nach Hause und falle tot um, dachte sie. Ich bin schrecklich müde.

Zwei Stunden später, um neun Uhr, fühlte sich Lacey nach einem ausgiebigen Bad im Whirlpool wieder erfrischt. Sie machte sich ein Brot mit Speck, Salat und Tomate, das Lieblingssandwich ihres Dads, für ihn immer der definitive New Yorker Mittags-Snack.

Da läutete das Telephon. Lacey wartete, bis der Anrufbeantworter ansprang, und hörte Isabelle Warings vertraute Stimme. Lacey beschloß, nicht an den Apparat zu gehen. Sie hatte einfach keine Lust auf ein zwanzigminütiges Telephongespräch.

Zögernd und leise sprach Isabelle weiter, doch sie klang fast flehend. »Lacey, wahrscheinlich sind Sie nicht zu Hause, aber ich muß Ihnen etwas erzählen. Ich habe Heathers Tagebuch in dem großen Wandschrank gefunden. Nachdem ich darin gelesen habe, bin ich ziemlich sicher, daß ich doch nicht verrückt bin. Ihr Tod war kein Unfall. Vielleicht kann ich beweisen, daß jemand sie beseitigen wollte. Alles weitere erkläre ich Ihnen morgen.«

Kopfschüttelnd hörte Lacey zu. Dann schaltete sie den Anrufbeantworter ab und stellte das Telephon leise. Am besten war es, wenn sie überhaupt nicht mitbekam, ob jemand sie zu erreichen versuchte. Den restlichen Abend wollte sie nicht mehr gestört werden.

Dann machte sie es sich mit dem Sandwich, einem Glas Wein und einem Buch gemütlich. Ich habe mir einen ruhigen Abend verdient, dachte sie.

Gleich nach ihrer Ankunft im Büro am nächsten Morgen mußte Lacey für diese Entscheidung büßen. Zuerst rief ihre Mutter an, und kurz darauf meldete sich Kit. Beide machten sich Sorgen, weil sie Lacey nicht erreicht hatten, und wollten sich vergewissern, daß ihr nichts zugestoßen war. Noch während sie ihre Schwester beruhigte, erschien Rick mit offensichtlich genervter Miene in der Tür. »Isabelle Waring möchte unbedingt mit dir sprechen. Sie haben sie zu mir durchgestellt.«

»Kit, ich muß jetzt weiterarbeiten.« Lacey legte auf und eilte in Ricks Büro. »Tut mir leid, daß ich Sie gestern nicht mehr zurückrufen konnte, Isabelle«, entschuldigte sie sich.

»Schon gut. Eigentlich sollte ich sowieso nicht am Telephon darüber sprechen. Ist für heute eine Wohnungsbesichtigung angesetzt?«

»Nein, bis jetzt habe ich niemanden auf der Liste.«

Als sie das sagte, schob Rick ihr einen Zettel zu: »Curtis Caldwell, Anwalt bei Keller, Roland und Smythe, wird nächsten Monat von Texas hierher versetzt. Er sucht eine Wohnung in der Fifth Avenue zwischen 65. und 72. Straße. Hat heute Zeit für einen Besichtigungstermin.«

»Danke«, flüsterte Lacey Rick zu. »Vielleicht bringe ich doch jemanden vorbei«, sagte sie zu Isabelle. »Drücken Sie mir die Daumen. Ich weiß nicht, warum, aber ich habe das Gefühl, daß wir die Wohnung heute verkaufen werden.«

»Ein Mr. Caldwell wartet auf Sie, Miss Farrell«, meldete Patrick, der Pförtner, als Lacey aus dem Taxi stieg.

Durch die verschnörkelte Glastür erkannte Lacey einen schlanken Mann Mitte Vierzig, der am Empfang stand und mit den Fingern auf die Theke trommelte. Ein Glück, daß ich zehn Minuten zu früh bin, dachte sie.

Patrick hielt ihr die Tür auf. »Leider haben wir ein Problem«, sagte er seufzend. »Die Klimaanlage ist kaputt. Die Handwerker sind schon da, aber drinnen herrscht eine Bullenhitze. Bin ich froh, daß ich am ersten Januar in Rente gehe! Vierzig Jahre in diesem Job sind genug.«

Na, großartig! schoß es Lacey durch den Kopf. Ausgerechnet an einem der wärmsten Tage im Jahr muß die Klimaanlage ihren Geist aufgeben. Kein Wunder, daß der Typ so ungeduldig ist. Damit sinken die Verkaufschancen.

Während Lacey mit raschen Schritten die Eingangshalle durchquerte, versuchte sie, sich ein Bild von Caldwell zu machen. Er hatte sonnengebräunte Haut, hellblondes Haar und blaßblaue Augen, und sie wußte nicht, wie sie ihn einschätzen sollte. Sie machte sich schon auf eine ungeduldige Bemerkung gefaßt.

Doch als sie sich vorstellte, erhellte sich seine Miene. Er versuchte sogar einen Witz zu machen. »Jetzt raus mit der Sprache, Miss Farrell«, sagte er. »Ist die Klimaanlage in diesem Haus schon im Klimakterium?«

Als Lacey angerufen hatte, um den Termin zu bestätigen, hatte Isabelle Waring geistesabwesend geklungen. Sie hatte gesagt, sie sei in der Bibliothek beschäftigt. Lacey sollte selbst aufschließen.

Lacey hielt den Schlüssel in der Hand, als sie mit Caldwell aus dem Aufzug stieg. Sie öffnete die Tür. »Isabelle, ich bin's!«, rief sie und ging, gefolgt von Caldwell, zur Bibliothek.

Isabelle saß mit dem Rücken zur Tür am Schreibtisch. Vor ihr lag ein Ordner, einige Papiere waren über den Tisch verstreut. Auch auf Laceys Begrüßung drehte sie sich nicht um. »Vergessen Sie einfach, daß ich hier bin«, sagte sie mit gedämpfter Stimme.

Lacey führte Caldwell herum und erklärte ihm dabei, daß die Wohnung Isabelle Warings Tochter gehört habe. Sie stehe zum Verkauf, weil die junge Frau im letzten Winter bei einem Unfall ums Leben gekommen sei.

Offenbar interessierte sich Caldwell nicht für die Geschichte der Wohnung. Anscheinend gefiel sie ihm, und auch der Preis von 600 000 Dollar schreckte ihn nicht. Nachdem er das obere Stockwerk gründlich inspiziert hatte, blickte er kurz aus dem Wohnzimmerfenster und wandte sich dann zu Lacey um. »Sie ist nächsten Monat bezugsfertig?«, fragte er.

»Auf jeden Fall«, antwortete Lacey. Geschafft! dachte sie. Gleich macht er mir ein Angebot.

»Ich habe keine Lust zu handeln, Miss Farrell. Ich bin bereit, den geforderten Preis zu zahlen, vorausgesetzt, ich kann am nächsten Ersten garantiert einziehen.«

»Sprechen wir mit Mrs. Waring«, entgegnete Lacey. Sie versuchte, sich ihre Überraschung nicht anmerken zu lassen. Aber genau das habe ich Rick ja gestern gesagt, fiel ihr ein. Unverhofft kommt oft.

Als Lacey an die Tür der Bibliothek klopfte, antwortete Isabelle nicht. »Macht es Ihnen etwas aus, einen Moment im Wohnzimmer zu warten, Mr. Caldwell?«, wandte sich Lacey an den potentiellen Käufer. »Ich rede kurz mit Mrs. Waring und komme sofort zu Ihnen.«

»Kein Problem.«

Lacey öffnete die Tür und sah hinein. Isabelle saß noch immer am Schreibtisch, den Kopf so tief gesenkt, daß ihre Stirn die Papiere berührte, die sie gerade gelesen hatte. »Gehen Sie«, murmelte sie. »Ich kann mich jetzt nicht damit beschäftigen.«

Ihre rechte Hand umklammerte einen eleganten grünen Füllhalter, mit dem sie auf den Schreibtisch schlug. »Gehen Sie.«

»Isabelle«, sagte Lacey leise. »Es ist sehr wichtig. Der Interessent hat uns ein Angebot gemacht, aber er stellt eine Bedingung, die ich erst mit Ihnen besprechen möchte.«

»Vergessen Sie's! Ich verkaufe nicht. Ich brauche noch mehr Zeit in dieser Wohnung.« Isabelle Warings Stimme steigerte sich zu einem hysterischen Kreischen. »Tut mir leid, Lacey, aber ich kann jetzt nicht reden. Kommen Sie später wieder.«

Lacey sah auf die Uhr. Es war fast vier. »Ich bin um sieben zurück«, sagte sie. Sie wollte unter allen Umständen eine Szene vermeiden, denn sie hatte den Eindruck, daß Isabelle gleich einen Weinkrampf bekommen würde.

Sie machte die Tür hinter sich zu und drehte sich um. Curtis Caldwell stand im Flur zwischen Bibliothek und Wohnzimmer.

»Sie will nicht verkaufen?«, fragte er ungläubig. »Aber es hieß doch –«

Lacey unterbrach ihn. »Warum gehen wir nicht nach unten?« schlug sie mit leiser Stimme vor.

Sie setzten sich für ein paar Minuten in die Eingangshalle. »Ich bin sicher, daß sich alles klären wird«, sagte sie. »Heute abend spreche ich noch einmal mit ihr. Sie hat viel durchgemacht, doch sie wird darüber hinwegkommen. Am besten geben Sie mir Ihre Telephonnummer in New York.«

»Ich wohne im Waldorf Tower, in der Suite der Kanzlei Keller, Roland und Smythe.«

Sie standen auf, um sich zu verabschieden. »Keine Sorge, es klappt schon«, versprach sie. »Sie werden sehen.«

Sein Lächeln war liebenswürdig und selbstbewußt. »Davon bin ich überzeugt«, sagte er. »Ich verlasse mich ganz auf Sie, Miss Farrell.«

Er ging von der 70. Straße zum Essex House an der Südseite des Central Park, wo er sofort eine Telephonzelle betrat. »Sie hatten recht«, sagte er, nachdem sein Gesprächspartner abgehoben hatte. »Sie hat das Tagebuch gefunden. Es befindet sich in einer Ledermappe, wie Sie es beschrieben hatten. Anscheinend will sie die Wohnung nicht mehr verkaufen, doch die Immobilienmaklerin besucht sie heute abend noch einmal, um sie zur Vernunft zu bringen.«

Er hörte zu.

»Wird erledigt«, antwortete er schließlich und legte auf. Dann schlenderte Sandy Savarano, alias Curtis Caldwell, in die Bar und bestellte einen Scotch.

3

Lacey drückte sich selbst die Daumen, als sie um sechs Isabelle Waring anrief. Aber zu ihrer Erleichterung hatte diese sich inzwischen beruhigt.

»Kommen Sie doch vorbei, Lacey«, schlug sie vor. »Dann reden wir über alles. Allerdings muß ich wohl riskieren, daß uns der Käufer durch die Lappen geht, wenn ich die Wohnung sofort freimachen soll. Ich habe etwas in Heathers Tagebuch gefunden, das sich als wichtig erweisen könnte.«

»Ich bin um sieben bei Ihnen«, entgegnete Lacey.

»Sehr gut. Sie sollen nämlich auch erfahren, was ich entdeckt habe. Schließen Sie einfach auf. Ich bin oben im Wohnzimmer.«

Als Richard Parker, der gerade an Laceys Bürotür vorbeikam, ihre bedrückte Miene sah, kam er herein und setzte sich. »Probleme?«

»Das kannst du laut sagen.« Sie erzählte ihm von Isabelle Warings seltsamem Verhalten und davon, daß sie vermutlich abspringen wollte.

»Kannst du ihr nicht gut zureden?«, fragte Rick.

Er machte ein besorgtes Gesicht, doch Lacey war sicher, daß er sich weder um sie noch um Isabelle Waring Gedanken machte. Wenn Mrs. Waring Caldwells Angebot ablehnte, würde Parker und Parker eine ansehnliche Provision verlieren. Wahrscheinlich war das der Grund.

Lacey stand auf und griff nach ihrer Jacke. Am Nachmittag war es zwar warm gewesen, doch der Wetterbericht hatte für den Abend einen Temperatursturz vorhergesagt. »Warten wir's ab«, sagte sie.

»Gehst du schon?«

»Ich glaube, ich mache vorher noch einen kleinen Spaziergang, trinke eine Tasse Kaffee und lege mir einen Schlachtplan zurecht. Bis später, Rick.«

Sie war zwar zwanzig Minuten zu früh dran, aber sie beschloß, schon nach oben zu gehen. Patrick, der Pförtner, der gerade eine Lieferung entgegennahm, begrüßte sie mit einem Lächeln und gab ihr durch ein Zeichen zu verstehen, sie solle selbst mit dem Aufzug hinauffahren.

Als sie die Tür öffnete und Isabelles Namen rief, hörte sie den Schrei und den Schuß. Zuerst blieb sie wie erstarrt stehen, dann aber schlug sie ganz automatisch die Tür hinter sich zu und versteckte sich im Schrank. Im nächsten Moment stürmte Caldwell die Treppe hinunter und rannte den Flur entlang. Er hielt eine Pistole in der Hand und hatte eine Ledermappe unterm Arm.

Später fragte sie sich, ob sie wirklich die Stimme ihres Vaters gehört hatte: »Mach die Tür zu, Lacey! Sperr ihn aus!« War er ihr Schutzengel, der ihr die Kraft gab, die Tür zuzudrücken und zu verriegeln, während Caldwell sich schon dagegenstemmte?

Sie lehnte an der Tür und hörte das Klicken des Schlüssels im Schloß. Er wollte wieder herein. Sie dachte an den Raubtierblick seiner blaßblauen Augen. Für den Bruchteil einer Sekunde hatten sie einander angesehen.

Isabelle!

Die Polizei anrufen … Hilfe holen!

Sie stolperte die Wendeltreppe hinauf, dann durchs elfenbein- und pfirsichfarben ausgestattete Wohnzimmer und ins

Schlafzimmer, wo Isabelle auf dem Bett lag. Überall war Blut, es tropfte auf den Boden.

Isabelle bewegte sich. Sie zerrte an einem Stoß Papiere, der unter dem Kopfkissen lag. Auch die Papiere waren blutig.

Lacey wollte Isabelle sagen, daß sie Hilfe holen würde... Alles würde gut werden. Doch dann versuchte Isabelle zu sprechen: »Lacey... geben Sie Heathers... Tagebuch... ihrem Vater.« Keuchend schnappte sie nach Luft. »Keinem anderen Menschen... Versprechen Sie mir das... nur... ihm! *Lesen Sie es... Zeigen Sie ihm... wo...« Ihre Stimme erstarb, und ihr Blick wanderte ins Leere. Als Lacey sich neben Isabelle kniete, ergriff diese mit letzter Kraft ihre Hand. »Versprechen Sie... bitte... Mann...!«*

»Ich verspreche es, Isabelle«, antwortete Lacey mit tränenerstickter Stimme.

Plötzlich ließ der Druck auf ihrer Hand nach. Isabelle war tot.

»Alles in Ordnung, Lacey?«

»Ich glaube schon.« Sie saß in Isabelles Bibliothek in einem Ledersessel an dem Schreibtisch, wo Isabelle noch vor wenigen Stunden gesessen und die Tagebuchseiten aus der Ledermappe gelesen hatte.

Curtis Caldwell hatte zwar die Mappe mitgenommen, aber offenbar hatte er sie einfach gepackt, ohne zu bemerken, daß Isabelle einige Papiere herausgenommen hatte. Lacey hatte die Mappe zwar nicht aus der Nähe gesehen, aber sie hatte einen ziemlich schweren und unhandlichen Eindruck gemacht.

Die Seiten, die unter Isabelles Kopfkissen gelegen hatten, befanden sich inzwischen in Laceys Aktenkoffer. Isabelle hatte ihr das Versprechen abgenommen, sie nur Heathers Vater und niemand anderem zu geben. Außerdem hatte sie verlangt, daß Lacey ihn auf eine bestimmte Stelle hinwies. Aber was hatte sie damit gemeint? War es nicht doch besser, wenn sie der Polizei sofort davon erzählte?

»Lacey, trink einen Schluck Kaffee. Es wird dir guttun.«

Rick kauerte neben ihr und hielt ihr eine dampfende Tasse hin. Er hatte den Detectives bereits erklärt, daß er keinen Grund gesehen habe, die Angaben eines Mannes zu überprüfen, der sich als Angestellter der Kanzlei Keller, Roland und Smythe vorstellte. Der Mann habe gesagt, er sei Anwalt und werde in Kürze von Texas nach New York versetzt. »Wir arbeiten häufig mit dieser Kanzlei zusammen«, erläuterte Rick. »Also fand ich es überflüssig, zurückzurufen und es mir bestätigen zu lassen.«

»Und Sie sind sicher, daß es dieser Caldwell war, der aus der Wohnung gelaufen ist, Miss Farrell?«

Der ältere der beiden Detectives war um die Fünfzig und ziemlich stämmig. Aber er bewegt sich leichtfüßig, dachte Lacey, die sich einfach nicht konzentrieren konnte. Er erinnert mich an einen Schauspieler, mit dem Dad befreundet war. Er spielte den Vater in der Neuinszenierung von *My Fair Lady* und sang das Lied »Get Me to the Church on Time«. Wie hieß er noch mal?

»Miss Farrell?« Mittlerweile klang der Detective ein wenig ungeduldig.

Lacey sah ihn an. *Detective Ed Sloane*, fiel ihr ein. Aber an den Namen des Schauspielers konnte sie sich immer noch nicht erinnern. Was hatte Sloane sie gefragt? Ach ja. Ob Curtis Caldwell der Mann gewesen sei, den sie aus Isabelles Schlafzimmer die Treppe hatte hinunterlaufen sehen?

»Ich bin vollkommen sicher, daß es derselbe Mann war«, antwortete sie. »Er hatte eine Pistole und die Ledermappe bei sich.«

Am liebsten hätte sie sich auf die Zunge gebissen. Sie hatte das Tagebuch doch gar nicht erwähnen wollen. Sie mußte sich genau überlegen, was sie sagte.

»Die Ledermappe?« fragte Detective Sloane in scharfem Ton. »Was für eine Ledermappe? Davon haben Sie bis jetzt noch nichts erzählt.«

Lacey seufzte. »Ich weiß nicht genau. Heute nachmittag hat sie aufgeschlagen auf Isabelles Schreibtisch gelegen. Sie hat einen Reißverschluß. Isabelle hat Papiere gelesen, die sich darin befanden, als wir heute nachmittag hier waren.« Eigentlich hätte sie jetzt erklären sollen, daß einige Seiten aus der Mappe fehlten, als Caldwell sie mitgenommen hatte. Warum tat sie es nicht? Weil sie Isabelle geschworen hatte, das Tagebuch Heathers Vater zu übergeben. Isabelle hatte gegen den Tod angekämpft, bis sie Lacey das Versprechen abgenommen hatte. Lacey mußte ihr Wort halten ...

Auf einmal spürte Lacey, wie ihre Knie zu zittern anfingen. Obwohl sie die Hände dagegenpreßte, wollte das Zittern nicht aufhören.

»Ich glaube, wir rufen besser einen Arzt, Miss Farrell«, sagte Sloane.

»Ich möchte nur nach Hause«, murmelte Lacey. »Bitte lassen Sie mich gehen.«

Sie bemerkte, daß Rick dem Detective etwas zuflüsterte, aber sie verstand es nicht und wollte es eigentlich auch gar nicht hören. Als sie die Handflächen gegeneinanderrieb, stellte sie fest, daß ihre Hände klebrig waren. Erschrocken machte sie sich klar, daß Isabelles Blut an ihren Händen klebte.

»Mr. Parker bringt Sie nach Hause, Miss Farrell«, sagte Detective Sloane. »Wir unterhalten uns morgen, wenn Sie sich ausgeruht haben.« Seine Stimme ist so laut, dachte Lacey. Oder nicht? Nein. Es war Isabelles Schrei, der ihr in den Ohren gellte. *Nicht ...!*

Liegt Isabelles Leiche noch auf dem Bett? fragte sie sich.

Sie fühlte, wie Hände sie unter den Achseln faßten und sie hochzogen. »Komm, Lacey«, forderte Rick sie auf.

Gehorsam stand sie auf und ließ sich durch den Flur führen. Heute nachmittag hatte Curtis Caldwell hier gestanden. Er hatte gehört, wie Isabelle sich geweigert hatte, die Wohnung zu verkaufen.

»Er hat nicht im Wohnzimmer gewartet«, sagte sie.

»Wen meinst du?«, fragte Rick.

Aber Lacey antwortete nicht. Auf einmal fiel ihr der Aktenkoffer mit den Tagebuchseiten ein.

Sie wußte noch, daß sie die blutgetränkten Papiere in die Hand genommen hatte. Deshalb waren ihre Hände jetzt blutig. Detective Sloane hatte sie gefragt, ob sie Isabelle angefaßt hatte.

Sie hatte ihm erklärt, sie habe Isabelle die Hand gehalten, als sie starb.

Sicher war ihm das Blut an ihren Händen aufgefallen. Bestimmt war auch an dem Aktenkoffer Blut. Plötzlich konnte Lacey wieder klar denken. Wenn sie Rick bat, ihr den Aktenkoffer aus dem Wandschrank zu holen, würde er das Blut am Griff bemerken. Also mußte sie den Koffer selbst nehmen und verhindern, daß ihn sich jemand zu gründlich ansah, bevor sie Gelegenheit hatte, das Blut abzuwischen.

Überall wimmelte es von Leuten. Blitzlichter. Jemand photographierte. Die Polizisten suchten nach Fingerabdrücken und staubten die Tische mit einem Pulver ein. Isabelle hätte das nicht gefallen, schoß es Lacey durch den Kopf. Sie war so ordentlich.

An der Treppe blieb Lacey stehen und blickte nach oben. Lag Isabelle noch dort? fragte sie sich. Hatte die Polizei ihre Leiche zugedeckt?

Rick legte fest den Arm um sie. »Komm, Lacey«, sagte er und schob sie zur Tür.

Sie kamen an dem Wandschrank vorbei, in den sie ihren Aktenkoffer gestellt hatte.

Ich darf Rick nicht bitten, ihn herauszuholen, hielt sie sich wieder vor Augen. Sie machte sich los, öffnete die Schranktür und griff mit der linken Hand nach dem Koffer.

»Ich trage ihn«, sagte Rick.

Da ließ Lacey sich gegen ihn sacken und stützte sich mit der rechten Hand schwer auf seinen Arm, während sie mit der linken den Griff des Aktenkoffers umklammerte.

»Lacey, ich bringe dich nach Hause«, versprach Rick.

Sie hatte den Eindruck, daß alle sie und den blutigen Aktenkoffer anstarrten. Fühlte sich so ein Dieb? fragte sie sich. *Geh zurück. Gib ihnen das Tagebuch. Es geht dich nichts an*, bohrte eine Stimme in ihr.

Doch Isabelles Blut klebte an den Seiten. *Ich darf es nicht aus der Hand geben*, dachte sie verzweifelt.

Unten in der Eingangshalle kam ein junger Polizist auf sie zu. »Ich fahre Sie, Miss Farrell. Detective Sloane möchte, daß Sie wohlbehalten nach Hause kommen.«

Lacey wohnte in der East End Avenue, Ecke 79. Straße. Rick wollte unbedingt mit nach oben kommen, aber sie lehnte ab. »Ich gehe sofort ins Bett«, sagte sie und schüttelte nur den Kopf, als er widersprach, sie sollte jetzt besser nicht allein sein.

»Dann ruf ich dich gleich morgen früh an«, sagte er.

Laceys Wohnung lag im siebten Stock. Im Aufzug war sie allein, und es schien eine Ewigkeit zu dauern, bis sie oben angelangt war. Der Flur erinnerte sie an den vor Isabelles Wohnung, und sie sah sich ängstlich um, bevor sie zu ihrer Tür rannte.

In ihrer Wohnung angekommen, schob sie zuerst den Aktenkoffer unters Sofa. Vom Wohnzimmerfenster aus konnte man den East River sehen. Lange Zeit stand Lacey da und betrachtete die flackernden Lichter auf dem Wasser. Obwohl sie vor Kälte zitterte, öffnete sie schließlich das Fenster und atmete in tiefen Zügen die frische Nachtluft ein. Allmählich legte sich das unwirkliche Gefühl, das sich während der letzten Stunden ihrer bemächtigt hatte. Erst jetzt bemerkte sie, daß sie so müde war wie noch nie in ihrem Leben. Sie drehte sich um und sah auf die Uhr.

Halb elf. Erst vor gut vierundzwanzig Stunden hatte sie keine Lust gehabt, ans Telephon zu gehen, als Isabelle anrief. Und nun würde Isabelle nie wieder anrufen…

Lacey erstarrte. Die Tür! Hatte sie auch zweimal abgeschlossen? Sie rannte hin, um nachzusehen.

Ja, alles in Ordnung. Aber sie schob zusätzlich den Riegel vor und klemmte einen Stuhl unter die Türklinke. Ich habe Angst, dachte sie, und meine Hände sind klebrig – von Isabelle Warings Blut.

Für New Yorker Verhältnisse war das Bad ziemlich geräumig. Als Lacey vor zwei Jahren alles renoviert hatte, hatte sie einen großzügigen Whirlpool einbauen lassen. Diese Investition hatte sich wirklich gelohnt, dachte sie, als das dampfende Wasser den Spiegel beschlug.

Sie zog sich aus und warf die Kleiderstücke auf den Boden. Mit einem erleichterten Seufzer ließ sie sich ins warme Wasser sinken, hielt die Hände unter den Hahn, schrubbte sie kräftig und schaltete schließlich die Düsen ein.

Erst nachdem sie sich gemütlich in einen Frotteebademantel gewickelt hatte, dachte sie wieder an die blutigen Papiere in ihrem Aktenkoffer.

Nicht jetzt, später.

Es gelang ihr einfach nicht, die eisige Furcht abzuschütteln, die sie schon den ganzen Abend quälte. Ihr fiel ein, daß sie noch eine Flasche Scotch in der Hausbar hatte. Sie goß ein wenig in eine Tasse, füllte die Tasse mit Wasser auf und stellte sie in die Mikrowelle. Ihr Vater hatte einmal gesagt, nichts sei besser als ein Hot Toddy, um sich aufzuwärmen. Nur daß er die klassische Version mit Nelken, Zucker und einer Zimtstange bevorzugte.

Doch auch ohne Gewürze erfüllte das Getränk seinen Zweck. Als Lacey sich ins Bett kuschelte und schlückchenweise ihre Tasse leerte, spürte sie, wie sie allmählich ruhiger wurde. Sie löschte das Licht und schlief bald ein.

Aber schon kurz darauf fuhr sie mit einem Aufschrei hoch. *Sie öffnete Isabelle Warings Wohnungstür. Sie beugte sich über die Leiche der Frau. Curtis Caldwell zielte mit einer Pistole auf ihren Kopf.* Das Bild stand ihr deutlich vor Augen.

Es dauerte eine Weile, bis sie begriff, daß das schrille Geräusch das Klingeln des Telephons war. Immer noch zitternd, hob sie ab. Es war ihr Schwager Jay. »Wir sind gerade vom Abendessen gekommen und haben in den Nachrichten gehört, daß Isabelle Waring erschossen wurde«, sagte er. »Es hieß, es gäbe eine Zeugin, eine junge Frau, die den Mörder gesehen hat. Das warst doch nicht etwa du, Lacey?«

Wie tröstlich, daß Jay sich um sie sorgte! »Doch, ich war es«, antwortete sie.

Einen Moment herrschte Schweigen. Dann sagte Jay leise: »Es ist nie gut, Zeuge eines Verbrechens zu sein.«

»Ich kann mir auch was Schöneres vorstellen!«, entgegnete Lacey wütend.

»Kit möchte mit dir sprechen.«

»Ich kann jetzt nicht reden.« Lacey wußte genau, daß Kit sie vor lauter Liebe und Sorge mit Fragen löchern und sie zwingen würde, alles noch einmal zu erzählen. Wie sie in die Wohnung gegangen war und den Schrei gehört und Isabelles Mörder gesehen hatte.

»Jay, ich kann jetzt einfach nicht reden!«, flehte sie. »Kit hat bestimmt Verständnis dafür.«

Sie hängte ein. Dann lag sie in der Dunkelheit da und versuchte, sich zu beruhigen und wieder einzuschlafen. Aber sie ertappte sich dabei, daß sie lauschte. Sie wartete auf einen Schrei und das Geräusch hastender Schritte, die immer näher kamen.

Caldwells Schritte.

Bevor sie einschlief, mußte sie an etwas denken, das Jay vorhin am Telephon gesagt hatte: Es sei niemals gut, Zeuge eines Verbrechens zu sein. Was hatte er damit gemeint?

Nachdem sich Rick von Lacey in der Eingangshalle ihres Hauses verabschiedet hatte, fuhr er mit dem Taxi in seine Wohnung, Ecke Central Park West und 67. Straße. Er wußte, was ihn dort erwartete, und ihm graute davor. Inzwischen berichteten die Nachrichten sicher schon über Isabelle Warings Tod. Als sie aus dem Haus gekommen waren, hatten sich auf der Straße bereits die Reporter gedrängt. Wahrscheinlich hatte eine Kamera ihn und Lacey beim Einsteigen ins Polizeiauto erwischt. Und wenn ja, wußte sein Vater schon Bescheid. Er sah sich nämlich immer die Zehn-Uhr-Nachrichten an. Rick warf einen Blick auf die Uhr: Viertel vor elf.

Wie er vermutet hatte, blinkte das Lämpchen an seinem Anrufbeantworter, als er seine dunkle Wohnung betrat. Er drückte auf PLAY. Die Nachricht war tatsächlich von seinem Vater: »Egal, wann du nach Hause kommst, ruf mich an!«

Rick hatte so feuchte Hände, daß er sie erst mit einem Taschentuch abwischen mußte, ehe er zum Hörer griff. Sein Vater hob nach dem ersten Läuten ab.

»Bevor du fragst«, sprudelte Rick mit gepreßter Stimme los, »mir blieb nichts anderes übrig. Ich mußte hin, denn Lacey hatte der Polizei gesagt, ich hätte ihr Caldwells Nummer gegeben. Deshalb hat man mich kommen lassen.«

Rick hörte sich die Standpauke seines Vaters eine Weile an, bis er endlich den Mut faßte, ihm ins Wort zu fallen: »Dad, ich hab dir doch gesagt, daß du dir darüber nicht den Kopf zu zerbrechen brauchst. Alles ist okay. Niemand weiß, was zwischen mir und Heather Landi passiert ist.«

4

Sandy Savarano, den Lacey unter dem Namen Curtis Caldwell kennengelernt hatte, war nach seiner wilden Flucht aus Isabelle Warings Wohnung die Feuertreppe hinunter in den Keller gelaufen. Durch den Lieferanteneingang hatte er das Haus verlassen. Das war zwar gefährlich, aber manchmal mußte man eben ein Risiko eingehen.

Die Ledermappe unterm Arm, eilte er zur Madison Avenue. Dort hielt er ein Taxi an und ließ sich zu dem kleinen Hotel in der 29. Straße fahren, wo er wohnte. In seinem Zimmer angekommen, warf er die Mappe aufs Bett und schenkte sich zuerst einmal ein großes Glas Whisky ein. Die erste

Hälfte kippte er hinunter, den Rest wollte er langsam genießen – ein Ritual, das er sich nach jedem Auftrag gönnte.

Das Glas in der einen Hand, griff er nach der Mappe und ließ sich in dem einzigen Polstersessel nieder, den das Hotelzimmer zu bieten hatte. Bis auf das Fiasko am Ende war der Job ein Kinderspiel gewesen: Er hatte das Gebäude unbemerkt betreten, denn der Pförtner war gerade damit beschäftigt gewesen, einer alten Dame ins Taxi zu helfen. Den Schlüssel zur Wohnung hatte er schon am Nachmittag vom Tisch im Flur gestohlen, als Lacey Farrell bei Mrs. Waring in der Bibliothek gewesen war.

Isabelle hatte mit geschlossenen Augen im Schlafzimmer auf dem Bett gelegen. Die Ledermappe lag neben ihr auf dem Nachttisch. Als sie ihn bemerkte, sprang sie auf und versuchte zu fliehen. Aber er versperrte ihr den Weg zur Tür.

Sie hatte nicht geschrien. Nein, dazu hatte sie zu große Angst gehabt. Das gefiel ihm am besten: die nackte Angst in ihren Augen und die Gewißheit, daß es kein Entrinnen gab. Die Erkenntnis, daß sie sterben würde. Er genoß diesen Moment. Ihm machte es Spaß, langsam die Pistole aus der Tasche zu ziehen, dem Opfer in die Augen zu blicken, während er anlegte und in aller Seelenruhe zielte. Das Knistern zwischen ihm und dem Opfer, in dem Sekundenbruchteil, bevor sich sein Finger um den Abzug krümmte, erregte ihn.

Er dachte daran, wie Isabelle vor ihm zurückgewichen war. Sie kletterte wieder aufs Bett und preßte sich an das Kopfbrett. Sie bemühte sich zu sprechen. Und dann der Schrei: *»Nicht!«* – der plötzlich mit der Stimme einer Frau verschmolz, die von unten nach ihr rief –, genau in dem Moment, als er sie erschoß.

Ärgerlich trommelte Savarano mit den Fingern auf die Ledermappe. Ausgerechnet in dem Moment war die Farrell hereingekommen. Ansonsten hätte alles prima geklappt. Er war ein Idiot gewesen, sich von ihr aussperren zu lassen, so daß er gezwungen war zu fliehen. Aber immerhin hatte er das Tagebuch bekommen und die Waring getötet, und das war schließlich sein Auftrag gewesen. Und wenn die Farrell ein Problem darstellte, würde er sie eben auch töten, irgendwie … Er würde tun, was er tun mußte; das war nun mal sein Beruf.

Vorsichtig zog Savarano den Reißverschluß der Mappe auf und sah hinein. Die Seiten waren ordentlich festgeklemmt, doch als er sie durchsah, stellte er fest, daß sie alle leer waren.

Ungläubig starrte er sie an. Dann blätterte er weiter und suchte nach handgeschriebenen Notizen. Doch die Papierbögen waren alle weiß und unbenutzt. Das hieß, daß sich das eigentliche Tagebuch noch in der Wohnung befinden mußte. Was sollte er jetzt tun? Er mußte sich etwas einfallen lassen.

Jetzt war es zu spät, das Tagebuch zu holen. Wahrscheinlich wimmelte es in der Wohnung nur so von Cops. Er würde einen anderen Weg finden müssen.

Allerdings war es noch nicht zu spät, dafür zu sorgen, daß Lacey Farrell ihn nie vor Gericht identifizieren konnte. Das würde vielleicht sogar Spaß machen.

5

Kurz vor Morgengrauen fiel Lacey in einen tiefen, unruhigen Schlaf. In ihren Träumen schlichen geisterhafte Schatten endlose Korridore entlang, und hinter verschlossenen Türen erklangen markerschütternde, angsterfüllte Schreie.

Sie war fast erleichtert, als sie um Viertel vor sieben aufwachte, obwohl sie sich davor fürchtete, was der Tag bringen würde. Detective Sloane erwartete sie im Polizeipräsidium. Sie sollte gemeinsam mit einem Zeichner ein Phantombild von Curtis Caldwell erstellen.

Doch als sie im Bademantel ihren Kaffee trank und die Schiffe beobachtete, die langsam den East River hinauftuckerten, wurde ihr klar, daß es etwas gab, worüber sie zuerst eine Entscheidung treffen mußte: das Tagebuch.

Was soll ich bloß tun? fragte sich Lacey. Isabelle hatte geglaubt, das Tagebuch enthielte den Beweis dafür, daß Heathers Tod kein Unfall war. Curtis Caldwell hatte nach dem Mord an Isabelle die Mappe gestohlen.

Hatte er Isabelle getötet, weil er befürchtete, daß sie wirklich auf etwas gestoßen war? Hatte er das vermeintliche Tagebuch mitgenommen, damit niemand es lesen konnte?

Sie sah sich um. Der Aktenkoffer mit den blutverschmierten Seiten lag noch unter dem Sofa.

Ich muß es der Polizei aushändigen, dachte sie. Aber ich glaube, es gibt eine Möglichkeit, wie ich gleichzeitig auch mein Versprechen an Isabelle halten kann.

Um zwei Uhr saß Lacey Detective Ed Sloane und Detective Nick Mars, seinem Assistenten, am Konferenztisch in einem kleinen Raum des Polizeireviers gegenüber. Sloane schien ein wenig außer Atem, als ob er gerannt wäre. Aber vielleicht rauchte er einfach nur zuviel. Aus seiner Hemdtasche ragte ein offenes Päckchen Zigaretten.

Nick Mars war das genaue Gegenteil von ihm. Er erinnerte Lacey an einen Footballspieler der Collegemannschaft, für den sie mit achtzehn geschwärmt hatte. Mars war noch keine dreißig, hatte ein jungenhaftes Gesicht mit runden Wangen, unschuldige blaue Augen und ein freundliches Lächeln. Außerdem wirkte er sympathisch. Allerdings war Lacey sicher, daß er in diesem Spiel, wie bei Verhören üblich, die Rolle des netten Polizisten übernahm. Sloane würde sich aufblasen und ab und zu die Geduld verlieren. Nick Mars würde ihn beruhigen und sich stets höflich und zuvorkommend benehmen.

Seit fast drei Stunden war Lacey nun auf dem Revier und wußte inzwischen, daß die beiden eine Show abzogen, um ihr Informationen zu entlocken. Als sie dem Polizeizeichner Curtis Caldwells Gesicht beschrieben hatte, war Sloane mit ihren vagen Angaben ziemlich unzufrieden gewesen.

»Er hatte weder Narben, Muttermale noch Tätowierungen«, erklärte Lacey dem Zeichner. »Wenigstens keine, die ich sehen konnte. Ich weiß nur, daß er ein schmales Gesicht, blaßblaue Augen, sonnengebräunte Haut und blondes Haar hatte. An seinem Gesicht war nichts Auffälliges. Er sah ziemlich durchschnittlich aus; bis auf die Lippen, die waren ein bißchen schmal.«

»Aber so hat er nicht ausgesehen«, sagte sie zögernd, als sie die fertige Zeichnung betrachtete.

»Und wie hat er dann ausgesehen?« fauchte Sloane.

»Nur mit der Ruhe, Ed. Lacey hat eine Menge durchgemacht.« Nick Mars lächelte ihr aufmunternd zu.

Nachdem es dem Zeichner nicht gelungen war, Curtis Caldwell nach Laceys Angaben zu skizzieren, mußte sie sich unzählige Photos aus der Verbrecherkartei ansehen. Doch keines ähnelte dem Mann, den sie in Isabelle Warings Wohnung beobachtet hatte, was Sloane offensichtlich verärgerte.

Nun zog Sloane, eindeutig entnervt, eine Zigarette aus dem Päckchen und zündete sie an. »Okay, Miss Farrell«, meinte er barsch. »Wir müssen Ihre Geschichte noch einmal durchgehen.«

»Möchten Sie einen Kaffee, Lacey?« fragte Mars.

»Ja, vielen Dank.« Dankbar lächelte sie ihn an, doch dann mahnte sie sich zur Vorsicht. Paß auf und vergiß nicht: netter Cop/fieser Cop. Anscheinend hatte Detective Sloane einen neuen Einfall.

»Miss Farrell, ich würde gern einige Einzelheiten dieses Verbrechens klären. Sie waren ziemlich aufgeregt, als Sie gestern die Polizei angerufen haben.«

Lacey zog die Augenbrauen hoch. »Mit gutem Grund«, entgegnete sie nickend.

»Richtig. Und ich würde sagen, daß Sie bei unserer Ankunft unter Schock standen.«

»Kann durchaus sein.« In Wahrheit hatte sie den Großteil der Ereignisse des gestrigen Abends nur noch verschwommen in Erinnerung.

»Ich habe Sie nicht zur Tür begleitet, doch ich habe gehört, daß Sie noch geistesgegenwärtig genug waren, um an Ihren

Aktenkoffer zu denken, der in Mrs. Warings Wohnung im Wandschrank neben der Tür stand.«

»Ja, er ist mir eingefallen, als ich am Wandschrank vorbeikam.«

»Wissen Sie noch, daß zu diesem Zeitpunkt photographiert wurde?«

Lacey überlegte. Die Pulverschicht auf den Möbeln. Die Blitzlichter.

»Ja«, antwortete sie.

»Würden Sie sich dann bitte diese Aufnahme ansehen?« Sloane schob ihr über den Tisch hinweg ein Photo zu. »Eigentlich handelt es sich um die Vergrößerung eines Ausschnitts von einer Aufnahme, die routinemäßig in der Halle gemacht wurde«, erklärte er. Er nickte seinem jungen Kollegen zu. »Detective Mars ist dieses kleine Detail aufgefallen.«

Lacey betrachtete das Bild. Es zeigte sie im Profil, wie sie den Aktenkoffer umklammerte und ihn von Rick Parker fernhielt, der gerade danach greifen wollte.

»Sie haben sich also nicht nur an Ihren Aktenkoffer erinnert, sondern auch darauf bestanden, ihn selbst zu tragen.«

»Nun, so bin ich eben. In Gegenwart von Berufskollegen zeige ich nicht gerne Schwächen«, erwiderte Lacey mit ruhiger Stimme. »Wahrscheinlich habe ich ganz automatisch reagiert. Ich weiß nicht, was ich mir dabei gedacht habe.«

»Das glaube ich Ihnen nicht«, sagte Detective Sloane. »Ich bin der Ansicht, daß Sie ganz bewußt gehandelt haben. Wissen Sie, Miss Farrell, wir haben in diesem Wandschrank Blutspuren gefunden – Isabelle Warings Blut. Wie, denken Sie, könnte das in den Schrank gekommen sein?«

Heathers Tagebuch, dachte Lacey. Einige der blutbefleckten Seiten waren heruntergefallen, als sie sie in den Aktenkoffer gestopft hatte. Und außerdem hatte sie blutige Hände gehabt. Doch das durfte sie dem Detective nicht verraten – wenigstens noch nicht. Sie brauchte noch Zeit, um das Tagebuch zu lesen. Sie starrte auf ihren Schoß. Ich sollte etwas sagen. Aber was?

Vorwurfsvoll, ja fast anklagend, beugte sich Sloane über den Tisch. »Miss Farrell, ich weiß nicht, was für eine Show Sie hier abziehen, und ich habe auch keine Ahnung, was Sie uns verschweigen. Aber es handelt sich hier ganz offensichtlich nicht um einen gewöhnlichen Mord. Der Mann, der sich Curtis Caldwell nannte, war weder ein Einbrecher, noch hat er Isabelle Waring zufällig umgebracht. Die Tat wurde sorgfältig geplant und ausgeführt. Ihr plötzliches Erscheinen war vermutlich das einzige, womit der Täter nicht gerechnet hat.« Er machte eine Pause und sprach dann in gereiztem Ton weiter. »Sie sagten, er habe Mrs. Warings Ledermappe bei sich gehabt. Beschreiben Sie sie mir noch einmal.«

»Die Beschreibung ist noch immer dieselbe«, entgegnete Lacey. »Es handelte sich um eine Mappe für lose Blätter im Standardformat, die man ringsherum mit einem Reißverschluß zumachen kann, damit nichts herausfällt.«

»Miss Farrell, haben Sie das hier schon einmal gesehen?« Sloane schob ihr ein Blatt Papier zu.

Lacey sah es an. Es war eine beschriftete Einzelseite. »Ich weiß nicht genau«, antwortete sie.

»Bitte, lesen Sie.«

Lacey überflog den Text, der offenbar vor drei Jahren entstanden war. *Papa kam heute wieder in die Vorstellung*, lautete die erste Zeile. *Er hat uns alle in sein Restaurant zum Essen eingeladen ...*

Heathers Tagebuch, dachte Lacey. Offenbar habe ich diese Seite übersehen. Habe ich womöglich noch mehr liegengelassen?

»Haben Sie das hier schon einmal gesehen?«, wiederholte Sloane.

»Gestern nachmittag, als ich dem Mann, der sich als Curtis Caldwell ausgab, die Wohnung gezeigt habe, saß Isabelle in der Bibliothek an ihrem Schreibtisch. Die Ledermappe lag offen vor ihr, und sie las die losen Seiten, die sich darin befanden. Ich könnte nicht beschwören, daß dieses Blatt aus der Mappe stammt, aber es ist wahrscheinlich.«

Wenigstens stimmt das halbwegs, dachte sie. Warum hatte sie sich heute morgen nicht die Zeit genommen, die Seiten zu photokopieren, bevor sie zur Polizei gegangen war?

Denn das war die Entscheidung, die sie getroffen hatte. Das Original sollte die Polizei bekommen, für Jimmy Landi und sich selbst wollte sie je eine Kopie machen. Isabelle hatte gewollt, daß Jimmy das Tagebuch las. Sie war überzeugt gewesen, daß er etwas Wichtiges darin entdecken würde. Doch es machte keinen Unterschied, ob er nun das Original oder eine Kopie zu lesen bekam, und das galt auch für Lacey selbst.

»Wir haben diese Seite im Schlafzimmer unter dem Sofa entdeckt«, sagte Sloane. »Vielleicht gab es noch weitere lose Blätter. Halten Sie das für möglich?« Er wartete die Antwort nicht ab. »Befassen wir uns noch einmal mit den Spuren von Isabelle Warings Blut, die wir im Schrank im unteren Stockwerk gefunden haben. Können Sie sich vorstellen, wie es dorthin geraten ist?«

»Ich hatte Isabelles Blut an meinen Händen«, erwiderte Lacey. »Das wissen Sie doch?«

»Das weiß ich allerdings, aber das Blut ist nicht von Ihren Händen getropft, als Sie sich gestern abend Ihren Aktenkoffer geschnappt haben. Wann also dann? Haben Sie etwas in den Aktenkoffer gesteckt, bevor wir kamen? Etwas, das Sie aus Isabelle Warings Schlafzimmer mitgenommen haben? Ich glaube schon. Warum verraten Sie uns nicht, was es war? Lagen vielleicht noch mehr Seiten wie die, die Sie eben gelesen haben, im Zimmer herum? Habe ich gut geraten?«

»Reg dich nicht auf, Eddie. Gib Lacey doch eine Chance zu antworten«, versuchte Mars ihn zu bremsen.

»Lacey kann sich soviel Zeit lassen, wie sie will, Nick«, fauchte Sloane. »Aber das ändert nichts an der Wahrheit. Sie hat etwas aus diesem Zimmer mitgenommen, da bin ich mir ganz sicher. Und fragst du dich nicht auch, warum eine unschuldige Zeugin etwas aus der Wohnung des Opfers mitgehen lassen sollte? Haben Sie dafür eine Erklärung?«, wandte er sich an Lacey.

Wie gerne hätte sie den beiden erzählt, daß sich das Tagebuch in ihrem Besitz befand und warum das so war. Aber dann werden sie verlangen, daß ich es sofort herausgebe, dachte sie. Sie werden mir nicht erlauben, es für Heathers Vater zu kopieren. Und ich darf ihnen auf keinen Fall verraten, daß ich es auch für mich selbst kopieren will. Sie tun so, als wäre ich in den Mord an Isabelle verwickelt. Ich händige ihnen morgen das Original aus.

Sie stand auf. »Nein, habe ich nicht. Möchten Sie sonst noch etwas wissen, Detective Sloane?«

»Für heute sind wir fertig, Miss Farrell. Aber vergessen Sie nicht, daß Behinderung der Ermittlungen in einem Mordfall empfindliche Strafen nach sich zieht. Und damit meine ich nicht nur eine Geldbuße«, fügte er drohend hinzu. »Und noch etwas: Falls Sie die Seiten wirklich mitgenommen haben, stellt sich mir die Frage, ob Sie tatsächlich nur eine unbeteiligte Zeugin sind. Schließlich sind Sie zufällig dafür verantwortlich, daß Isabelle Waring ihrem Mörder begegnet ist.«

Lacey ging wortlos. Eigentlich mußte sie ins Büro, doch zuerst wollte sie nach Hause, um Heather Landis Tagebuch zu holen. Heute abend würde sie bleiben, bis alle Kollegen fort waren, und dann die Seiten kopieren. Und morgen würde sie Sloane das Original übergeben. Ich werde versuchen, ihm zu erklären, warum ich das Tagebuch mitgenommen habe, dachte sie nervös.

Sie wollte schon ein Taxi aufhalten, beschloß aber dann, zu Fuß zu gehen. Die Nachmittagssonne war angenehm warm, und sie fühlte sich noch immer durchgefroren. Als sie die Second Avenue überquerte, hatte sie den Eindruck, daß jemand ihr folgte. Sie wirbelte herum und stand vor einem erstaunten älteren Herrn.

»Entschuldigen Sie«, murmelte sie und eilte auf die andere Straßenseite.

Ich habe Curtis Caldwell erwartet, dachte sie und stellte verärgert fest, daß sie zitterte. Wenn er es auf das Tagebuch abgesehen hatte, hat er jedenfalls Pech gehabt. Wird er wieder versuchen, es zu holen? Er weiß, daß ich ihn gesehen habe und ihn als Mörder wiedererkennen werde. Bis die Polizei Caldwell schnappt – wenn es überhaupt soweit kommt –, schwebe ich in Gefahr. Doch daran wollte Lacey lieber nicht denken.

In der Eingangshalle ihres Hauses fühlte sie sich zunächst sicher. Aber als sie in ihrer Etage aus dem Aufzug stieg, erschien ihr der lange Flur beängstigend. Mit dem Schlüssel in der Hand eilte sie zu ihrer Wohnung und ging schnell hinein.

Niemals wieder benutze ich diesen Aktenkoffer, schwor sie sich, als sie ihn unter dem Sofa hervorholte und auf den Schreibtisch im Schlafzimmer stellte. Dabei vermied sie es, den blutigen Griff zu berühren.

Zaghaft zog sie die Tagebuchseiten heraus. Beim Anblick der Blutflecken erschauderte sie. Dann steckte sie die Papiere in einen großen braunen Umschlag und suchte im Wandschrank nach einer Tragetasche.

Zehn Minuten später trat sie, die Tasche fest unter den Arm geklemmt, auf die Straße. Während sie ängstlich Ausschau nach einem Taxi hielt, versuchte sie sich einzureden, daß Caldwell wahrscheinlich schon weit weg und auf der Flucht vor der Polizei war – ganz gleich, wie er in Wirklichkeit hieß und aus welchem Grund er Isabelle umgebracht hatte.

6

Sandy Savarano, alias Curtis Caldwell, riskierte keine Entdeckung, als er vom Münzfernsprecher gegenüber von Lacey Farrells Haus einen Anruf erledigte. Er hatte sein blondes Haar unter einer grauen Perücke versteckt, Wangen und Kinn waren mit grauen Bartstoppeln bedeckt, und anstelle des Geschäftsanzugs trug er einen verbeulten Pullover und ausgebleichte Jeans. »Nachdem die Farrell bei der Polizei war, ist sie nach Hause gegangen«, meldete er, während er aufmerksam die Straße entlangblickte. »Ich möchte mich nicht länger hier herumtreiben. Auf der anderen Straßenseite steht ein Streifenwagen. Vielleicht wird sie ja überwacht.«

Savarano ging nach Westen, überlegte es sich dann wieder anders und kehrte um. Er beschloß, den Streifenwagen eine Weile zu beobachten, um festzustellen, ob Lacey Farrell tatsächlich unter Polizeischutz stand. Er brauchte nicht lange zu warten. Aus ein paar Metern Entfernung sah er, wie die ihm gut bekannte junge Frau im schwarzen Kostüm und mit einer Tragetasche in der Hand aus dem Haus kam und ein Taxi anhielt. Als das Taxi davonbrauste, betrachtete Savarano den Streifenwagen. Was würden die Polizisten tun? Kurz darauf überfuhr ein Auto an der Kreuzung eine rote Ampel. Mit eingeschaltetem Blaulicht machte sich der Streifenwagen an die Verfolgung.

Gut, dachte Savarano. Ein Problem weniger.

7

Nach den Vorbereitungen für Isabelles Einäscherung kehrten Jimmy Landi und Steve Abbott ins Restaurant zurück und gingen sofort in Jimmys Büro. Steve schenkte zwei große Gläser Scotch ein und stellte sie auf den Schreibtisch. »Ich glaube, das haben wir jetzt beide nötig«, sagte er.

Landi griff nach seinem Glas. »Ich ganz bestimmt. Heute war ein scheußlicher Tag.«

Isabelles Leiche sollte eingeäschert werden, sobald die Polizei sie freigab. Die Beisetzung würde im Familienmausoleum auf dem Friedhof Gate of Heaven in Westchester stattfinden.

»Dann liegen meine Eltern, mein Kind und meine frühere Frau in einem Grab«, sagte Landi und blickte zu Abbott auf. »Mir kommt das alles so absurd vor, Steve. Ein Typ tut so, als wolle er eine Wohnung kaufen, kommt später zurück und bringt Isabelle um. Eine hilflose Frau. Und dabei hat sie nie mit teuren Juwelen geprotzt. Sie besaß gar keine. Sie machte sich nichts aus dem Zeug.«

Wut und Trauer malten sich auf seinem Gesicht. »Und ich habe ihr gesagt, daß sie die Wohnung endlich loswerden soll! Ständig hat sie davon geredet, daß Heathers Tod kein Unfall war! Sie hat sich damit verrückt gemacht – und mich auch. Und dadurch, daß sie dauernd in der Wohnung herumsaß, ist es auch nicht besser geworden. Außerdem brauchte sie das Geld. Dieser Waring, ihr zweiter Mann, hat ihr nämlich keinen Cent hinterlassen. Ich wollte nur, daß sie ihr Leben weiterlebt. Und dann kommt jemand und bringt sie einfach um!« Tränen traten ihm in die Augen. »Jetzt ist sie wenigstens bei Heather. Vielleicht wollte sie das ja. Ich weiß es nicht.«

Abbott räusperte sich. »Jimmy, Cynthia kommt gegen zehn zum Abendessen«, sagte er, um das Thema zu wechseln. »Willst du dich nicht zu uns setzen?«

Landi schüttelte den Kopf. »Lieber nicht. Danke für die Einladung. Seit Heathers Tod vor fast einem Jahr bemutterst du mich, Steve, und irgendwann muß damit Schluß sein. Mach dir keine Sorgen mehr um mich und kümmere dich um deine Freundin. Willst du sie heiraten?«

»Ich habe damit keine Eile«, antwortete Abbott lächelnd. »Zwei Scheidungen genügen mir.«

»Da hast du recht. Deshalb bin ich seit meiner Trennung von Isabelle auch allein geblieben. Aber du bist noch jung und hast ein langes Leben vor dir.«

»Jetzt übertreib mal nicht. Vergiß nicht, daß ich letztes Frühjahr fünfundvierzig geworden bin.«

»Ach wirklich? Ich werde nächsten Monat achtundsechzig«, brummte Jimmy. »Doch ich gehöre noch nicht zum alten Eisen. Ich habe noch eine Menge Pläne, ehe ich den Löffel abgebe. Denk an meine Worte.«

Er zwinkerte Abbott zu. Die beiden Männer lächelten. Dann leerte Abbott sein Glas und stand auf. »Das glaube ich dir gern, und ich verlasse mich auf dich. Wenn wir unseren

Laden in Atlantic City eröffnen, können die anderen Hotels gleich dichtmachen. Stimmt's?«

Abbott bemerkte, daß Jimmy Landi auf die Uhr sah. »Ich gehe besser runter und begrüße die Gäste«, sagte er.

Als Abbott draußen war, meldete sich die Empfangsdame über die Gegensprechanlage. »Mr. Landi, eine Miss Farrell möchte mit Ihnen sprechen. Sie sagt, sie sei die Immobilienmaklerin, die in Mrs. Warings Auftrag die Wohnung verkaufen sollte.«

»Stellen Sie durch«, entgegnete Jimmy barsch.

Als Lacey am Mittag ins Büro kam, wurde sie von Rick Parker mit Fragen bestürmt, der wissen wollte, wie ihre Vernehmung bei Detective Sloane gelaufen war. Doch sie antwortete nur ausweichend: »Er hat mir Photos gezeigt. Aber keiner der Männer sah aus wie Caldwell.«

Wieder einmal lehnte sie Ricks Einladung zum Abendessen ab. »Ich muß noch einigen Papierkram erledigen«, erklärte sie mit einem gezwungenen Lächeln.

Und das stimmt ja auch, dachte sie.

Sie wartete, bis alle Kollegen in der Abteilung Wohnungsmarkt nach Hause gegangen waren, und machte dann zwei Kopien von Heathers Tagebuch: eine für Heathers Vater und eine für sich selbst. Dann rief sie Landi im Restaurant an.

Das Gespräch war kurz: Jimmy Landi erwartete sie.

So kurz vor Beginn der Theatervorstellungen war es schwierig, ein Taxi zu bekommen, doch Lacey hatte Glück. Gerade in diesem Augenblick hielt ein Wagen vor dem Haus und ließ einen Fahrgast aussteigen. Lacey rannte los und sprang hinein, bevor ihr jemand das Taxi streitig machen konnte. Nachdem sie dem Fahrer die Adresse des Venezia in der 56. Straße West gegeben hatte, lehnte sie sich zurück und schloß die Augen. Erst jetzt wagte sie, den Griff um ihre Tasche ein wenig zu lockern, doch sie stellte sie nicht ab. Warum war sie nur so nervös? fragte sie sich. Und warum hatte sie das Gefühl, daß jemand sie beobachtete?

Der Speisesaal des Restaurants war voll, und an der Bar drängten sich die Gäste. Als Lacey ihren Namen nannte, winkte die Empfangsdame den Restaurantmanager herbei.

»Mr. Landi erwartet Sie oben, Miss Farrell«, sagte der Mann.

Am Telephon hatte sie ihm nur erzählt, daß Isabelle Heathers Tagebuch gefunden habe. Es sei ihr letzter Wunsch gewesen, daß Mr. Landi es bekäme.

Doch als sie dem bedrückt wirkenden, gedrungenen Mann in seinem Büro gegenübersaß, hatte sie das Gefühl, damit nur Salz in seine Wunden zu reiben. Aber sie fühlte sich verpflichtet, ehrlich mit ihm zu sein und ihm Isabelle Warings letzte Worte zu übermitteln.

»Ich habe ihr versprochen, Ihnen das Tagebuch zu geben«, fing sie an. »Und ich habe versprochen, es selbst zu lesen. Ich weiß nicht, warum sie das wollte. Sie sagte: ›Zeigen Sie ihm ... wo.‹ Sie wollte, daß ich Sie auf etwas darin aufmerksam mache. Vermutlich sah sie ihren Verdacht bestätigt, daß Heathers Tod nicht einfach nur ein Unfall war. Und ich bin hier, um Isabelles Wunsch zu erfüllen.« Lacey öffnete ihre Tasche und holte die mitgebrachten Papiere heraus.

Nach einem kurzen Blick darauf wandte Landi sich ab.

Lacey war sicher, daß der Anblick der Handschrift seiner Tochter den Mann schmerzlich berührt hatte. Aber er sagte nur unfreundlich: »Das ist nicht das Original.«

»Das Original habe ich nicht dabei. Ich werde es morgen früh der Polizei aushändigen.«

Ein ärgerlicher Ausdruck huschte über sein Gesicht. »Darum hat Isabelle Sie nicht gebeten.«

Lacey stand auf. »Mir bleibt nichts anderes übrig, Mr. Landi. Sicher verstehen Sie, daß es ziemlich schwierig sein wird, der Polizei zu erklären, warum ich Beweisstücke vom Tatort entfernt habe. Bestimmt bekommen Sie das Original früher oder später, doch ich fürchte, bis dahin müssen Sie sich mit einer Kopie zufriedengeben.« *So wie ich auch*, dachte sie, als sie hinausging.

Er blickte nicht einmal auf.

Als Lacey nach Hause kam und das Licht anknipste, begriff sie zuerst nicht, was das Chaos in ihrer Wohnung zu bedeuten hatte. Schubladen waren ausgekippt, Schränke durchwühlt und die Polster der Möbel auf den Boden geworfen worden. Selbst der Kühlschrank war ausgeleert und stand offen. Entsetzt ließ Lacey den Blick über das Durcheinander schweifen und bahnte sich dann einen Weg durch die Trümmer, um den Hausmeister anzurufen. Während dieser den Vorfall bei der Polizei meldete, wählte sie die Nummer von Detective Sloane.

Er traf kurz nach dem Beamten vom nächsten Revier ein. »Sie wissen doch sicher, was die Einbrecher gesucht haben«, sagte Sloane in sachlichem Ton.

»Ja«, antwortete Lacey. »Heather Landis Tagebuch. Aber es ist nicht hier, sondern in meinem Büro. Hoffentlich ist der Täter noch nicht auf die Idee gekommen, dort nachzusehen.«

Während sie im Streifenwagen zu Laceys Büro fuhren, las Detective Sloane ihr ihre Rechte vor. »Ich habe mein Versprechen an eine Sterbende gehalten«, widersprach Lacey. »Sie hat mich gebeten, das Tagebuch zu lesen und es Heather Landis Vater zu geben, und das habe ich getan. Heute abend habe ich ihm eine Kopie gebracht.«

Im Büro wich Sloane nicht von Laceys Seite, als sie ihren Schrank aufschloß und den großen, braunen Umschlag mit den Originalseiten herausholte.

Sloane löste die Klammern, nahm ein paar Seiten aus dem Umschlag und studierte sie. Dann sah er Lacey an. »Sind Sie sicher, daß das alles ist?«

»Zumindest alles, was ich bei Isabelle Waring gefunden habe, als sie starb«, entgegnete Lacey und hoffte, daß er nicht weiter nachbohren würde. Die zweite Kopie des Tagebuchs befand sich nämlich in der abgeschlossenen Schublade ihres Schreibtisches.

»Am besten fahren wir jetzt ins Revier, Miss Farrell. Ich glaube, in dieser Angelegenheit sind noch einige Fragen offen.«

»Meine Wohnung«, protestierte Lacey. »Bitte. Ich muß aufräumen.« Ich rede dummes Zeug, dachte sie. Möglicherweise ist Isabelle wegen Heathers Tagebuch umgebracht worden, und ich hätte auch ermordet werden können, wenn ich heute abend zu Hause gewesen wäre. Und mir fällt nichts anderes ein, als mich über das Durcheinander aufzuregen. Lacey hatte Kopfschmerzen. Es war schon nach zehn, und sie hatte seit Stunden nichts mehr gegessen.

»Ihre Wohnung kann warten«, entgegnete Sloane barsch. »Zuerst müssen wir einiges klären.«

Doch als sie im Polizeirevier ankamen, schickte er Detective Nick Mars los, um für Lacey ein Sandwich und Kaffee zu holen. »Okay, dann also noch mal von vorne, Miss Farrell«, fing er an.

Immer wieder dieselben Fragen, dachte Lacey kopfschüttelnd. Hatte sie Heather Landi jemals kennengelernt? Fand sie es nicht seltsam, daß Isabelle Waring sie nach einer zufälligen Begegnung im Aufzug vor vielen Monaten mit dem Verkauf ihrer Wohnung beauftragt hatte? Wie oft hatte sie Mrs. Waring in den letzten Wochen gesehen? Zum Mittagessen? Zum Abendessen? Nach Feierabend?

»Sie nannte die Dämmerung die graue Stunde«, hörte Lacey sich sagen. Sie zermarterte sich das Hirn nach einer Antwort, mit der sie sich nicht wiederholen würde. »Sie fühlte sich dann immer sehr einsam.«

»Und sie hatte keine Freunde von früher, die sie anrufen konnte?«

»Ich weiß nur, daß sie mich angerufen hat. Vielleicht erhoffte sie sich von mir Einblicke in das Leben ihrer Tochter, weil ich auch als alleinstehende Frau in New York wohne. Sie suchte eine Erklärung für Heathers Tod«, fügte Lacey hinzu. Sie sah Isabelles trauriges Gesicht vor sich, dessen hohe Wangenknochen und auseinanderstehende Augen verrieten, daß sie in ihrer Jugend eine schöne Frau gewesen sein mußte. »Wahrscheinlich sprach sie mit mir aus dem Grund, warum andere Leute sich mit dem Taxifahrer oder dem Barkeeper unterhalten. Jemand hört einem zu, und man muß sich keine Sorgen machen, daß derjenige einen immer wieder an schwierige Zeiten erinnert, wenn man sie längst überwunden hat.«

Klingt das logisch? fragte sie sich.

Sloanes Miene war nicht zu entnehmen, was er von Laceys Anworten hielt. »Reden wir darüber, wie Curtis Caldwell sich Zugang zur Wohnung verschafft hat«, sagte er. »Nichts weist auf einen Einbruch hin. Und Isabelle Waring hat ihm bestimmt nicht die Tür aufgemacht und sich dann in seiner Gegenwart wieder aufs Bett gelegt. Haben Sie ihm einen Schlüssel gegeben?«

»Nein, natürlich nicht«, entrüstete sich Lacey. »Aber Moment mal! Isabelle hatte immer einen Schlüssel in einer Schale auf dem Flurtischchen liegen. Sie sagte, sie habe keine Lust, immer nach ihrem Schlüsselbund zu suchen, wenn sie nur rasch hinuntergehen wollte, um den Briefkasten zu leeren. Vielleicht hat Caldwell ihn dort gesehen und mitgenommen. Aber was ist mit meiner Wohnung?«, fiel ihr plötzlich ein. »Wie ist der Einbrecher dort hineingekommen? Das Haus hat einen Pförtner.«

»Und eine Garage, in der ein ständiges Kommen und Gehen herrscht, und einen Lieferanteneingang. Diese sogenannten bewachten Apartmenthäuser sind ein Witz, Miss Farrell. Sie sind doch Immobilienmaklerin. Sie müßten das eigentlich wissen.«

Lacey dachte an Curtis Caldwell, der ihr mit einer Pistole in der Hand nachlief, um sie zu töten. »Kein besonders guter Witz.« Tränen traten ihr in die Augen. »Bitte, ich möchte nach Hause«, sagte sie.

Einen Moment lang glaubte sie, daß man sie hierbehalten würde, doch Sloane stand auf. »Okay, Sie können jetzt gehen, Miss Farrell. Aber ich muß Sie warnen. Möglicherweise wird wegen Entfernung und Unterschlagung von Beweisstücken von einem Tatort Anklage gegen Sie erhoben.«

Ich hätte mit einem Anwalt sprechen sollen, überlegte Lacey. Wie konnte ich nur so leichtsinnig sein?

Ramon Garcia, der Hausmeister, und seine Frau Sonya waren gerade dabei, Laceys Wohnung aufzuräumen, als sie nach Hause kam. »Wir wollten es Ihnen nicht zumuten, die Nacht in diesem Chaos zu verbringen«, erklärte Sonya, die gerade die Schlafzimmerkommode mit einem Lappen abstaubte. »Wir haben die Schubladen wieder eingeräumt, natürlich nicht nach Ihrem System, aber wenigstens liegen die Sachen nun nicht mehr am Boden herum.«

»Ich weiß nicht, wie ich Ihnen danken soll«, sagte Lacey. Vorhin hatte es in der Wohnung von Polizisten gewimmelt, und ihr hatte schon vor dem Anblick gegraut, der sie bei ihrer Rückkehr erwartete.

Ramon hatte das Türschloß wieder angebracht. »Das war ein Fachmann«, sagte er. »Und er hatte das richtige Werkzeug. Ich frage mich, warum er nicht Ihre Schmuckschatulle geknackt hat.«

Das hatte die Polizei Lacey als erstes zu überprüfen gebeten. Doch niemand hatte die Goldarmbänder, die Diamantohrringe und die Perlen ihrer Großmutter angerührt.

»Wahrscheinlich hatte er es auf etwas anderes abgesehen«, antwortete sie mit müder Stimme.

Sonya musterte sie mitfühlend. »Ich bin morgen vormittag wieder da. Keine Angst, wenn Sie aus dem Büro kommen, ist hier alles tipptopp.«

Lacey begleitete die beiden zur Tür. »Funktioniert der Riegel noch?«, fragte sie Ramon.

Er probierte ihn aus. »Solange der vorgeschoben ist, kommt man nur mit einem Rammbock hier rein. Es kann Ihnen nichts passieren.«

Lacey verschloß und verriegelte die Tür hinter ihnen und sah sich in ihrer Wohnung um. Wo bin ich da nur hineingeraten? dachte sie mit einem Schaudern.

8

Normalerweise benutzte Lacey nur Wimperntusche und einen hellen Konturenstift für die Lippen. Doch als sie im Morgenlicht die Ringe unter ihren Augen und ihre Blässe bemerkte, trug sie Rouge und Lidschatten auf und suchte in der Schublade nach einem Lippenstift. Allerdings hob sich ihre Stimmung dadurch kaum. Nicht einmal ihre Lieblingsjacke mit dem goldbraunen Muster trug dazu bei, den Anflug von Trübsinn zu vertreiben. Ein letzter Blick in den Spiegel sagte ihr, daß sie noch immer niedergeschlagen und erschöpft aussah.

Vor der Bürotür blieb sie stehen, holte tief Luft und richtete sich auf. Plötzlich schoß ihr eine Erinnerung durch den Kopf. Mit zwölf Jahren hatte sie auf einmal sämtliche Jungen in ihrer Klasse überragt und deshalb angefangen, krumm zu gehen.

Aber Dad hat mir gesagt, daß es etwas Schönes ist, groß zu sein, dachte sie. Er hat ein Spiel erfunden, bei dem wir beide Bücher auf dem Kopf balancieren mußten. Er fand, daß man einen selbstbewußten Eindruck macht, wenn man sich gerade hält.

Und genau das brauche ich jetzt, überlegte sie sich, als sie kurz darauf zu Richard Parker senior gerufen wurde.

Rick war auch da. Offenbar war der ältere Parker ziemlich ärgerlich. Schon auf den ersten Blick erkannte Lacey, daß sie von Rick keine Unterstützung zu erwarten hatte. Parker und Parker bildeten eine Front.

Richard Parker senior nahm kein Blatt vor den Mund. »Lacey, der Sicherheitsdienst sagt, daß Sie gestern abend mit einem Polizisten hier waren. Was war da los?«

Lacey schilderte ihm die Zusammenhänge so kurz wie möglich und erklärte, sie habe beschlossen, das Tagebuch der Polizei zu übergeben. Zuerst aber habe sie eine Kopie für Heathers Vater machen müssen.

»Sie haben unterschlagenes Beweismaterial in diesem Büro aufbewahrt?«, fragte Parker senior mit hochgezogener Augenbraue.

»Ich wollte das Tagebuch heute Detective Sloane aushändigen«, antwortete sie. Dann erzählte sie vom Einbruch in ihre Wohnung. »Ich habe nur versucht, Isabelle Warings letzten Willen zu befolgen«, sagte sie. »Und nun sieht es aus, als hätte ich vielleicht eine Straftat begangen.«

»Um das zu wissen, braucht man kein Anwalt zu sein«, mischte sich Rick ein. »Lacey, das war wirklich nicht sehr schlau von dir.«

»Ich konnte nicht klar denken«, entgegnete Lacey. »Hören Sie, es tut mir leid, aber –«

»Mir tut es auch leid«, sagte Parker senior. »Haben Sie heute irgendwelche Termine?«

»Zwei am Nachmittag.«

»Die können Liz oder Andrew übernehmen. Rick, kümmere dich darum. Lacey, in der nächsten Zeit werden Sie sich auf den Innendienst beschränken.«

Laceys Lethargie war schlagartig verschwunden. »Das ist nicht fair«, protestierte sie ärgerlich.

»Es ist auch nicht fair, diese Firma in einen Mordfall zu verwickeln, Miss Farrell.«

»Tut mir leid, Lacey«, sagte Rick.

Aber du benimmst dich trotzdem wie Daddys braver Junge, dachte Lacey und schluckte die Antwort herunter, die ihr auf der Zunge lag.

Als sie wieder an ihrem Schreibtisch saß, kam Grace MacMahon, eine der neuen Sekretärinnen, und brachte ihr eine Tasse Kaffee. »Das wird Ihnen guttun.«

Lacey blickte auf, um sich zu bedanken. Da flüsterte Grace ihr etwas ins Ohr: »Ich bin heute früher gekommen. Ein Detective war hier und hat mit Mr. Parker gesprochen. Ich konnte nicht genau verstehen, was er sagte, aber es hatte etwas mit Ihnen zu tun.«

Sloanes Maxime lautete, daß man zu guter Detektivarbeit den richtigen Riecher brauchte. In fünfundzwanzig Dienstjahren war dieser Wahlspruch schon häufig bestätigt worden, denn viele seiner Vermutungen hatten sich als zutreffend erwiesen. Nun studierte er gemeinsam mit Nick Mars die losen Seiten von Heather Landis Tagebuch und erläuterte ihm seine Theorie.

»Ich glaube, daß Lacey Farrell uns noch immer etwas verschweigt«, sagte er ärgerlich. »Sie steckt tiefer in der Sache drin, als sie zugibt. Schließlich hat sie das Tagebuch aus der Wohnung entfernt, es kopiert und die Kopie Jimmy Landi gegeben.«

Er deutete auf die blutbeschmierten Seiten. »Und ich verrate dir noch was, Nick. Wahrscheinlich hätten wir diese Papiere nie zu Gesicht bekommen, wenn wir ihr gestern nicht ein bißchen zugesetzt hätten. Als wir ihr sagten, wir hätten am Boden des Wandschranks, in den sie ihren Aktenkoffer gestellt hatte, Spuren von Isabelle Warings Blut gefunden, hat sie es mit der Angst zu tun gekriegt.«

»Mir ist noch was aufgefallen, Eddie«, meinte Mars. »Diese Seiten sind nicht numeriert. Woher sollen wir wissen, ob die Farrell nicht die Papiere vernichtet hat, die sie uns vorenthalten wollte? So was nennt man redigieren. Ich bin ganz deiner Ansicht: Farrells Fingerabdrücke sind nicht nur auf den Papieren, sondern auf dem ganzen Fall.«

Eine Stunde später erhielt Detective Sloane einen Anruf von Matt Reilly, dem Spezialisten für Fingerabdrücke, der sein Büro in Zimmer 506 hatte. Matt hatte einen an Laceys Wohnungstür gefundenen Abdruck mit der Datenbank SAFIS verglichen, in der die Fingerabdrücke sämtlicher jemals in den Vereinigten Staaten verhafteter Straftäter gespeichert waren. Es handelte sich um den Fingerabdruck von Sandy Savarano, einem Mafia-Killer, der mehrerer Morde in der Drogenszene verdächtigt wurde.

»Sandy Savarano!«, rief Sloane aus. »Das gibt's doch nicht, Matt. Savaranos Boot ist vor zwei Jahren mit ihm an Bord in die Luft geflogen. Wir waren bei seiner Beerdigung auf dem Friedhof in Woodlawn.«

»Dann muß da jemand anders beerdigt worden sein«, entgegnete Reilly trocken. »Tote brechen nämlich nicht in Wohnungen ein.«

Den restlichen Tag über mußte Lacey tatenlos zusehen, wie Kunden, die sie selbst akquiriert hatte, ihren Kollegen zugeteilt wurden. Es wurmte sie, die Unterlagen von möglichen Interessenten herauszusuchen, telephonisch nachzuhaken und die Informationen dann weitergeben zu müssen. So hatte sie zwar einmal angefangen, doch das war nun acht Jahre her.

Außerdem hatte sie das unbehagliche Gefühl, beobachtet zu werden. Rick machte sich andauernd in dem Bereich des Großraumbüros zu schaffen, wo ihr Schreibtisch stand, und sie hatte den Eindruck, daß er sie nicht aus den Augen ließ.

Wenn sie sich eine neue Akte holen ging, bemerkte sie immer wieder, daß Rick sie anstarrte. Lacey hatte das Gefühl, daß man sie am Ende des Tages auffordern würde, bis zum Abschluß der Ermittlungen nicht mehr ins Büro zu kommen. Also mußte sie Heathers Tagebuch aus dem Schreibtisch nehmen, wenn Rick gerade nicht hinsah.

Zehn Minuten vor fünf wurde Rick ins Büro seines Vaters gerufen, so daß sie endlich an die Kopien herankonnte. Kaum hatte sie den braunen Umschlag in ihren Aktenkoffer geschoben, da wurde sie auch schon zu Richard Parker sen. zitiert. Sie war bis auf weiteres beurlaubt.

9

»Hoffentlich sind Sie noch nicht am Verhungern, Alex«, sagte Jay Taylor und sah wieder auf die Uhr. »Normalerweise ist Lacey nicht so unpünktlich.«

Es war nicht zu übersehen, daß er verärgert war.

Mona Farrell sprang für ihre Tochter in die Bresche: »Um diese Tageszeit ist immer schrecklich viel Verkehr. Vielleicht ist Lacey ja auch im Büro aufgehalten worden.«

Kit warf ihrem Mann einen warnenden Blick zu. »Ich glaube, wir dürfen Lacey keinen Vorwurf machen, wenn sie ein bißchen zu spät kommt. Schließlich hat sie in letzter Zeit einiges erlebt. Mein Gott, vor zwei Tagen wäre sie fast umgebracht worden, und gestern hat jemand bei ihr eingebrochen. Dein Genörgel hat sie jetzt bestimmt nicht nötig, Jay.«

»Ganz Ihrer Meinung«, stimmte Alex Carbine freundlich zu. »Sie hat schon so genug Sorgen.«

Mona Farrell lächelte Carbine dankbar an. In Gegenwart ihres oft so selbstgerechten Schwiegersohns fühlte sie sich immer ein bißchen unwohl. Er war so leicht auf die Palme zu bringen und hatte wenig Geduld mit seinen Mitmenschen. Doch ihr war aufgefallen, daß er vor Alex Respekt hatte.

Sie tranken Cocktails im Wohnzimmer, während die Jungs im Arbeitszimmer fernsahen. Bonnie saß bei den Erwachsenen, weil sie gebettelt hatte, länger aufbleiben zu dürfen, um Lacey zu sehen. Nun stand sie am Fenster und hielt nach ihr Ausschau.

Viertel nach acht, dachte Mona. Lacey hätte um halb acht hier sein sollen. Das paßt gar nicht zu ihr. Was ist ihr bloß dazwischengekommen?

Erst als Lacey um halb sechs ihre Wohnung betrat, wurde ihr die volle Bedeutung der heutigen Ereignisse klar: Sie war praktisch arbeitslos. Parker sen. hatte ihr zugesichert, daß sie weiter ihr Grundgehalt bekommen würde – »für eine Weile wenigstens«, hatte er gesagt.

Er wird mich feuern, überlegte sie. Und zwar unter dem Vorwand, ich hätte dem guten Ruf der Firma geschadet, weil ich Beweismittel kopiert und dort versteckt habe. Seit acht Jahren arbeite ich jetzt für ihn. Ich gehöre zu seinen besten Maklern. Warum will er mich nur loswerden? Sein Sohn hat mir Caldwells Namen genannt und mich gebeten, einen Termin mit ihm zu vereinbaren. Und ich wette, der Alte hat nicht vor, mir die Abfindung zu zahlen, die mir nach all der Zeit zusteht. Er wird behaupten, ich hätte die Kündigung selbst verschuldet. Wird er damit durchkommen? Es sieht ganz so aus, als würde ich von mehreren Seiten Ärger kriegen. Kopfschüttelnd überlegte sie, warum sich in den letzten Tagen offenbar alles gegen sie verschworen hatte. Ich muß mit einem Anwalt sprechen, aber mit wem?

Da fiel ihr ein Name ein: Jack Regan!

Er und seine Frau, beide Mitte Fünfzig, wohnten im gleichen Haus, im vierzehnten Stock. Bei einer Cocktailparty zur Weihnachtszeit hatte sie mit ihnen geplaudert. Und sie erinnerte sich noch, daß sich andere Gäste bei ihm nach einem gerade gewonnenen Strafprozeß erkundigt hatten.

Lacey beschloß, ihn sofort anzurufen, mußte aber feststellen, daß die Nummer nicht im Telephonbuch stand.

Es kann mir nicht mehr passieren, als daß sie mir die Tür vor der Nase zuschlagen, dachte sie, als sie in den Aufzug stieg. Als sie bei ihnen klingelte, ertappte sie sich dabei, daß sie ängstlich den Flur hinunterblickte.

Zuerst waren die Regans überrascht, sie zu sehen, doch dann hießen sie sie freundlich willkommen. Sie tranken gerade einen Sherry vor dem Essen und bestanden darauf, Lacey auch ein Glas anzubieten. Von dem Einbruch hatten sie schon gehört.

»Das ist einer der Gründe, warum ich hier bin«, erklärte Lacey.

Als Lacey eine Stunde später ging, hatte sie Regan damit beauftragt, sie zu vertreten, wenn sie wegen Unterschlagung des Tagebuchs vor Gericht gestellt wurde.

»Das Geringste, was Ihnen passieren kann, ist, daß man Ihnen Behinderung einer Amtshandlung vorwirft«, hatte Regan gesagt. »Aber wenn die Staatsanwaltschaft glaubt, daß Sie das Tagebuch aus niedrigen Beweggründen behalten haben, können Sie ziemliche Schwierigkeiten bekommen.«

»Mein einziger Beweggrund war, daß ich den letzten Willen einer Sterbenden erfüllen wollte«, protestierte Lacey.

Regan lächelte, doch seine Augen blieben ernst. »*Mich* müssen Sie nicht überzeugen, Lacey. Aber Sie haben sich nicht sehr klug verhalten.«

Laceys Auto stand in der Tiefgarage. Wenn es wirklich zum Schlimmsten kam, würde sie sich den Wagen nicht mehr leisten können – noch eine unangenehme Erkenntnis, der sie sich an diesem Tag stellen mußte.

Obwohl der Berufsverkehr schon vorbei war, waren noch viele Autos unterwegs. Ich bin schon eine Stunde zu spät dran, dachte Lacey, während sie im Schrittempo über die George Washington Bridge fuhr. Eine gesperrte Spur hatte zu einem Verkehrschaos geführt. Bestimmt hatte Jay inzwischen eine tolle Laune. Es tat ihr wirklich leid, daß sie ihre Familie warten ließ.

Wieviel soll ich ihnen verraten? überlegte sie und beschloß, ihnen die ganze Wahrheit zu sagen. Wenn Mom oder Kit mich im Büro anrufen und ich nicht da bin, werden sie es so oder so erfahren.

Jack Regan war ein guter Anwalt und würde sie schon herauspauken.

Als Lacey von der Route 17 in die Sheridan Avenue einbog, blickte sie in den Rückspiegel. Folgte ihr dieser Wagen? Hör auf damit, schalt sie sich. Allmählich wirst du paranoid.

Kit und Jay wohnten in einem ruhigen, teuren Viertel. Lacey parkte vor dem Haus, stieg aus und ging die Auffahrt hinauf.

»Sie ist da!« jubelte Bonnie. »Lacey ist da!« Sie rannte zur Tür.

»Wird auch langsam Zeit«, brummte Jay.

»Gott sei Dank«, murmelte Mona Farrell. Sie wußte, daß Jay trotz Alex Carbines Anwesenheit seine Gereiztheit nicht mehr lange im Zaum halten würde.

Bonnie öffnete die Tür. Doch als sie die Arme nach Lacey ausstreckte, knallten plötzlich Schüsse. Kugeln pfiffen ihnen um die Ohren. Lacey spürte einen Schmerz am Schädel und warf sich nach vorne, um Bonnie zu schützen. Es klang so, als kämen die Schreie aus dem Haus, aber in dem Moment hallte er in Laceys ganzen Kopf wider.

In der Stille, die auf die Schüsse folgte, versuchte Lacey zu begreifen, was eben geschehen war. Sie hatte Schmerzen, aber dann erkannte sie entsetzt, daß das Blut, das ihr gegen den Hals spritzte, von ihrer kleinen Nichte stammte.

10

Der Arzt im Wartezimmer der Kinderabteilung des Hackensack Medical Center lächelte Lacey beruhigend zu. »Bonnie ist nur knapp mit dem Leben davongekommen, aber sie wird es schaffen. Und sie will Sie unbedingt sehen, Miss Farrell.«

Alex Carbine war bei Lacey. Mona, Kit und Jay waren Bonnies Bettchen aus dem OP in ihr Zimmer gefolgt. Lacey war zurückgeblieben.

Meine Schuld, meine Schuld, ging es ihr ständig im Kopf herum. Obwohl eine Kugel ihren Schädel gestreift hatte, spürte sie kaum Schmerzen. Sie fühlte sich geistig und körperlich wie betäubt. Alles war so unwirklich, und Lacey konnte das schreckliche Ereignis noch immer nicht fassen.

Der Arzt hatte Verständnis für Laceys Ängste und bemerkte, daß sie sich Vorwürfe machte. »Miss Farrell, vertrauen Sie mir. Es wird eine Weile dauern, bis der Arm und die Schulter Ihrer Nichte geheilt sind, aber sie wird wieder so gut wie neu. Bei Kindern geht das recht schnell. Und sie vergessen rasch.«

So gut wie neu, dachte Lacey bedrückt und blickte starr geradeaus. Sie ist losgelaufen, um mir die Tür zu öffnen. Mehr hat sie nicht getan. Bonnie hat nur auf mich gewartet. Und das hat sie fast das Leben gekostet. Kann es jemals wieder so werden wie vorher?

»Lacey, gehen Sie zu Bonnie«, drängte Alex Carbine.

Als Lacey ihn ansah, fiel ihr dankbar ein, daß er es gewesen war, der die Polizei gerufen hatte. Währenddessen hatte ihre Mutter versucht, das Blut zu stillen, das aus Bonnies Schulter spritzte.

Jay und Kit saßen zu beiden Seiten von Bonnies Gitterbett. Ihre Mutter stand ruhig am Fußende und betrachtete die Szene mit dem geschulten Auge einer Krankenschwester.

Bonnies Schulter und ihr Oberarm waren dick verbunden. »Ich bin kein Baby mehr. Ich will nicht in einem Gitterbett liegen«, protestierte sie mit schläfriger Stimme. Als sie Lacey entdeckte, erhellte sich ihre Miene. »Lacey!«

Lacey zwang sich zu einem Lächeln. »Schicker Verband, altes Mädchen. Wo kann ich unterschreiben?«

Bonnie lächelte ebenfalls. »Bist du auch verletzt worden?«

Lacey beugte sich über das Bett. Bonnies Arm ruhte auf einem Kissen.

Bevor Isabelle Waring starb, hat sie unter ein Kissen gegriffen und die blutigen Seiten hervorgezogen. Weil ich vor zwei Tagen bei ihr war, muß Bonnie heute hier im Krankenhaus liegen, dachte Lacey. *Sie könnte jetzt tot sein.*

»Sie wird wieder gesund, Lacey«, sagte Kit leise.

»Hast du denn nicht bemerkt, daß jemand dich verfolgt?«, fragte Jay.

»Verdammt, Jay, hast du den Verstand verloren?«, schimpfte Kit. »Natürlich nicht.«

Bonnie ist verletzt, und Kit und Jay streiten sich meinetwegen, überlegte Lacey. Das darf ich nicht zulassen.

Bonnie fielen die Augen zu. Lacey bückte sich und küßte sie auf die Wange.

»Bitte komm morgen wieder«, bettelte Bonnie.

»Ich muß zuerst noch etwas erledigen, aber ich besuche dich ganz bald«, versprach Lacey.

Ihre Lippen ruhten eine Weile an Bonnies Wange. Nie wieder werde ich dich in Gefahr bringen, schwor sie sich.

Im Wartezimmer wurde Lacey von zwei Detectives vom Büro des Staatsanwalts in Bergen County empfangen. »New York hat sich mit uns in Verbindung gesetzt«, sagten sie.

»Detective Sloane?«

»Nein, der Bundesanwalt, Miss Farrell. Wir haben den Auftrag, Sie wohlbehalten nach Hause zu bringen.«

11

Gary Baldwin, Bundesanwalt für den südlichen Teil des Staates New York, trug gerne eine wohlwollende Miene zur Schau – obwohl sich niemand davon täuschen ließ, der ihn einmal im Gerichtssaal erlebt hatte. Mit seiner randlosen Brille und dem schmalen Gesicht wirkte er wie ein zerstreuter Professor. Er war schlank und mittelgroß und konnte trotz seiner zurückhaltenden Art einen Zeugen im Kreuzverhör niedermachen, ohne auch nur die Stimme zu erheben. Inzwischen war er dreiundvierzig Jahre alt, und es hieß, daß er eine politische Karriere in Washington anstrebte. Ein bedeutender, medienträchtiger Fall wäre ihm zur Krönung seiner Laufbahn als Bundesstaatsanwalt gerade recht gekommen.

Und nun sah es so aus, als wäre ein solcher Fall gerade auf seinem Schreibtisch gelandet. Die Begleitumstände des Verbrechens gaben zumindest Grund zur Hoffnung: Eine junge Frau wird zufällig Zeugin eines Mordes in Manhattans nobler East Side. Das Opfer ist die Ex-Gattin eines prominenten Restaurantbesitzers. Und was am wichtigsten ist: Die Zeugin hat den Täter gesehen und kann ihn identifizieren.

Baldwin wußte, daß Drogen im Spiel sein mußten, wenn Sandy Savarano aus der Versenkung aufgetaucht war, um diesen Auftrag zu erledigen. Savarano, angeblich vor zwei Jahren verstorben, war als Auftragskiller bekannt gewesen. Er hatte jeden beseitigt, der dem Drogenkartell, für das er arbeitete, gefährlich werden konnte, und galt als äußerst skrupellos.

Doch Lacey Farrell hatte Savarano auf den Photos aus der Verbrecherkartei nicht erkannt. Entweder hatte sie ein schlechtes Gedächtnis, oder Savarano hatte sich einer Gesichtsoperation unterzogen und sein Aussehen völlig verändert. Wahrscheinlich trifft letzteres zu, dachte Baldwin. Und in diesem Fall wäre Lacey Farrell die einzige, die ihn wirklich identifizieren könnte.

Gary Baldwins Traum war es, Savarano zu erwischen und ihn vor Gericht zu stellen. Noch besser wäre es natürlich gewesen, eine außergerichtliche Abmachung mit ihm zu treffen, damit er gegen seine Auftraggeber aussagte.

Allerdings trug das Telephongespräch, das Baldwin eben mit Detective Eddie Sloane geführt hatte, nicht eben dazu bei, seine Laune zu verbessern. Das Tagebuch, das offenbar entscheidend zur Aufklärung des Falls beitragen konnte, war aus dem Polizeirevier gestohlen worden. »Ich habe es in meiner Ecke im Großraumbüro aufbewahrt – selbstverständlich unter Verschluß. Nick Mars und ich waren nämlich noch dabei, nachzulesen, ob etwas Brauchbares darin stand«, erklärte Sloane. »Irgendwann letzte Nacht ist es verschwunden. Wir stellen gerade das ganze Revier auf den Kopf, um herauszufinden, wer es geklaut hat.«

Dann fügte Sloane noch hinzu: »Jimmy Landi hat die Kopie, die Farrell ihm gegeben hat. Ich gehe jetzt los und hole sie mir.«

»Aber beeilen Sie sich, bevor sie auch noch wegkommt«, antwortete Baldwin.

Er knallte den Hörer auf die Gabel. Lacey Farrell würde jeden Moment in seinem Büro erscheinen, und er hatte eine Menge Fragen an sie.

Inzwischen ahnte Lacey, daß es naiv von ihr gewesen war anzunehmen, der Fall sei für sie erledigt, sobald sie das Tagebuch der Polizei übergab. Erst bei Morgendämmerung war sie endlich aus New Jersey zurückgekehrt, aber sie hatte einfach nicht schlafen können. Sie machte sich Vorwürfe, weil sie Bonnie in Lebensgefahr gebracht hatte. Gleichzeitig begriff sie nicht, warum ihr Leben in den letzten Tagen derart durcheinandergeraten war. Sie fühlte sich wie eine Ausgestoßene. Nur weil sie den Mann identifizieren konnte, den sie unter dem Namen Curtis Caldwell kannte, schwebte sie in Gefahr – und das galt auch für alle, die ihr nahestanden.

Ich darf Mom, Kit und die Kinder nicht mehr besuchen, dachte sie. Und sie dürfen mich auch nicht sehen. Ich wage mich kaum noch auf die Straße. Wie lange soll das noch so weitergehen? Und was kann ich tun, damit es endlich aufhört?

Jack Regan hatte schon vor dem Büro des Staatsanwalts auf sie gewartet. Als die Sekretärin sie aufforderte einzutreten, lächelte er Lacey aufmunternd zu.

Baldwin hatte die Angewohnheit, die Leute vor seinem Schreibtisch schmoren zu lassen, während er vorgab, sich noch etwas in einer Akte notieren zu müssen. Unter halbgeschlossenen Augenlidern musterte er Lacey Farrell und ihren Anwalt, als sie Platz nahmen. Die Farrell stand offensichtlich enorm unter Druck. Aber wenn man bedachte, daß sie erst gestern abend einen Mordanschlag überlebt hatte, war das nicht weiter verwunderlich. Schließlich hatte sie einen Streifschuß abbekommen, und ein vierjähriges Kind war schwer verletzt worden. Ein Wunder, daß niemand dabei zu Tode gekommen war, dachte Baldwin, als er endlich aufblickte.

Er nahm kein Blatt vor den Mund. »Miss Farrell«, fing er an. »Ich bedauere zutiefst, daß Sie zur Zeit in Schwierigkeiten stecken. Doch Sie haben die Ermittlungen der Polizei schwer behindert, indem sie Beweismittel vom Tatort entfernt haben. Wer sagt uns, daß Sie nicht einen Teil dieser Beweismittel vernichtet haben? Außerdem sind die Papiere, die Sie der Polizei übergaben, inzwischen verschwunden. Und das weist offensichtlich darauf hin, daß sie für diesen Fall von großer Bedeutung sind.«

»Ich habe gar nichts vernichtet –«, entrüstete sich Lacey im selben Moment, als Jack Regan in scharfem Ton sagte: »Sie haben kein Recht, meine Mandantin zu beschuldigen –«

Doch Baldwin unterbrach beide und verschaffte sich mit erhobener Hand Gehör. Ohne Regan eines Blickes zu würdigen, sagte er mit eiskalter Stimme: »Miss Farrell, dafür haben wir nur Ihr Wort. Aber ich kann Ihnen folgendes versichern: Der Mann, den Sie als Curtis Caldwell kennen, ist ein skrupelloser Killer. Wir brauchen Ihre Aussage, um ihn verurteilen zu können. Und wir werden dafür sorgen, daß niemand das verhindert.«

Er betrachtete sie schweigend. »Miss Farrell, ich bin dazu befugt, Sie als Belastungszeugin zu Ihrer eigenen Sicherheit zu inhaftieren. Ich kann Ihnen garantieren, daß das nicht sehr angenehm sein wird, denn es würde bedeuten, daß Sie rund um die Uhr in einer staatlichen Einrichtung bewacht werden.«

»Wie lange würde das dauern?«, fragte Lacey.

»Das wissen wir nicht, Miss Farrell. Jedenfalls so lange, bis wir den Mörder gefaßt und mit Ihrer Hilfe verurteilt haben. Ich kann Ihnen nur eines sagen: Solange Isabelle Warings Mörder auf freiem Fuß ist, ist Ihr Leben keinen Pfifferling wert. Bis jetzt hatten wir nie genug Beweise, um diesen Mann rechtskräftig zu verurteilen.«

»Wäre ich außer Gefahr, nachdem ich gegen ihn ausgesagt habe?«, erkundigte sich Lacey. Als sie den Staatsanwalt auf der anderen Seite des Schreibtisches ansah, hatte sie plötzlich das Gefühl, in einem Auto zu sitzen, das einen steilen Abhang hinunterstürzte – und sie konnte nichts tun, um den Aufprall zu verhindern.

»Nein, das wären Sie nicht«, antwortete Jack Regan mit Nachdruck.

»Ganz im Gegenteil«, erklärte Baldwin. »Der Mann leidet unter Klaustrophobie und wird alles tun, um nicht ins Gefängnis zu müssen. Da wir ihm nun einen Mord nachweisen können, wird er sich vielleicht bereit erklären, nach seiner Festnahme als Kronzeuge auszusagen. In diesem Fall würden wir auf eine Anklage gegen ihn verzichten. Aber bis dahin müssen wir Sie schützen, Miss Farrell.«

Er hielt inne. »Haben Sie schon einmal vom Zeugenschutzprogramm gehört?«

12

In seinem abgeschlossenen Büro studierte er noch einmal ungestört Heathers Tagebuch. Es stand wirklich darin, aber er hatte das Problem aus der Welt geschafft. Die Cops suchten nun nach den Leuten, deren Namen sie kannten. Viel Spaß – sie waren nämlich auf dem Holzweg.

Schließlich klappte er die Mappe zu. Obwohl das Blut auf den Seiten schon seit langem getrocknet war, wahrscheinlich schon Minuten nach dem Mord, fühlten sich seine Hände klebrig an. Er befeuchtete sein Taschentuch mit Wasser aus dem Krug, der wie immer neben ihm stand, und wischte sie ab. Dann saß er reglos da. Nur seine Hände öffneten und schlossen sich nervös.

Lacey Farrell war nun schon seit drei Monaten wie vom Erdboden verschluckt. Entweder wurde sie als Hauptbelastungszeugin unter Verschluß gehalten, oder sie war mit Hilfe des Zeugenschutzprogramms untergetaucht. Angeblich hatte sie für Jimmy Landi eine Kopie des Tagebuchs angefertigt. Aber was hätte sie daran hindern sollen, die Papiere auch für sich selbst zu kopieren?

Nichts.

Ganz gleich, wo sie sich jetzt befand, sie würde inzwischen begriffen haben, daß dieses Tagebuch einen Mord wert war und daß es wichtige Informationen enthielt. Isabelle hatte der Farrell alles mögliche erzählt. Der Himmel wußte, was sie ihr anvertraut hatte.

Sandy Savarano hatte sich wieder in seinem Versteck verkrochen. Scheinbar war er der richtige Mann gewesen, um das Tagebuch zu holen und Isabelle Waring zu erledigen. Doch er hatte sich leichtsinnig verhalten. Sträflich leichtsinnig. Und das gleich zweimal. Zuerst hatte er sich von der Farrell beim Mord an Isabelle Waring ertappen lassen, so daß sie ihn nun identifizieren konnte. Wenn das FBI ihn schnappte, würde sie bestimmt gegen ihn aussagen. Und danach hatte er einen Fingerabdruck an Farrells Wohnungstür hinterlassen, der ihn mit dem Einbruch in Verbindung brachte. Bestimmt würde Sandy lieber auspacken, als ins Gefängnis zu wandern.

Man mußte die Farrell unbedingt aufstöbern und Savarano damit beauftragen, sie zu beseitigen.

Dann war die Gefahr vielleicht endlich gebannt...

13

Auf dem Klingelbrett des kleinen Mietshauses in der Hennepin Avenue in Minneapolis stand »Alice Carroll«. Für ihre Nachbarn war sie eine attraktive Frau Ende Zwanzig, die Arbeit suchte und ziemlich zurückgezogen lebte.

Lacey wußte, daß sie so eingeschätzt wurde. Und was ihr Einsiedlerleben anging, hatten die Nachbarn recht. Drei Monate lang war sie sich wie eine Schlafwandlerin vorgekommen, doch nun war sie aufgewacht und fühlte sich unendlich einsam.

Mir blieb ja gar nichts anderes übrig, hielt sie sich vor Augen, wenn sie nachts wachlag. Man hatte sie aufgefordert, Winterkleidung einzupacken. Aber sie hatte weder Familienphotos noch sonst etwas mitnehmen dürfen, auf dem ihr Name oder ihre Initialen standen.

Kit und ihre Mutter waren gekommen, um ihr beim Packen zu helfen und sich zu verabschieden. Damals hatten sie noch geglaubt, daß es sich um eine vorübergehende Lösung handelte, um eine Art Zwangsurlaub.

In letzter Minute hatte ihre Mutter vorgeschlagen, sie zu begleiten. »Du kannst doch nicht allein gehen, Lacey«, hatte sie gesagt. »Kit und Jay haben ja einander und die Kinder.«

»Du würdest es ohne die Kinder nicht aushalten«, hatte Lacey widersprochen. »Also vergiß es, Mom.«

»Lacey, Jay zahlt in der Zwischenzeit deine Nebenkosten weiter«, hatte Kit ihr versichert.

Laceys automatische Antwort – »Ich werde es eine Weile selbst geregelt kriegen« – war leere Prahlerei gewesen. Ihr war sofort klargeworden, daß sie mit niemandem in New York in Verbindung treten durfte, wenn sie erst einmal umgezogen war und eine neue Identität angenommen hatte. Selbst ein mit falschem Namen unterschriebener Scheck an die Hausverwaltung konnte zurückverfolgt werden.

Alles war rasch und reibungslos vonstatten gegangen. Zwei uniformierte Polizisten hatten sie mit einem Streifenwagen abgeholt, als wollten sie sie zur Vernehmung aufs Revier bringen. Ihr Gepäck wurde hinunter in die Tiefgarage getragen, wo bereits ein unauffälliger Lieferwagen wartete. Lacey war in einen gepanzerten Kleinbus umgestiegen und zu einem sogenannten »sicheren Haus« gefahren worden, einem Schulungszentrum in der Nähe von Washington.

Wie Alice im Wunderland, dachte Lacey, während ihre Identität mit jedem Tag in Klausur verblaßte. In diesen Wochen arbeitete sie mit einem Betreuer an einer neuen Lebensgeschichte. Alles, was sie je gewesen war, gab es auf einmal nicht mehr. Natürlich bestand es noch in ihrer Erinnerung, doch nach einer Weile begann sie, sogar diese in Frage zu stellen. Jetzt mußte sie sich mit wöchentlichen Telephonaten von abhörsicheren Anschlüssen und auf geheimen Wegen weitergeleiteten Briefen begnügen. Ansonsten hatte sie keine Kontakte mehr. Null. Nichts. Die Einsamkeit drohte sie zu verschlingen.

Ihre neue Identität wurde zu ihrer einzigen Wirklichkeit. Ihr Betreuer war mit ihr vor einen Spiegel getreten. »Schauen

Sie hinein, Lacey«, hatte er gesagt. »Sehen Sie diese junge Frau? Alles, was Sie über sie zu wissen glauben, stimmt nicht. Also vergessen Sie sie. Streichen Sie sie aus Ihrem Gedächtnis. Am Anfang wird es Ihnen ziemlich schwerfallen. Sie werden sich fühlen wie eine Schauspielerin. Es gibt ein altes Lied von Jerry Vale, das das sehr treffend ausdrückt. Ich kann nicht singen, aber ich kenne den Text, und der geht so:

Pretend you don't see her at all... it's too late for running... look somewhere above her... pretend you don't see her at all...«

Und in diesem Moment hatte Lacey sich für ihren neuen Namen entschieden: Alice Carroll. Alice nach *Alice im Wunderland* und *Alice im Spiegelreich*, und Carroll nach Lewis Carroll, dem Verfasser dieser Romane.

Es paßte genau zu ihrer Situation.

14

Als Rick Parker in dem Haus an der Ecke Fifth Avenue und 70. Straße aus dem Aufzug trat, drang ihm sofort der ohrenbetäubende Lärm der Renovierungsarbeiten aus der Nachbarwohnung in die Ohren. Was für ein Pfuscher von Bauunternehmer war da nur am Werk? dachte er gereizt. Ein Abbruchspezialist?

Dunkle Wolken verdüsterten den Himmel. Für den Abend waren Schneeschauer vorhergesagt. Doch selbst im Dämmerlicht, das zu den Fenstern hereinfiel, war der verwahrloste Zustand der Vorhalle und des Wohnzimmers von Heather Landis Maisonettewohnung deutlich zu erkennen.

Rick schnupperte. Die Luft roch abgestanden und nach Staub. Als er Licht machte, sah er eine dicke Staubschicht auf Tischen, Bücherregalen und Schränken.

Er fluchte lautlos vor sich hin. Zum Teufel mit diesem Hausmeister! Schließlich war es seine Aufgabe, dafür zu sorgen, daß ein Bauunternehmer bei der Renovierung die Wohnungstüren ordentlich verklebte.

Er riß den Hörer der Gegensprechanlage vom Haken. »Schicken Sie mir sofort diesen nichtsnutzigen Hausmeister herauf!«, schnauzte er den Pförtner an. »Aber dalli!«

Tim Powers, ein gutmütiger Bär von einem Mann, war schon seit fünfzehn Jahren Hausmeister im Haus 70. Straße Ost Nr. 3. Er wußte, daß der Hausmeister oft ins Schußfeld der Auseinandersetzungen zwischen Mieter und Vermieter geriet. Doch wie er seiner Frau am Ende eines anstrengenden Tages oft lakonisch sagte, hatte man eben in der Küche nichts verloren, wenn man die Hitze nicht vertrug. Es war ihm in Fleisch und Blut übergegangen, freundlich auf verärgerte Hausbewohner zu reagieren, wenn sie sich wieder einmal über den langsamen Aufzug, tropfende Wasserhähne, laufende Toilettenspülungen oder launische Heizkörper beschwerten.

Aber als Tim jetzt auf der Schwelle stand und Rick Parkers Standpauke über sich ergehen ließ, kam er zu dem Schluß, daß er in all den Jahren so etwas noch nicht erlebt hatte. Erboste Klagen, schön und gut, aber einen derart entfesselten Wutanfall noch nicht.

Allerdings hatte es keinen Sinn, Rick über den Mund zu fahren. Auch wenn dieser Kerl nur ein junger Schnösel war, der von den guten Beziehungen seines Vaters profitierte, gehörte er trotzdem zur Familie Parker. Und die Parkers besaßen eine der größten Immobilien- und Hausverwaltungsfirmen in ganz Manhattan.

Ricks Stimme wurde lauter und lauter, und er steigerte sich zusehends in seine Wut hinein. Als er schließlich Luft holen mußte, ergriff Tim die Gelegenheit. »Da sind Sie bei mir an der falschen Adresse«, sagte er. Mit diesen Worten ging er hinaus auf den Flur und klopfte an die Tür der Nachbarwohnung. »Charley, kommen Sie mal raus!«, rief er.

Die Tür wurde aufgerissen, und das Hämmern und Krachen wurde lauter. Charley Quinn, ein Mann mit staubigem Gesicht, der Jeans und ein Sweatshirt trug, erschien mit einer Rolle Blaupausen. »Ich bin beschäftigt, Tim«, sagte er.

»Offenbar nicht beschäftigt genug«, antwortete Powers. »Ich habe Ihnen doch gesagt, Sie sollen die Wohnung abdichten, bevor Sie anfangen, die Wände einzureißen. Mr. Parker, vielleicht könnten Sie ihm erklären, warum Sie so ärgerlich sind.«

»Nachdem die Polizei die Wohnung jetzt endlich freigegeben hat«, schimpfte Rick, »sind wir dafür verantwortlich, sie im Auftrag des Besitzers zu verkaufen. Wie sollen wir bei dem Dreck, den Sie hier verursachen, einen Interessenten hereinführen? Das ist doch völlig ausgeschlossen.«

Er stieß Tim beiseite, eilte den Flur entlang und drückte auf den Aufzugknopf. Nachdem sich die Tür des Lifts hinter ihm geschlossen hatte, sahen der Hausmeister und der Bauunternehmer einander an.

»Der hat irgendwas genommen«, brummte Powers. »So ein Wichser.«

»Er ist vielleicht ein Wichser«, sagte Quinn ruhig. »Aber er könnte uns ganz schön Ärger machen.« Er seufzte. »Schlagen Sie ihm vor, eine Putzfirma zu beauftragen, Tim. Wir übernehmen die Kosten.«

Rick Parker hatte keine große Lust, direkt ins Büro zu gehen, denn er wußte, daß er dort seinem Vater begegnen würde. Ich hätte mich nicht so aufregen sollen, dachte er. Er zitterte noch immer vor Wut.

Im Januar war es einfach scheußlich in New York. Als er in den Central Park einbog und rasch einen Langlaufpfad hinunterging, stieß er mit einem Jogger zusammen. »Passen Sie doch auf!«, brüllte Rick.

Der Jogger blieb nicht einmal stehen. »Reg dich ab, Mann!«, schrie er über seine Schulter.

Reg dich ab! Ja, klar, dachte Rick. Endlich hatte sein Vater ihn wieder mit dem Verkauf einiger Objekte betraut, und ausgerechnet an diesem Vormittag mußte wieder dieser neugierige Detective auftauchen.

Detective Sloane hatte wieder dieselben Fragen gestellt und die ganze Geschichte noch einmal von vorne durchgekaut. »Wann haben Sie den Anruf des Mannes erhalten, der sich als Curtis Caldwell ausgab? Sind Sie nicht auf den Gedanken gekommen, bei der Kanzlei nachzufragen, ob er wirklich dort beschäftigt war?«, hatte er zum x-ten Mal gefragt.

Rick schob die Hände in die Jackentaschen. Seine Antwort war nicht sehr überzeugend ausgefallen. »Wir arbeiten viel mit Keller, Roland und Smythe zusammen«, hatte er gesagt. »Unsere Firma verwaltet ihr Bürohaus. Es gab keinen Grund, an der Seriosität des Anrufs zu zweifeln.«

»Können Sie sich einen Grund vorstellen, woher der Anrufer *wußte*, daß seine Angaben nicht überprüft werden würden? Soweit ich informiert bin, ist es bei Parker und Parker üblich, Erkundigungen über alle Kaufinteressenten einzuholen. Vergewissern Sie sich nicht, daß die Leute, denen Sie teure Wohnungen zeigen, sich diese auch leisten können?«

Rick wußte noch, wie er sich erschrocken hatte, als sein Vater plötzlich hereinkam, ohne anzuklopfen.

»Ich habe es Ihnen bereits gesagt, und ich sage es Ihnen noch mal: Ich habe keine Ahnung, woher der Anrufer so gut Bescheid wußte und warum er den Namen der Kanzlei nannte«, hatte Rick beteuert.

Er trat nach einem verkrusteten, schmutzigen Schneeklumpen, der vor ihm auf dem Weg lag. Schöpfte die Polizei Verdacht, weil er den Termin arrangiert hatte? Vermutete Sloane bereits, daß es gar keinen Anruf gab?

Ich hätte mir eine bessere Geschichte ausdenken sollen, überlegte er, während er zornig nach dem gefrorenen Schneeklumpen trat. Aber jetzt war es zu spät. Es gab kein Zurück mehr; also mußte er bei seiner Version bleiben.

15

Beim Zeugenschutzprogramm geht es einzig und allein um Sicherheit, dachte Lacey, als sie den Brief an ihre Mutter begann. Worüber sollte sie also schreiben? Nicht übers Wetter. Wenn ich erwähnen würde, daß wir hier minus achtzehn Grad haben und an einem Tag die Rekordmenge von fünfundsechzig Zentimetern Schnee gefallen ist, würde ich verraten, daß ich in Minnesota bin. Das sind die Informationen, vor denen ich ausdrücklich gewarnt worden bin.

Über meine Arbeit kann ich auch nicht schreiben, weil ich noch keine habe. Aber ich darf schreiben, daß ich gerade meine gefälschte Geburtsurkunde und den dazugehörigen Sozialversicherungsausweis bekommen habe und mich nun nach einem Job umsehen kann. Außerdem habe ich jetzt endlich einen Führerschein, und mein Kontaktmann, ein Mitarbeiter des U. S. Marshal Service, ist mit mir einen Gebrauchtwagen kaufen gegangen.

Das Programm bezahlt den Wagen. Ist das nicht wunderbar? Doch natürlich muß ich verschweigen, daß der U.S. Marshal George Svenson heißt. Und Mom und Kit dürfen auch nicht erfahren, daß ich jetzt einen drei Jahre alten, rotbraunen Bronco besitze.

Also schrieb sie:

Mein Kontaktmann ist sehr nett. Er hat drei halbwüchsige Töchter.

Nein, das letzte streiche ich lieber, dachte sie. Geht zu sehr ins Detail.

Mein Kontaktmann ist sehr nett und hat viel Geduld mit mir. Er hat mir geholfen, Möbel für mein Ein-Zimmer-Apartment zu kaufen.

Zu detailliert. Nur *Wohnung* ist besser.

Aber Ihr kennt mich ja. Ich will keine Sachen aus dem Einrichtungshaus. Also hat er mit mir ein paar private Flohmärkte in der Nachbarschaft abgeklappert. Ich habe einige sehr hübsche gebrauchte Möbel gefunden, die wenigstens At-

mosphäre verbreiten. Aber ich vermisse meine alte Wohnung. Sagt Jay, ich danke ihm, daß er die Nebenkosten weiterbezahlt.

Das war unverfänglich genug, dachte Lacey. Ich bin Jay wirklich sehr dankbar. Doch sie schwor sich, ihm später jeden Cent zurückzuzahlen.

Einmal in der Woche durfte sie von einem abhörsicheren Anschluß zu Hause anrufen. Beim letztenmal hatte sie gehört, wie Jay im Hintergrund Kit zur Eile antrieb. Es war wirklich lästig, um eine bestimmte Uhrzeit dasitzen und auf einen Anruf warten zu müssen. Daran gab es nichts zu rütteln. Und sie durfte ihnen nicht ihre Nummer geben.

Anscheinend hatten die Kinder viel Spaß in den Ferien. Ich bin so froh, daß Bonnies Arm wieder kräftiger wird. Der Skiausflug der Jungs muß ja Spitze gewesen sein. Sag ihnen, ich bin verrückt genug, mit ihnen zum Snowboardfahren zu gehen, wenn ich wieder zurück bin.

Paß auf Dich auf, Mom. Hört sich an, als ob Du und Alex gut miteinander klarkommt. Was macht es also, wenn er Dir manchmal die Ohren vollquatscht? Ich finde, er ist ein netter Kerl, und ich werde nie vergessen, wie sehr er uns in der schrecklichen Nacht geholfen hat, als Bonnie operiert wurde.

Liebe Grüße an Euch alle. Betet, daß Isabelle Warings Mörder bald festgenommen wird und sich auf einen Deal mit der Staatsanwaltschaft einläßt. Dann bin ich endlich außer Gefahr.

Lacey unterschrieb, faltete den Brief zusammen und steckte ihn in einen Umschlag. Marshal Svenson würde ihn auf einem sicheren Weg weiterleiten. Wenn sie ihrer Mutter und Kit schrieb oder mit ihnen telephonierte, fühlte sie sich weniger einsam. Doch danach fiel sie immer in ein tiefes Loch.

Reiß dich zusammen, ermahnte sie sich. Spar dir das Selbstmitleid. Es nützt dir sowieso nichts. Gott sei Dank, daß endlich die Feiertage vorbei sind. »Die waren wirklich hart«, sagte sie. Sie hatte sich schon angewöhnt, Selbstgespräche zu führen.

Um am ersten Weihnachtstag nicht allein zu Hause zu sitzen, hatte sie die Abendmesse in der St.-Olaf-Kirche besucht, die nach einem norwegischen Kriegerkönig benannt war. Dann hatte sie im Hotel Northstar gegessen.

Als der Kirchenchor »*Adeste fideles*« sang, traten ihr Tränen in die Augen. Sie dachte an das letzte Weihnachten mit ihrem Vater. Gemeinsam waren sie in der Messe in St. Malachy's gewesen, einer Kirche in Manhattans Theaterviertel. Ihre Mutter hatte immer gesagt, Jack Farrell hätte es weit bringen können, wenn er es als Sänger anstatt als Musiker versucht hätte. Er hatte wirklich eine ausgezeichnete Stimme. Lacey erinnerte sich, daß sie selbst verstummt war, um seiner klaren Stimme zu lauschen, die das Weihnachtslied so gefühlvoll klingen ließ.

»Ach, Lacey, die lateinische Sprache hat etwas Erhebendes an sich«, hatte er danach geflüstert.

Bei ihrem einsamen Abendessen mußte Lacey wieder die Tränen unterdrücken, als sie an ihre Mutter, Kit, Jay und die Kinder dachte. Sie und ihre Mutter waren an Weihnachten immer zu Kit gegangen, beladen mit Geschenken, die »der Weihnachtsmann bei ihnen abgegeben hatte«.

Der zehnjährige Andy glaubte wie Todd in diesem Alter noch an den Weihnachtsmann. Die vierjährige Bonnie war da pragmatischer. In diesem Jahr hatte Lacey allen über den »sicheren Kanal« Geschenke geschickt, aber das war natürlich nichts im Vergleich dazu, tatsächlich bei ihnen zu sein.

Sie hatte sich einzureden versucht, daß ihr das Essen im Northstar schmeckte. Aber sie sah dabei Kits festlich geschmückten Tisch mit dem funkelnden Kerzenleuchter und den venezianischen Gläsern vor sich, in denen sich das Licht spiegelte.

Hör auf damit! ermahnte Lacey sich, als sie den Brief in eine Schublade steckte, wo er bleiben würde, bis Marshal Svenson ihn abholte.

Da sie nichts Besseres zu tun hatte, kramte sie dann die Kopie von Heather Landis Tagebuch aus der untersten Schreibtischschublade hervor.

Was hat Isabelle bloß damit gemeint, als sie sagte, ich würde darin etwas finden? fragte sie sich zum wohl hundertsten Mal. Sie hatte das Tagebuch so oft gelesen, daß sie das Gefühl hatte, sie könne den Inhalt Wort für Wort zitieren.

Einige Eintragungen waren kurz aufeinander erfolgt, täglich, manchmal sogar mehrere an einem Tag. Zwischen anderen lagen eine Woche, ein Monat oder mitunter sechs Wochen. Das Tagebuch umfaßte die vier Jahre, die Heather in New York verbracht hatte. In allen Einzelheiten schilderte sie ihre Wohnungssuche und schrieb, ihr Vater habe darauf bestanden, daß sie in ein Haus mit Pförtner in der East Side zog. Heather hingegen wäre die West Side viel lieber gewesen. »Dort ist es nicht so spießig und viel lebendiger«, hatte sie geschrieben.

Sie erzählte von ihrem Gesangsunterricht, dem Vorsprechen und von ihrer ersten Rolle in einer New Yorker Produktion – einer Neuinszenierung von *The Boy Friend*, organisiert von der Schauspielergewerkschaft. Lacey mußte schmunzeln, als sie diesen Eintrag las, denn er schloß mit den Worten: »Platz da, Julie Andrews, jetzt kommt Heather Landi.«

Heather beschrieb die Theateraufführungen, die sie besucht hatte, und ihre Anmerkungen zu Inszenierung und schauspielerischer Leistung waren durchdacht und zeugten von geistiger Reife. Amüsant schilderte sie die Partys der oberen Zehntausend, zu denen sie häufig aufgrund der Verbindungen ihres Vaters eingeladen war. Allerdings klangen die Ergüsse über ihre Männerbeziehungen überraschend unreif. Lacey hatte den Eindruck, daß Heather von ihrer Mutter und ihrem Vater übertrieben behütet worden war, bis sie nach zwei Jahren am College nach New York zog, um am Theater Karriere zu machen.

Offenbar hatte sie eine sehr innige Beziehung zu ihren Eltern. Sie schrieb in freundlichen, liebevollen Worten über sie, obwohl sie manchmal klagte, daß sie ihrem Vater nichts recht machen konnte.

Es gab allerdings einen Eintrag, der von Anfang an Laceys Aufmerksamkeit erregt hatte:

> Heute hat Dad einen Kellner zur Schnecke gemacht. Ich habe ihn noch nie so wütend erlebt. Der arme Mann hat fast geweint. Jetzt weiß ich, was Mom gemeint hat, als sie mich vor seinem Jähzorn warnte und sagte, ich sollte es mir lieber noch mal überlegen, ob ich ihm wirklich erzählen soll, daß ich nicht in der East Side wohnen will, wenn ich nach New York ziehe. Wenn er wüßte, wie recht er hatte, würde er mir den Kopf abreißen. Mein Gott, bin ich blöd gewesen!

Warum hatte Heather das geschrieben? fragte sich Lacey. Aber so wichtig kann es nicht gewesen sein. Schließlich ist es vier Jahre vor ihrem Tod geschehen, und sie hat es nie wieder erwähnt.

Aus den letzten Eintragungen wurde klar, daß Heather sich über irgend etwas große Sorgen machte. An einer Stelle schrieb sie, sie »stecke in einer schrecklichen Klemme. Ich weiß nicht, was ich machen soll.« Anders als beim Rest des Tagebuchs hatte sie unliniertes Papier benutzt.

Lacey konnte nichts Verdächtiges in diesem Tagebuch entdecken, aber offenbar hatte etwas Isabelle Warings Argwohn erregt.

Es konnte genausogut mit einem Engagement wie mit einem neuen Freund zu tun haben, überlegte Lacey verzweifelt, als sie die Seiten wieder in die Schublade legte. *Ich* stecke weiß Gott in einer schrecklichen Klemme.

Das liegt daran, daß dich jemand töten will, flüsterte eine innere Stimme.

Lacey knallte die Schublade zu. Hör auf damit! schalt sie sich wütend.

Vielleicht war ja eine Tasse Tee jetzt das richtige. Während sie ihn in langsamen Schlucken trank, versuchte sie, das Gefühl der Angst und Einsamkeit zu vertreiben, das sie wieder zu überwältigen drohte.

Um sich abzulenken, schaltete sie das Radio ein. Normalerweise suchte sie so lange, bis sie einen Sender fand, der Musik spielte. Doch es war schon ein Kurzwellensender eingestellt, und eine Stimme sagte: »Hallo, ich bin Tom Lynch, Ihr Moderator für die nächsten vier Stunden auf WCIV.«

Tom Lynch!

Mit einem Ruck wurde Lacey aus ihrer schwermütigen Stimmung gerissen. Sie hatte eine Liste aller Personen angefertigt, die in Heather Landis Tagebuch erwähnt wurden, und Tom Lynch gehörte dazu. Er war ein Rundfunkmoderator, der nicht in New York lebte. Anscheinend war Heather ein wenig in ihn verliebt gewesen.

Handelte es sich um denselben Tom Lynch? Und wenn ja, konnte Lacey dann von ihm etwas über Heather erfahren?

Es war einen Versuch wert, entschied sie.

16

Tom Lynch hatte die für die Bewohner des mittleren Westens typische robuste Art. Er war in North Dakota aufgewachsen und gehörte zu den harten Burschen, die fünf Grad unter Null als belebend empfinden und glauben, daß nur Waschlappen über die Kälte jammern.

»Aber heute müßte ich ihnen recht geben«, sagte er lächelnd zu Marge Peterson, der Empfangsdame bei WCIV, einem der Radiosender in Minneapolis.

Marge bedachte ihn mit einem mütterlichen Blick. Er brachte Freude in ihren Tag, ein Gefühl, das sie mit vielen Bewohnern von Minneapolis und St. Paul teilte, seit er die Nachmittags-Talkshow des Senders übernommen hatte. Ein Zeichen dafür war die wachsende Flut von Fanpost, die über ihren Schreibtisch ging. Der beliebte dreißigjährige Moderator hatte noch eine große Zukunft vor sich. Seine Mischung aus Nachrichten, Interviews, Kommentaren und respektlosem Humor sprach eine breite Hörerschicht an. Und seine Fans sollten ihn erst mal *sehen*, dachte Marge. Mit seinen leuchtenden haselnußbraunen Augen, dem leicht zerzausten mittelbraunen Haar, dem freundlichen Lächeln und den attraktiven unregelmäßigen Gesichtszügen würde er im Fernsehen bestimmt gut ankommen.

Marge freute sich über seinen Erfolg – der auch dem Sender zugute kam –, doch die Sache hatte einen Haken. Sie wußte, daß einige andere Sender bereits versucht hatten, ihn abzuwerben. Aber er hatte verkündet, er werde zuerst WCIV zum meistgehörten Sender des Einzugsgebiets machen, bevor er sich nach einer anderen Stelle umsah. Bald ist es soweit, dachte Marge mit einem Seufzen. Bald werden wir ihn verlieren.

»Stimmt was nicht, Marge?«, fragte Tom besorgt. »Fehlt Ihnen was?«

Lachend schüttelte sie den Kopf. »Überhaupt nichts. Gehen Sie jetzt zum Training?«

Zum Abschied hatte Lynch seinen Hörern heute nachmittag angekündigt, er werde jetzt ins Twin Cities Gym gehen, da heute nicht einmal ein Pinguin draußen joggen könne. Er hoffe, einige von ihnen dort zu treffen. Twin Cities war einer seiner Sponsoren.

»Allerdings. Bis später.«

»Wer hat Sie uns empfohlen, Miss Carroll?«, fragte Ruth Wilcox, während Lacey den Mitgliedsantrag für das Twin Cities Gym ausfüllte.

»Ich habe in Tom Lynchs Sendung von Ihnen gehört«, antwortete Lacey. Da die Frau sie weiter ansah, glaubte sie, ihr eine Erklärung schuldig zu sein. »Ich wollte schon längst einem Fitneßclub beitreten, und weil ich hier ein paar Probetrainings bekomme, bevor ich mich endgültig entscheide …« Sie beendete den Satz nicht. »Außerdem wohne ich nicht weit von hier«, schloß sie verlegen.

Wenigstens kriege ich so schon einmal einen Vorgeschmack darauf, wie es mir bei der Jobsuche ergehen wird, überlegte sie entschlossen. Die Aussicht, ein Formular auszufüllen zu müssen, hatte ihr angst gemacht, denn sie benutzte zum ersten Mal ihre neue Identität. Das Üben mit ihrem Betreuer Marshal George Svenson war eine Sache gewesen – doch es war nicht damit zu vergleichen, tatsächlich in die neue Rolle zu schlüpfen.

Auf der Fahrt zum Fitneßcenter war sie im Geiste noch einmal die Einzelheiten durchgegangen: Sie hieß Alice Carroll, stammte aus Hartford, Connecticut, und hatte ihren Abschluß am Caldwell College gemacht – aus dieser Ecke drohte keine Gefahr, denn die Universität war inzwischen geschlossen. In Hartford hatte sie als Arztsekretärin gearbeitet. Weil ihr Chef die Praxis aufgegeben und sie sich von ihrem Freund getrennt hatte, hatte sie beschlossen, die Stadt zu wechseln. Für Minneapolis hatte sie sich entschieden, weil sie als Teenager einmal hier gewesen war und es ihr sehr gut gefallen hatte. Sie war ein Einzelkind, ihr Vater war tot, ihre Mutter hatte wieder geheiratet und lebte in London.

Doch das interessiert im Augenblick nicht, dachte sie, als sie ihren neuen Sozialversicherungsausweis aus der Handtasche zog. Sie mußte vorsichtig sein. Ganz automatisch hatte sie ihre wirkliche Nummer hinschreiben wollen, aber es gerade noch rechtzeitig gemerkt. Ihre alte Adresse – East End Avenue 1, New York, NY 10021 – fiel ihr ein. Nein: Hennepin Avenue 520, Minneapolis, MN 55403. Bankverbindung: Chase – nein, First State. Arbeitgeber? Sie strich die Zeile durch. Bei einem Unfall zu benachrichtigende Person: Svenson hatte ihr für diesen Fall einen falschen Namen mit Adresse und Telephonnummer gegeben. Jeder Anruf, der dort einging, würde an ihn weitergeleitet werden.

Dann kam die Frage nach früheren Krankheiten. Irgendwelche Probleme? Ja, dachte Lacey. Eine kleine Narbe, wo eine Kugel meinen Schädel gestreift hat. Ständig verspannte Schultern, weil ich dauernd glaube, daß jemand mich verfolgt. Eines Tages werde ich beim Spazierengehen Schritte hinter mir hören, mich umdrehen und …

»Kommen Sie irgendwo nicht zurecht?«, fragte Miss Wilcox freundlich. »Vielleicht kann ich Ihnen helfen.«

Sofort bekam Lacey es mit der Angst zu tun. Sie war sicher, daß die Frau sie zweifelnd musterte. Bestimmt spürt sie, daß mit mir etwas nicht in Ordnung ist. Lacey zwang sich zu einem Lächeln. »Nein, alles okay.« Sie unterschrieb mit »Alice Carroll« und schob Miss Wilcox das Formular zu.

Die Geschäftsführerin überflog es. »Wunderbar.« Auf ihren Pullover waren Kätzchen aufgedruckt, die mit einem Wollknäuel spielten. »Und jetzt führe ich Sie herum.«

Das Fitneßstudio war modern und mit allen notwendigen Geräten ausgestattet: Außerdem gab es ein langes Laufband, geräumige Säle für Aerobic-Kurse, einen großen Swimmingpool, eine Sauna und eine gemütliche Saftbar.

»Früh am Morgen und nach Büroschluß ist es hier ziemlich voll«, sagte Miss Wilcox. »Ach, da ist er ja«, sagte sie dann. »Tom, kommen Sie doch mal her!« rief sie einem breitschultrigen Mann nach, der gerade in Richtung Herrenumkleide ging.

Als der Mann sich umdrehte, winkte Miss Wilcox ihn mit einer ausladenden Geste heran.

Sie stellte die beiden einander vor. »Tom Lynch, das ist Alice Carroll. Sie will bei uns Mitglied werden, weil sie in Ihrer Sendung von uns gehört hat«, erklärte sie.

Tom lächelte ungezwungen. »Schön, daß ich so überzeugend wirke. War nett, Sie kennenzulernen, Alice.« Mit einem Nicken und einem Lächeln schlenderte er weiter.

»Ist er nicht hinreißend?«, fragte Miss Wilcox. »Wenn ich nicht in festen Händen wäre ... na, ja, Schwamm drüber. Das Problem ist, daß sämtliche alleinstehende Frauen sich auf ihn stürzen und versuchen, ihn in ein Gespräch zu verwickeln. Doch wenn er hier ist, will er in Ruhe trainieren.«

Ein Wink mit dem Zaunpfahl, dachte Lacey. »Ich auch«, antwortete sie knapp und hoffte, daß sie glaubhaft klang.

17

Mona Farrell saß allein an einem Tisch im Alex's Place, dem beliebten neuen Restaurant. Es war nach elf Uhr abends. Speisesaal und Bar waren so kurz nach Ende der Vorstellungen in den Theatern sehr belebt. Der Pianist spielte »Unchained Melody«, und Mona wurde von Wehmut ergriffen. Das war eines von Jacks Lieblingsliedern gewesen.

Sie mußte an den Text denken: *And time can do so much …*

Mona wußte, daß sie in letzter Zeit sehr nah am Wasser gebaut hatte. Oh, Lacey, schoß es ihr durch den Kopf. Wo bist du?

»Darf ich mich zu Ihnen setzen, schöne Frau?«

Jäh aus ihren Gedanken gerissen, blickte Mona auf.

Alex Carbines Lächeln verflog. »Weinst du etwa, Mona?«, fragte er besorgt.

»Nein, ist schon in Ordnung.«

Er setzte sich ihr gegenüber. »Das ist nicht wahr. Hast du ein bestimmtes Problem, oder macht dir die Situation allgemein zu schaffen?«

Sie versuchte zu lächeln. »Als ich heute vormittag in CNN die Nachrichten sah, wurde von einem kleinen Erdbeben in Los Angeles berichtet. Aber es war doch ziemlich heftig. Eine junge Frau hat dabei die Kontrolle über ihr Auto verloren und sich überschlagen. Sie war schlank und dunkelhaarig. Es wurde gezeigt, wie man sie auf eine Trage legte.« Monas Stimme zitterte. »Und einen schrecklichen Moment lang glaubte ich, es wäre Lacey. Sie könnte doch in Los Angeles sein. Sie könnte überall sein.«

»Zum Glück war es nicht Lacey«, sagte Alex beruhigend.

»Nein, natürlich nicht. Immer wenn ich in letzter Zeit von einem Feuer, einer Überschwemmung oder einem Erdbeben höre, habe ich Angst, daß Lacey etwas passiert sein könnte.«

Sie zwang sich zu einem Lächeln. »Sogar Kit hat mein Gejammer schon satt. Vorgestern ist auf dem Snowbird-Berg eine Lawine abgegangen. Ein paar Skifahrer wurden mitgerissen. Zum Glück wurden alle gerettet, aber ich war erst beruhigt, als ihre Namen durchgegeben wurden. Lacey fährt so gerne Ski, und es würde zu ihr passen, bei einem Unwetter loszuziehen.«

Sie griff nach ihrem Weinglas. »Alex, ich sollte dich nicht damit belasten.«

Carbine nahm ihre Hand. »Doch, das solltest du, Mona. Wenn du das nächste Mal mit Lacey telephonierst, mußt du ihr sagen, wie sehr du unter dieser Situation leidest. Wenn du nur ungefähr wüßtest, wo sie ist, könntest du es vielleicht besser aushalten.«

»Nein, das geht nicht. Sie darf auf keinen Fall erfahren, wie ich mich fühle. Das würde es nur noch schwerer für sie machen. Gott sei Dank habe ich Kit und ihre Familie. Und ich habe dich. Lacey ist ganz allein.«

»Sag es ihr trotzdem«, beharrte Carbine. »Und behalte für dich, was sie dir erzählt.«

Er tätschelte ihr die Hand.

18

»Wenn Sie einen nicht existenten Freund erfinden, müssen Sie dabei an einen wirklichen Menschen denken«, hatte Marshal George Svenson Lacey geraten. »Stellen Sie sich den Mann und seine Art zu sprechen genau vor. Wenn Sie dann etwas über ihn erzählen, klingt es glaubwürdiger. Und vergessen Sie den Trick nicht, auf Fragen immer mit einer Gegenfrage zu kontern.«

Lacey hatte beschlossen, Rick Parker als Vorbild für den Freund zu nehmen, von dem sie sich getrennt hatte. Sie konnte sich leichter vorstellen, Schluß mit ihm zu machen, als mit ihm liiert zu sein. Er war ein ausgezeichnetes Vorbild für einen Exfreund, den man beschreiben konnte, ohne sich in Widersprüche zu verwickeln.

Inzwischen ging sie täglich ins Fitneßstudio, immer am späten Nachmittag. Das Training tat ihr gut und half ihr beim Nachdenken. Da sie nun einen Sozialversicherungsausweis hatte, wollte sie unbedingt Arbeit finden. Doch Marshal Svenson hatte ihr mitgeteilt, daß das Zeugenschutzprogramm keine falschen Zeugnisse früherer Arbeitgeber zur Verfügung stellte.

»Wie soll ich ohne Zeugnisse einen Job kriegen?«, hatte sie gefragt.

»Wir schlagen vor, daß Sie anbieten, ein paar Wochen lang ohne Gehalt zu arbeiten. Vielleicht werden Sie dann eingestellt.«

»*Ich* würde niemanden ohne Zeugnisse einstellen«, widersprach Lacey.

Allerdings führte nichts an der Erkenntnis vorbei, daß sie es versuchen mußte. Abgesehen vom Fitneßstudio kam sie nirgendwo mit anderen Menschen in Kontakt. Durch die ständige Einsamkeit schleppte sich die Zeit endlos langsam dahin, und Lacey spürte, daß die Depression sich wie eine düstere Wolke über sie senkte. Mittlerweile graute ihr sogar vor den wöchentlichen Telephonaten mit ihrer Mutter. Jedesmal brach Mona am Ende in Tränen aus, und Lacey hätte vor ohnmächtiger Wut schreien können.

Nach ein paar Tagen im Fitneßstudio hatte sie es geschafft, sich mit Ruth Wilcox anzufreunden. An ihr hatte sie auch die Geschichte ausprobiert, wie sie nach Minneapolis gekommen war: Ihre Mutter hatte wieder geheiratet und war nach London gezogen. Der Arzt, für den sie gearbeitet hatte, hatte die Praxis aufgegeben. Und sie hatte mit ihrem Freund Schluß gemacht. »Er war so jähzornig und sarkastisch«, erklärte sie und dachte dabei an Rick.

»Die Sorte kenne ich«, sagte Ruth Wilcox. »Aber ich muß Ihnen etwas sagen: Tom Lynch hat sich nach Ihnen erkundigt. Ich glaube, er mag Sie.«

Lacey hatte sich Mühe gegeben, Lynch nicht merken zu lassen, daß sie sich für ihn interessierte. Allerdings hatte sie die

Begegnung mit ihm sorgfältig vorbereitet. Sie ging früher zum Joggen, damit sie fertig war, wenn er anfing. Sie meldete sich zu einem Aerobic-Kurs an, der in einem Raum neben dem Laufband stattfand, damit er sie sah, wenn er vorbeilief. Manchmal trank er vor dem Nachhausegehen an der Bar noch einen Vitaminshake oder einen Kaffee. Also setzte sich Lacey ein paar Minuten vorher ins Café, und zwar an einen Tisch für zwei.

In der zweiten Woche hatte ihre Strategie endlich Erfolg. Als er in die Bar kam, saß sie allein an einem kleinen Tisch. Alle anderen Tische waren besetzt. Als er sich nach einem freien Platz umsah, trafen sich ihre Blicke. Lacey hoffte auf ihr Glück und deutete auf den leeren Stuhl.

Nach kurzem Zögern kam Lynch zu ihr hinüber.

Lacey hatte Heathers Tagebuch durchforstet und sich jede Stelle notiert, in der Tom Lynch erwähnt wurde. Zum erstenmal hatte Heather vor etwa anderthalb Jahren über ihn geschrieben. Sie hatte ihn nach einer Vorstellung kennengelernt.

> Als wir heute im Barrymore's einen Hamburger essen waren, war ein toller Typ dabei. Tom Lynch ist groß, sieht unverschämt gut aus und ist um die Dreißig. Er hat seine eigene Radiosendung in St. Louis, will aber bald nach Minneapolis ziehen. Kate ist seine Cousine und hat ihn heute abend zur Vorstellung mitgebracht. Er sagt, seit er aus New York weg ist, fehlt ihm am meisten, daß er nicht mehr regelmäßig ins Theater gehen kann. Ich habe mich lange mit ihm unterhalten. Er bleibt noch ein paar Tage in der Stadt. Ich habe gehofft, daß er sich mit mir verabreden will – aber Pech gehabt.

Ein Eintrag vier Monate später lautete:

> Tom Lynch war übers Wochenende in der Stadt. Ein paar von uns waren zum Skilaufen in Stowe. Er fährt sehr gut.

Und er ist nett. So einen Typen würde Papa sich als Schwiegersohn wünschen. Doch er würdigt mich und die anderen Mädchen keines Blickes. Außerdem ist es jetzt sowieso zu spät.

Drei Wochen danach war Heather bei dem Unfall ums Leben gekommen – wenn es überhaupt ein Unfall gewesen war. Während Lacey die Passagen abschrieb, fragte sie sich, ob Isabelle oder die Polizei je mit Lynch über Heather gesprochen hatten. Und was hatte Heather mit dem Satz »Außerdem ist es jetzt sowieso zu spät« gemeint?

Bedeutete das, daß Lynch eine feste Freundin hatte? Oder daß Heather inzwischen mit jemandem liiert war?

Diese Gedanken schossen Lacey durch den Kopf, als Lynch ihr gegenüber Platz nahm.

»Alice Carroll, richtig?« sagte er, eher bestätigend als fragend.

»Ja, und Sie sind Tom Lynch.«

»Behaupten wenigstens die anderen. Ich habe gehört, daß Sie erst seit kurzem in Minneapolis wohnen.«

»Richtig.« Lacey hoffte, daß ihr Lächeln nicht allzu gezwungen aussah.

Bestimmt wird er etwas über mich wissen wollen, dachte sie nervös. Vielleicht wird das mein erster richtiger Test. Sie nahm ihren Löffel und rührte in ihrem Kaffee herum. Aber dann fiel ihr ein, daß das bei schwarzem Kaffee ohne Zucker ziemlich merkwürdig wirkte.

Svenson hatte ihr beigebracht, Fragen mit Gegenfragen zu beantworten. »Sind Sie in Minneapolis geboren, Tom?«

Sie wußte, daß das nicht so war, doch diese Eröffnung erschien ihr unverfänglich.

»Nein, in Fargo, North Dakota. Nicht weit von hier. Kennen Sie den Film *Fargo*?«

»Er hat mir sehr gut gefallen«, erwiderte sie lächelnd.

»Und Sie sind trotzdem hierhergezogen? In dieser Gegend war der Film praktisch verboten. Die Leute glaubten, er stellt uns wie eine Horde Hinterwäldler dar.«

Lacey fand, daß sie unglaubwürdig klang, als sie ihre Geschichte erzählte: »Meine Mutter und ich haben hier Freunde besucht, als ich sechzehn war. Ich war begeistert von dieser Stadt.«

»Wahrscheinlich hatten wir damals besseres Wetter.«

»Richtig. Es war im August.«

»Wenn es überall von schwarzen Fliegen wimmelt.«

Sie wußte, daß er sie nur auf den Arm nehmen wollte. Doch wenn man lügt, kommt einem alles verdächtig vor. Dann fragte er sie, wo sie arbeitete.

»Ich mußte mich erst einleben«, sagte sie. Wenigstens das war die Wahrheit. »Jetzt ist es an der Zeit, daß ich mir einen Job suche.«

»Was für einen?«

»Ich habe in der Buchhaltung einer Arztpraxis gearbeitet«, erklärte sie und fügte hastig hinzu: »Aber ich würde gern etwas anderes tun.«

»Das glaube ich Ihnen gern. Mein Bruder ist Arzt, und er braucht drei Sekretärinnen, damit ihm die Formulare von den Versicherungen nicht über den Kopf wachsen. Bei was für einem Arzt waren Sie denn?«

»Bei einem Kinderarzt.« Zum Glück hat Mom so oft über ihren Beruf geredet, daß ich mich heute einigermaßen auskenne, dachte Lacey. Aber warum habe ich bloß »Buchhaltung« gesagt? Ich kann kein Versicherungsformular vom anderen unterscheiden.

Um das Thema zu wechseln, sagte sie: »Ich habe mir heute Ihre Sendung angehört. Das Interview mit dem Regisseur, der *Chicago* neu inszeniert hat, fand ich besonders gut. Ich habe das Stück in New York gesehen, bevor ich hierhergezogen bin.«

»Meine Cousine Kate ist im Chor der Tourneetruppe von *The King and I*. Zur Zeit gastieren sie hier«, sagte Lynch.

Lacey erkannte an seinem Blick, daß er überlegte. Er fragt sich, ob er mich einladen soll mitzukommen. Hoffentlich! Seine Cousine Kate war eine Kollegin von Heather gewesen und hatte die beiden miteinander bekannt gemacht.

»Morgen abend ist Premiere«, fuhr er fort. »Ich habe zwei Karten. Haben Sie Lust?«

19

In den drei Monaten nach Isabelles Tod hatte sich Jimmy Landi gefühlt wie ein Schlafwandler. Es war, als stünde der Teil seines Gehirns, der für die Gefühle zuständig war, unter Narkose. All seine Kraft und seine Gedanken galten dem neuen Casino-Hotel in Atlantic City. Es befand sich zwischen dem Trump Castle und Harrah's Marina und würde sie beide in den Schatten stellen – ein weißschimmernder Prachtbau mit runden Erkertürmchen und einem vergoldeten Dach.

Als Jimmy in der Halle des neuen Gebäudes zusah, wie für die Eröffnung in einer Woche die letzten Vorbereitungen getroffen wurden, wußte er, daß er es geschafft hatte. Endlich war es soweit. Teppiche wurden verlegt, Gemälde und Wandbehänge angebracht, und man verstaute kistenweise Spirituosen in der Bar.

Jimmy lag viel daran, all seine Konkurrenten an der Strandpromenade auszustechen und sich gleichzeitig von ihnen zu unterscheiden. Er, ein Straßenjunge aus Manhattans West Side, der mit dreizehn die Schule abgebrochen und als Tellerwäscher im Stork Club gearbeitet hatte, war nun ganz oben angekommen. Und bald würde er den andern einen neuen Erfolg unter die Nase reiben.

Jimmy erinnerte sich an die alten Tage. Immer wenn die Küchentür aufging, hatte er versucht einen Blick auf die Prominenten im Speisesaal des Stork zu erhaschen. Damals waren alle, nicht nur die Filmstars, elegant gewesen. Niemand hätte gewagt, in Klamotten zu erscheinen, die aussahen, als hätte man darin geschlafen.

Jeden Abend waren Klatschkolumnisten anwesend, und sie hatten sogar einen eigenen Tisch. Walter Winchell, Jimmy Van Horne, Dorothy Kilgallen. Ach, die Kilgallen! Die Leute krochen förmlich auf dem Bauch vor ihr. Ihre Kolumne im *Journal-American* war Pflichtlektüre, und alle waren begierig darauf, daß Dorothy wohlwollend über sie berichtete.

Ich habe mir die Leute gründlich angesehen, dachte Jimmy, als er in der Halle stand, wo die Handwerker um ihn herumwimmelten. Und ich habe alles gelernt. Ich wollte wissen, wie man eine Küche führt. Wenn ein Chefkoch nicht auftauchte, konnte ich seinen Platz einnehmen. Jimmy hatte sich hochgearbeitet, hatte am Anfang die Tische abgeräumt, war dann Kellner und schließlich Restaurantmanager geworden. Mit dreißig war er dann in der Lage gewesen, sein eigenes Lokal zu eröffnen.

Er wußte, wie man mit Prominenten umging, wie man ihnen schmeichelte, ohne dabei seine Würde zu verlieren. Wie man sich bei ihnen beliebt machte, bis sie sich freuten, wenn er sie wiedererkannte und ihnen freundlich zunickte. Außerdem habe ich gelernt, wie man Angestellte behandelt, dachte er – streng, aber gerecht. Doch wer versucht hat, mich über den Tisch zu ziehen, konnte sofort seinen Hut nehmen. Da gab es kein Pardon.

Zufrieden sah er zu, wie ein Vorarbeiter einen Teppichleger zurechtwies, weil dieser ein Werkzeug auf dem Empfangstisch aus Mahagoni deponiert hatte.

Durch die breiten Glastüren beobachtete er, wie im Casino die Spieltische aufgestellt wurden. Er ging hinein. Rechts befanden sich die schimmernden Spielautomaten, die regelrecht darum zu betteln schienen, daß jemand sein Glück an ihnen versuchte. Bald, dachte Jimmy. In einer Woche werden die Leute davor Schlange stehen. So Gott wollte.

Da legte sich eine Hand auf seine Schulter. »Sieht doch ganz nett aus hier, oder, Jimmy?«

»Gut gemacht, Steve. Wir werden rechtzeitig eröffnen.«

Steve Abbott lachte. »Gut gemacht? Ich habe mich selbst übertroffen. Aber du bist ja derjenige, der hier die Visionen hat. Ich bin nur das ausführende Organ, der Handlanger. Doch ich wollte auch, daß wir pünktlich fertig werden. Schließlich macht es sich nicht gut, wenn bei der Eröffnung noch die Maler zugange sind. Wir schaffen es. Übrigens fahren Cynthia und ich gleich zurück nach New York. Kommst du mit?«

»Nein, ich möchte noch ein bißchen hierbleiben. Kannst du von New York aus jemanden für mich anrufen?«

»Klar.«

»Du kennst doch den Typen, der die Wandgemälde restauriert.«

»Gus Sebastiani?«

»Genau. Der Maler. Er soll so schnell wie möglich kommen und Heather in sämtlichen Bildern übermalen.«

»Bist du sicher, Jimmy?« Steve Abbott sah seinen Partner forschend an. »Vielleicht wirst du es später bereuen.«

»Nein. Es ist Zeit.« Jimmy wandte sich abrupt ab. »Du mußt los.«

Ein paar Minuten später ging Landi zum Aufzug und drückte auf den obersten Knopf.

Bevor er nach New York zurückkehrte, wollte er noch einmal in die Pianobar.

Es war ein gemütliches Eckzimmer, dessen Rundbogenfenster zum Meer zeigten. Die Wände waren in einem satten, warmen Blauton gestrichen und mit silbernen Notenzeilen aus beliebten Musikstücken und Wolken verziert. Jimmy hatte die Lieder persönlich ausgesucht. Alle hatten zu Heathers Lieblingsliedern gehört.

Sie wollte, daß ich das Hotel Heather's Place nenne, dachte er. Das war nicht ernst gemeint. Lächelnd verbesserte sich Jimmy: Ein bißchen ernst hat sie es doch gemeint.

Dieser Raum wird ihr Zimmer sein, überlegte er, während er sich umsah. Ihr Name steht an den Türen, und ihre Lieder sind an die Wände gemalt. Ihr Geist lebt hier weiter, wie sie es gewollt hat. Aber anders als im Restaurant, wo ich mir ständig ihre Porträts ansehen muß.

Er mußte endlich einen Schlußstrich ziehen.

Ruhelos ging er zu einem Fenster. Am Horizont schimmerte der Halbmond über den aufgepeitschten Wellen.

Heather.

Isabelle.

Beide fort. Jimmy wußte nicht, warum er immer öfter an Isabelle dachte. Unmittelbar vor ihrem Tod hatte sie der jungen Immobilienmaklerin das Versprechen abgenommen, ihm Heathers Tagebuch zu geben. Wie hieß sie noch mal? Tracey? Nein, Lacey. Lacey Farrell. Er hatte sich gefreut, es zu bekommen, aber nicht gewußt, was denn so wichtig daran sein sollte. Kurz nachdem er es erhalten hatte, hatte die Polizei ihn um die Kopie gebeten. Man wollte sie mit dem Original vergleichen.

Nur zögernd war er dieser Aufforderung gefolgt. Er hatte das Tagebuch noch in der Nacht durchgesehen, als Lacey Farrell es ihm gegeben hatte. Doch er verstand immer noch nicht. Was hatte er nach Isabelles Ansicht darin finden sollen? Vor dem Lesen hatte er sich betrunken. Es tat so weh, Heathers Handschrift zu sehen und ihre Schilderungen gemeinsamer Unternehmungen zu lesen. Natürlich hatte sie auch geschrieben, daß sie sich seinetwegen Sorgen machte.

»Papa«, dachte Jimmy.

Das einzige Mal, daß sie mich »Dad« genannt hat, war, als sie glaubte, daß ich sauer auf sie bin.

Isabelle hatte hinter allem eine Verschwörung vermutet. Und dann war sie – welche Ironie des Schicksals! – zufällig zum Opfer eines Verbrechers geworden, der sich als angeblicher Kaufinteressent Zugang zur Wohnung verschafft hatte. Später war er wiedergekommen, um die Wohnung auszurauben.

Ein uralter Trick, und Isabelle war arglos darauf hereingefallen. Sie war einfach zur falschen Zeit am falschen Ort gewesen.

Oder etwa nicht? fragte sich Jimmy Landi. Er wurde die Zweifel einfach nicht los. Bestand vielleicht doch die Möglichkeit, daß Isabelle recht gehabt hatte? Daß Heather nicht bei einem Unfall ums Leben gekommen war? Drei Tage vor Isabelles Tod hatte eine Kolumnistin in der *Post* geschrieben, Heather Landis Mutter Isabelle Waring, eine ehemalige Schönheitskönigin, »ist möglicherweise mit ihrem Verdacht, daß die junge Sängerin nicht Opfer eines Unfalls war, auf der richtigen Spur«.

Die Kolumnistin war von der Polizei befragt worden und hatte zugegeben, daß sie Isabelle kennengelernt hatte. Isabelle hatte ihr erzählt, daß sie, was den Tod ihrer Tochter anging, eine andere Theorie hatte. Doch die Andeutung in ihrer Kolumne, Isabelle habe den Beweis entdeckt, sei reine Erfindung gewesen.

War Isabelle wegen dieses Artikels gestorben? fragte sich Jimmy Landi. Hatte jemand die Nerven verloren?

Jimmy hatte sich bemüht, nicht darüber nachzudenken. Wenn Isabelle ermordet worden war, um zum Schweigen gebracht zu werden, konnte das nur eines bedeuten: Jemand hatte nachgeholfen, als Heather in ihrem Auto am Fuße eines Abhangs verbrannte.

Vor einer Woche hatte die Polizei die Wohnung freigegeben. Jimmy hatte das Maklerbüro angerufen und den Auftrag erteilt, sie wieder zum Verkauf anzubieten. Doch er brauchte Gewißheit. Er würde einen Privatdetektiv anheuern, der herausfinden sollte, ob die Polizei etwas übersehen hatte. Und er wollte mit Lacey Farrell sprechen.

Ein lautes Hämmern riß ihn aus seinen Grübeleien. Er sah sich um. Zeit zu gehen. Mit schweren Schritten durchquerte er den Raum und trat auf den Flur hinaus. Nachdem er die schweren Mahagonitüren geschlossen hatte, drehte er sich noch einmal um. Ein Graphiker hatte die goldenen Buchstaben entworfen, die an der Tür befestigt werden sollten. In ein oder zwei Tagen würden sie fertig sein.

»Heather's Place« würde da stehen. Für Papas kleine Tochter. Falls sich herausstellen sollte, daß jemand deinen Tod verschuldet hat, mein Kind, bringe ich ihn persönlich um. Das schwöre ich dir.

20

Es war Zeit für den gleichzeitig ersehnten und gefürchteten Anruf zu Hause. Diesmal befand sich die abhörsichere Leitung in einem Motelzimmer. »Jedesmal woanders«, sagte sie, als George Svenson auf ihr Klopfen hin die Tür öffnete.

»Richtig«, stimmte er zu. »Die Leitung ist bereit. Ich verbinde Sie. Und vergessen Sie nicht, was ich Ihnen gesagt habe, Alice.«

Er nannte sie immer Alice.

»Ich weiß noch jedes Wort.« Im Singsangton leierte sie die Liste herunter: »Selbst der Name eines Supermarktes könnte meinen Aufenthaltsort verraten. Wenn ich vom Fitneßstudio erzähle, darf ich nicht sagen, daß es Twin Cities Gym heißt. Das Wetter ist auch tabu. Da ich keinen Job habe, kann ich bei dem Thema nichts falsch machen. Also rede ich hauptsächlich darüber.«

Sie biß sich auf die Unterlippe. »Tut mir leid, George«, sagte sie zerknirscht. »Diese Anrufe zerren einfach an meinen Nerven.«

Sie bemerkte einen mitleidigen und verständnisvollen Ausdruck in seinem zerfurchten Gesicht.

»Ich stelle die Verbindung her und mache dann einen Spaziergang«, sagte er. »In einer halben Stunde bin ich zurück.«

»In Ordnung.«

Er nickte und griff zum Hörer. Lacey spürte, daß ihre Handflächen feucht wurden. Kurz darauf, hörte sie, wie die Tür ins Schloß fiel. »Hallo, Mom, wie geht's euch?« sagte sie.

Heute war es noch schwerer als sonst. Kit und Jay waren nicht zu Hause. »Sie mußten zu einem Cocktailempfang«, erklärte ihre Mutter. »Kit läßt dir liebe Grüße ausrichten. Den Jungs geht es gut. Sie sind jetzt beide in der Eishockeymannschaft ihrer Schule. Du solltest sehen, wie sie auf ihren Schlittschuhen herumsausen, Lacey. Ich sterbe fast vor Angst, wenn ich ihnen zuschaue.«

Das habe ich ihnen beigebracht, dachte Lacey. Ich habe ihnen Schlittschuhe geschenkt, als sie noch kaum laufen konnten.

»Aber Bonnie macht uns Sorgen«, sprach ihre Mutter weiter. »Sie ist immer noch so blaß. Kit geht mit ihr dreimal in der Woche zur Krankengymnastik, und ich mache am Wochenende Übungen mit ihr. Doch sie vermißt dich so sehr. Sie ahnt, daß du dich versteckst, weil dich jemand umbringen will.«

Wie kommt sie bloß auf diese Idee? wunderte sich Lacey. Mein Gott, wer hat ihr diesen Floh ins Ohr gesetzt?

Ihre Mutter beantwortete die Frage, ohne daß Lacey sie hätte stellen müssen. »Ich glaube, sie hat etwas aufgeschnappt, als Jay und Kit sich unterhalten haben. Ich weiß, daß er dir manchmal auf die Nerven geht, aber sei nicht ungerecht, Lacey. Er hat sich großartig verhalten und zahlt deine Nebenkosten und deine Versicherung. Außerdem habe ich von Alex erfahren, daß Jay einen großen Auftrag bekommen hat. Er soll die Küche des Casino-Hotels beliefern, das Jimmy Landi in Atlantic City eröffnet. Offenbar hatte er Angst, Landi könnte die Bestellung stornieren, wenn er erfährt, daß er mit dir verwandt ist. Alex erzählt, daß Jimmy nach der Ermordung seiner Exfrau am Boden zerstört war. Jay hat befürchtet, daß er dir die Schuld an ihrem Tod gibt. Du weißt schon, weil du den Mann in die Wohnung gebracht hast, ohne zuerst Erkundigungen über ihn einzuholen.«

Eigentlich schade, daß ich nicht zusammen mit Isabelle ermordet worden bin, dachte Lacey verbittert.

Aber sie versuchte, sich nichts anmerken zu lassen. Sie erzählte, daß sie nun regelmäßig im Fitneßstudio trainierte und großen Spaß daran hatte. »Mir geht es wirklich gut«, beteuerte sie. »Und zu lange kann es ja nicht mehr dauern. Ehrenwort. Die Polizei sagt, daß sie den Mann, den ich identifizieren kann, überzeugen wird, nach seiner Verhaftung als Kronzeuge auszusagen. Dann müßte er nicht ins Gefängnis. Sobald diese Abmachung steht, habe ich nichts mehr zu befürchten. Denn seine Auftraggeber werden hinter ihm her sein, nicht hinter mir. Wir müssen nur beten, daß es bald soweit ist. Richtig, Mom?«

Doch zu ihrem Entsetzen hörte Lacey ihre Mutter laut schluchzen. »Lacey, ich kann nicht mehr so weiterleben«, jammerte Mona Farrell. »Immer wenn ich höre, daß eine junge Frau irgendwo einen Unfall gehabt hat, glaube ich, daß du es bist. Du mußt mir verraten, wo du bist. Du mußt einfach.«

»Mom!«

»Bitte, Lacey!«

»Wenn ich es dir sage, muß es absolut unter uns bleiben. Du darfst es nicht einmal Kit erzählen.«

»Ja, Kind.«

»Mom, wenn die Polizei erfährt, daß ich es dir verraten habe, werde ich nicht mehr geschützt; dann werde ich aus dem Programm geworfen.«

»Ich muß es wissen.«

Als Lacey aus dem Fenster blickte, sah sie George Svensons bullige Gestalt näher kommen. »Mom«, flüsterte sie. »Ich bin in Minneapolis.«

Die Tür ging auf. »Mom, ich muß jetzt Schluß machen. Bis nächste Woche. Küß alle von mir. Ich liebe dich. Tschüs.«

»Alles in Ordnung zu Hause?« fragte Svenson.

»Ich glaube schon«, sagte Lacy. Ihr wurde flau im Magen. Sie hatte das Gefühl, gerade einen schrecklichen Fehler begangen zu haben.

21

In Landis Restaurant in der 56. Straße West drängten sich elegant gekleidete Theatergäste. Steve Abbott war in die Rolle des Gastgebers geschlüpft und ging von Tisch zu Tisch, um die Anwesenden zu begrüßen. Auch Ed Koch, der frühere Bürgermeister von New York, war da. »Ihre Fernsehsendung ist einfach großartig, Ed«, sagte Steve und klopfte Koch auf die Schulter.

Koch strahlte übers ganze Gesicht. »Als Richter am Amtsgericht würde ich nicht soviel verdienen.«

»Jedenfalls sind Sie jeden Cent wert.«

Steve blieb an Calla Robbins' Tisch stehen. Sie war ein legendärer Musicalstar und aus dem Ruhestand gelockt worden, um in einer neuen Broadway-Show aufzutreten. »Calla, alle Welt sagt, Sie wären einfach traumhaft.«

»Alle Welt sagt zwar, seit Rex Harrison in *My Fair Lady* hätte niemand mehr so stilvoll vom Playback gesungen. Aber was schadet es, solange es den Leuten gefällt?«

Abbot lächelte, beugte sich zu ihr herunter und küßte sie auf die Wange.

»Überhaupt nichts.« Er winkte den Oberkellner heran. »Sie kennen ja Miss Robbins' Lieblingsbrandy.«

»So schnell ist die Gage wieder futsch«, sagte Calla Robbins lachend. »Danke, Steve. Sie wissen, wie man eine Dame behandelt.«

»Ich tue mein Bestes.«

»Ich habe gehört, das neue Casino wird der absolute Knüller«, mischte sich Callas Begleiter, ein bekannter Geschäftsmann, ein.

»Da haben Sie ganz richtig gehört«, stimmte Steve zu. »Es ist eine Pracht.«

»Es heißt, daß Jimmy Ihnen die Leitung übertragen will«, fügte der Mann hinzu.

»Das ist ein Irrtum«, antwortete Steve mit Nachdruck. »Jimmy ist der Besitzer und der Chef. So haben wir es bisher gehalten, und so wird es auch bleiben. Und das sollten Sie nicht vergessen. Er sorgt schon dafür, daß *ich* es nicht vergesse.«

Aus dem Augenwinkel sah er Jimmy hereinkommen und winkte ihn heran.

Jimmy bedachte Calla mit einem breiten Lächeln.

»Wer ist der Boß in Atlantic City, Jimmy?« fragte sie. »Steve behauptet, daß Sie es sind.«

»Da hat Steve recht«, antwortete Jimmy freundlich. »Deshalb vertragen wir uns so gut.«

Als Jimmy und Steve weitergingen, sagte Jimmy: »Hast du für mich ein Abendessen mit der Farrell vereinbart?«

Abbott zuckte die Achseln. »Ich kann sie einfach nicht erreichen, Jimmy. Sie hat ihren Job gekündigt, und ihr Privatanschluß ist stillgelegt. Wahrscheinlich ist sie verreist.«

Jimmys Miene verfinsterte sich. »Zu weit weg kann sie nicht sein. Sie ist eine wichtige Belastungszeugin. Sie kann Isabelles Mörder identifizieren, wenn er geschnappt wird. Der Detective, der meine Kopie von Heathers Tagebuch abgeholt hat, muß wissen, wo sie ist.«

»Soll ich mit ihm reden?«

»Nein, das erledige ich selbst. Nanu, wen haben wir denn da?«

Richard J. Parkers imposante Gestalt erschien in der Tür des Restaurants.

»Seine Frau hat Geburtstag«, erklärte Steve. »Sie haben drei Plätze reserviert. Deshalb ist Mrs. Parker ausnahmsweise mal dabei.«

Und der Schnösel von einem Sohn macht die glückliche Familie komplett, dachte Jimmy, während er den Neuankömmlingen entgegeneilte, um sie mit einem freundlichen Lächeln zu begrüßen.

Daß der ältere Parker oft hier mit seinen Immobilienkunden zum Essen kam, war der einzige Grund, warum Jimmy den Junior nicht schon längst mit einem Hausverbot belegt hatte. Im vergangenen Monat hatte Rick betrunken in der Bar randaliert und mußte zu einem Taxi geführt werden. Und wenn er im Restaurant aß, hatte Jimmy schon oft den Eindruck gehabt, daß er unter Drogen stand.

R. J. Parker erwiderte Jimmys kräftigen Händedruck. »Es gibt kein festlicheres Lokal, um Priscilla auszuführen, als Landi's, richtig, Jimmy?«

Priscilla Parker lächelte Jimmy schüchtern zu und blickte dann hilfesuchend ihren Mann an.

Jimmy wußte, daß R. J. seine Frau nicht nur betrog, sondern sie gnadenlos unterdrückte.

Rick Parker nickte lässig. »Hallo, Jimmy«, sagte er mit einem selbstzufriedenen Grinsen.

Der Aristokrat läßt sich herab, den bescheidenen Gastwirt zu grüßen, dachte Jimmy. Ohne die Beziehungen seines Vaters würde dieser Schwachkopf nicht einmal einen Job als Kloputzer bekommen.

Mit einem breiten Lächeln führte Jimmy die drei persönlich an ihren Tisch.

Priscilla Parker setzte sich und sah sich um. »Dieser Raum ist so hübsch, Jimmy«, meinte sie. »Aber etwas hat sich verändert. Was mag das nur sein? Oh, jetzt weiß ich es«, fügte sie hinzu. »Die Bilder von Heather sind fort.«

»Ich dachte, es wäre an der Zeit, sie entfernen zu lassen«, brummte Jimmy.

Er machte auf dem Absatz kehrt und ging. Deshalb sah er nicht, daß R. J. Parker seinem Sohn einen ärgerlichen Blick zuwarf. Und er bemerkte auch nicht, wie Rick das Gemälde von der Seufzerbrücke musterte, auf dem das Bild von Heather als jungem Mädchen überstrichen worden war.

Doch vielleicht war das am besten so.

22

Seit fast vier Monaten hatte Lacey keinen Anlaß mehr gehabt, sich in Schale zu werfen. Und ich habe gar keine guten Sachen mitgebracht, dachte sie, während sie in ihrem Schrank nach passender Kleidung zum Ausgehen suchte.

Ich habe nichts mitgenommen, weil ich überzeugt war, daß Caldwell, oder wie immer dieser Kerl heißen mag, mittlerweile längst verhaftet ist und sich dem Staatsanwalt als Kronzeuge angedient hat, so daß ich endlich wieder mein altes Leben aufnehmen kann.

Mit solchen Grübeleien zermürbe ich mich nur, schalt sie sich, als sie nach dem langen schwarzen Wollrock und dem Lurexpullover griff, die sie im letzten Winterschlußverkauf bei Saks Fifth Avenue erstanden hatte. In New York war sie nicht mehr dazu gekommen, die Sachen zu tragen.

»Du siehst gut aus, Alice«, sagte sie einige Minuten später vor dem Spiegel. Selbst zum Schlußverkaufspreis waren der Rock und der Pullover ziemlich teuer gewesen. Doch sie waren ihr Geld wert, fand sie. Die dezent elegante Wirkung munterte sie ein wenig auf.

Und diese Aufmunterung habe ich dringend nötig, überlegte Lacey. Aus ihrer Schmuckschatulle nahm sie ein Paar Ohrringe und die Perlenkette ihrer Großmutter.

Tom Lynch klingelte pünktlich um halb sieben. Als er aus dem Aufzug stieg, erwartete Lacey ihn schon an der offenen Wohnungstür.

Beim Anblick seiner offensichtlich bewundernden Miene fühlte sich Lacey geschmeichelt. »Alice, Sie sehen zauberhaft aus«, sagte er.

»Danke. Sie haben sich aber auch ziemlich schick gemacht. Kommen Sie –«

Lacey beendete den Satz nicht, denn wieder öffnete sich die Tür des Aufzugs. War jemand Tom nach oben gefolgt? Sie packte seinen Arm, zerrte ihn in die Wohnung und verriegelte die Tür.

»Stimmt etwas nicht, Alice?«

Lacey zwang sich zu einem Lachen, wußte aber, daß es gekünstelt und schrill klang. »Ich benehme mich albern«, stotterte sie. »Vor ein paar Stunden hat ein ... Bote hier geläutet. Er hatte sich wirklich im Stockwerk geirrt. Aber im letzten Jahr ist in meine Wohnung eingebrochen worden ... in Hartford«, fügte sie hastig hinzu. »Als dann die Aufzugtür hinter Ihnen wieder aufging ... und ... wahrscheinlich bin ich noch immer sehr schreckhaft«, schloß sie ausweichend.

Aber es hat nie einen Boten gegeben, dachte sie. *Bei mir wurde zwar eingebrochen, allerdings nicht in Hartford. Und ich bin nicht einfach nur schreckhaft. Ich habe eine Todesangst davor, daß der Lift aufgeht und Caldwell vor mir steht!*

»Ich kann verstehen, daß Sie nervös sind«, sagte Tom ernst. »Ich habe in Amherst studiert und hin und wieder Freunde in Hartford besucht. Wo haben Sie denn gewohnt, Alice?«

»Im Lakewood Drive.« Lacey versuchte, sich an die Photos der riesigen Wohnanlage zu erinnern, die man ihr im Schulungszentrum gezeigt hatte. Hoffentlich lebten Tom Lynchs Freunde nicht ebenfalls dort!

»Die Straße kenne ich nicht«, sagte er kopfschüttelnd. Dann sah er sich im Zimmer um. »Mir gefällt Ihre Einrichtung«, verkündete er.

Wie Lacey zugeben mußte, wirkte die Wohnung inzwischen anheimelnd und gemütlich. Sie hatte die Wände elfenbeinfarben gestrichen und sie mühsam mit dem Spachtel bearbeitet, um eine unebene Oberflächenstruktur zu erzeugen. Der Teppich, den sie auf einem Privatflohmarkt ergattert hatte, war eine maschinell gefertigte Kopie eines Chelsea-Teppichs und hatte mittlerweile eine leichte Patina angenommen. Die mit dunkelblauem Samt überzogene Couchgarnitur war schon ziemlich abgewetzt, aber noch immer ansehnlich und sehr bequem. Der Couchtisch hatte nur zwanzig Dollar gekostet und besaß eine Platte aus zernarbtem Leder und gedrechselte Beine. Er ähnelte dem Couchtisch aus ihrer Kindheit wie ein Ei dem anderen und vermittelte ihr ein Gefühl der Geborgenheit. In den Regalen neben dem Fernseher standen Bücher und Nippes, die sie alle ebenfalls auf Privatflohmärkten erstanden hatte.

Lacey wollte Tom schon erzählen, wie gerne sie auf Flohmärkten stöberte, doch sie verkniff sich diese Bemerkung. Kein normaler Mensch richtete seine ganze Wohnung mit Gebrauchtmöbeln ein. Nein, dachte sie. Für gewöhnlich nimmt man beim Umzug seine eigenen Sachen mit. Also dankte sie Tom für das Kompliment und war erleichtert, als er vorschlug aufzubrechen.

Er ist so anders heute abend, fiel ihr auf, als sie einander gegenübersaßen, Wein tranken und Pizza aßen. Im Fitneßstudio grüßte er sie zwar immer höflich, benahm sich aber sehr reserviert. Wahrscheinlich war es ein spontaner Einfall gewesen, sie heute abend zur Premiere einzuladen.

Es machte Spaß, mit ihm zusammenzusein, und Lacey fühlte sich fast wie bei einem Rendezvous. Ihr wurde klar, daß sie sich zum erstenmal seit Isabelles Tod amüsierte. Tom Lynch antwortete offen auf ihre Fragen. »Ich bin in North Dakota aufgewachsen«, berichtete er. »Das habe ich Ihnen ja schon erzählt. Doch nach dem College habe ich nie mehr dort gelebt, sondern bin nach New York gezogen, um die Rundfunkszene so richtig aufzumischen. Natürlich habe ich es nicht geschafft. Ein weiser Mann hat mir den Rat gegeben, lieber in einer kleineren Stadt anzufangen, mir einen Namen zu machen und mich langsam hochzuarbeiten. Deshalb habe ich die letzten Jahre in Des Moines, Seattle und St. Louis verbracht und bin schließlich hier gelandet.«

»Immer beim Radio?«, wollte Lacey wissen.

Lynch lächelte. »Ständig dieselbe Frage: Warum gehst du nicht zum Fernsehen? Ich wollte unabhängig sein, ein eigenes Konzept für eine Sendung entwickeln und ausprobieren, was sich machen läßt. Dabei habe ich eine Menge gelernt. Vor kurzem hat sich ein angesehener New Yorker Privatsender für mich interessiert, aber ich finde, dafür ist es noch zu früh.«

»Larry King war vor seiner Fernsehkarriere auch mal beim Radio«, sagte Lacey. »Der Wechsel hat ihm nicht geschadet.«

»Sie haben's erfaßt: Vor Ihnen sitzt der neue Larry King.«

Sie hatten sich eine kleine Pizza geteilt. Nach einem kurzen Blick auf das letzte Stück legte Lynch es auf Laceys Teller.

»Nehmen Sie es«, protestierte Lacey.

»Ich habe wirklich keinen Hunger –«

»Ihnen läuft doch das Wasser im Mund zusammen.«

Beide brachen in Gelächter aus, und als sie ein paar Minuten später das Restaurant verließen und zum Theater auf die andere Straßenseite hinübergingen, hakte er sie unter.

»Sie müssen aufpassen«, sagte er. »Hier sind überall gefrorene Pfützen.«

Wenn du wüßtest, dachte Lacey. Mein Leben ist zur Zeit eine einzige Eisfläche.

Sie sah *The King and I* zum dritten Mal. Das letzte Mal war in ihrem ersten Studiensemester gewesen. Die Aufführung fand am Broadway statt, und ihr Vater saß im Orchestergraben. Schade, daß du heute abend nicht spielst, Jack Farrell, dachte sie. Als die Ouvertüre einsetzte, traten ihr Tränen in die Augen.

»Alles in Ordnung, Alice?«, fragte Tom leise.

»Schon gut.« Woher wußte Tom, daß sie traurig war? Vielleicht kann er Gedanken lesen, dachte sie. Hoffentlich nicht.

Toms Cousine Kate Knowles spielte die Tuptim, das Sklavenmädchen, das aus dem Palast des Königs zu fliehen versucht. Kate war eine gute Schauspielerin mit einer ausgezeichneten Stimme. Etwa so alt wie ich, schoß es Lacey durch den Kopf. Vielleicht ein bißchen jünger. In der Pause lobte sie Kate überschwenglich. »Fährt sie zusammen mit uns zur Party?«, erkundigte sie sich dann bei Tom.

»Nein. Sie fährt mit dem restlichen Ensemble hin. Wir treffen uns dort.«

Wenn ich Pech habe, ergibt sich keine Gelegenheit, mit ihr zu sprechen, sorgte sich Lacey.

Kate und die anderen Hauptdarsteller waren, wie Lacey bald merkte, nicht die einzigen »Stars« auf der Party. Auch Tom Lynch wurde ständig von einer Menschentraube umringt. Lacey verdrückte sich unauffällig, um sich statt Wein ein Mineralwasser zu holen. Doch als sie zurückkam, stellte sie fest, daß Tom sich mit einer attraktiven jungen Frau unterhielt, die zum Ensemble gehörte. Sie war offenbar beeindruckt von ihm und plauderte angeregt. Lacey beobachtete die beiden aus der Entfernung.

Man kann ihr keinen Vorwurf machen, überlegte sie. Er sieht gut aus und ist sympathisch. Auch Heather Landi hatte für ihn geschwärmt. Doch in ihrem zweiten Tagebucheintrag über ihn hatte sie angedeutet, daß entweder er oder sie bereits mit jemand anderem liiert war.

Lacey trank einen Schluck Mineralwasser und schlenderte zum Fenster. Die Party fand in einer Villa in Wayzata statt, einem Nobelvorort, zwanzig Autominuten von der Innenstadt. Das hell erleuchtete Gebäude lag am Ufer des Minnetonka-Sees, und Lacey bemerkte, daß die Wasseroberfläche jenseits des schneebedeckten Rasens zugefroren war.

Ihr fiel auf, daß sie das Anwesen mit den Augen einer Immobilienmaklerin betrachtete: die traumhafte Lage, die kunstvolle Gestaltung des achtzig Jahre alten Hauses. Eine derartige architektonische und handwerkliche Liebe zum Detail findet man heutzutage bei Neubauten nicht mehr, dachte sie. Ganz gleich, wieviel man es sich kosten läßt. Sie drehte sich um und betrachtete das Wohnzimmer, das trotz der fast hundert Gäste nicht im mindesten überfüllt wirkte.

Einen Moment lang hatte sie Heimweh nach ihrem Büro in New York. Wie gerne hätte sie neue Angebote eingeholt, für jeden Interessenten die richtige Immobilie gefunden und das Gefühl der Aufregung gespürt, wenn es schließlich zu einem Abschluß kam. Ich will nach Hause, dachte sie.

Wendell Woods, der Gastgeber, kam auf sie zu. »Sie sind Miss Carroll, richtig?«

Er war ein beeindruckender Mann von etwa sechzig Jahren mit stahlgrauem Haar.

Bestimmt fragt er mich gleich, woher ich komme, überlegte Lacey.

Das tat er auch, und Lacey hoffte, daß sie glaubhaft klang, als sie die einstudierte Geschichte ihres Umzugs aus Hartford zum besten gab. »Inzwischen habe ich mich eingelebt und kann mit der Arbeitssuche anfangen«, schloß sie.

»Was für eine Stelle würde Sie denn interessieren?«

»Nun ja, ich möchte eigentlich nicht mehr in einer Arztpraxis arbeiten«, antwortete sie. »Ich spiele schon länger mit dem Gedanken, es mal in der Immobilienbranche zu versuchen.«

»Da wird man aber meistens auf Provisionsbasis bezahlt. Außerdem muß man sich in der Gegend auskennen«, sagte er.

»Das ist mir klar, Mr. Woods«, entgegnete Lacey. Dann lächelte sie. »Ich bin ziemlich schnell von Begriff.«

Jetzt wird er mich an einen Bekannten weiterverweisen, dachte sie. Da bin ich mir ganz sicher.

Und wirklich zog Woods einen Stift und seine Visitenkarte aus der Tasche. »Geben Sie mir Ihre Telephonnummer«, sagte er. »Ich empfehle Sie einer Kundin von mir. Millicent Royce besitzt ein kleines Maklerbüro in Edina. Ihre Assistentin ist vor kurzem in Mutterschaftsurlaub gegangen. Vielleicht braucht sie ja einen Ersatz.«

Erfreut diktierte Lacey ihre Nummer. Jetzt habe ich eine Empfehlung von einem Bankdirektor, und angeblich bin ich ja neu in der Branche. Wenn Millicent Royce an mir interessiert ist, kümmert sie sich vielleicht nicht um Zeugnisse.

Als Woods sich einem anderen Gast zuwandte, sah Lacey sich im Raum um. Sie bemerkte, daß Kate Knowles im Augenblick allein dastand, und ging rasch auf sie zu. »Sie waren wunderbar«, sagte sie. »Ich habe schon drei verschiedene Inszenierungen von *The King and I* gesehen. Sie spielen die Tuptim einfach großartig.«

»Ach, ihr habt euch schon miteinander bekannt gemacht.«

Tom Lynch war zu ihnen getreten. »Tut mir leid, Alice«, entschuldigte er sich. »Ich konnte mich nicht loseisen. Ich wollte Sie nicht so lange allein lassen.«

»Kein Problem. Ich bin gut zurechtgekommen«, erwiderte sie. *Du hast ja keine Ahnung, wie gut*, dachte sie dabei.

»Tom, ich möchte mich mal in Ruhe mit dir unterhalten«, schlug seine Cousine vor. »Ich habe genug von dieser Party. Gehen wir doch irgendwo einen Kaffee trinken.« Kate Knowles lächelte Lacey zu. »Deine Freundin hat mir eben erzählt, wie gut ich war. Ich will mehr davon hören.«

Lacey sah auf die Uhr. Halb zwei. Da sie nicht die ganze Nacht aufbleiben wollte, lud sie die beiden auf einen Kaffee zu sich ein. Auf der Rückfahrt nach Minneapolis bestand sie darauf, daß Kate vorne neben Tom saß. Sie war sicher, daß sie nicht lange in ihrer Wohnung bleiben würden, und so konnten sie auf der Fahrt wenigstens den neuesten Familienklatsch austauschen.

Wie kann ich auf Heather Landi zu sprechen kommen, ohne mit der Tür ins Haus zu fallen? überlegte sie. Sie durfte nicht vergessen, daß Kate nur eine Woche lang in der Stadt sein würde.

»Diese Kekse habe ich heute morgen gebacken«, verkündete Lacey, als sie den Teller auf den Couchtisch stellte. »Probieren auf eigene Gefahr. Es ist mein erstes Backexperiment seit der High-School.«

Nachdem sie den Kaffee eingeschenkt hatte, versuchte sie das Gespräch auf ein Thema zu lenken, das mit Heather Landi in Zusammenhang stand. In ihrem Tagebuch hatte Heather geschrieben, sie habe Tom Lynch nach einer Vorstellung kennengelernt. Doch wenn ich die Show wirklich gesehen hätte, müßte ich noch wissen, ob Kate auch darin aufgetreten ist, überlegte sie. »Vor anderthalb Jahren war ich in New York und habe dort eine Neuinszenierung von *The Boy Friend* gesehen«, fing sie an. »In Ihrer Kurzbiographie im heutigen Programm habe ich gelesen, daß Sie auch mitgewirkt haben. Aber ich kann mich nicht mehr daran erinnern.«

»Wahrscheinlich waren Sie in der Woche dort, als ich mit Grippe im Bett lag«, erklärte Kate. »Das waren die einzigen Vorstellungen, die ich ausfallen lassen mußte.«

Lacey versuchte, beiläufig zu klingen: »Doch ich erinnere mich noch eine junge Hauptdarstellerin mit einer sehr guten Stimme. Nur den Namen habe ich vergessen.«

»Heather Landi«, antwortete Kate wie aus der Pistole geschossen. »Tom, du kanntest sie«, wandte sie sich an ihren Cousin. »Sie hat für dich geschwärmt. Heather ist bei einem Autounfall ums Leben gekommen«, fügte sie kopfschüttelnd hinzu. »Eine Schande.«

»Was ist passiert?« fragte Lacey.

»Sie ist von einem Skihotel in Stowe nach Hause gefahren und hat die Kontrolle über den Wagen verloren. Ihre arme Mutter konnte sich einfach nicht damit abfinden. Deshalb ist sie ins Theater gekommen und hat mit uns allen gesprochen. Sie glaubte nicht, daß es ein Unfall gewesen war. Heather habe sich kurz vor dem Wochenende über irgend etwas Sorgen gemacht, und ihre Mutter wollte wissen, ob wir eine Ahnung hätten, was es gewesen sein könnte.«

»Und hattest du?«, hakte Tom nach.

Kate Knowles zuckte die Achseln. »Ich habe ihr erzählt, daß ich Heather in der Woche vor ihrem Tod außergewöhnlich still fand. Bestimmt hatte sie etwas auf dem Herzen. Meiner Ansicht nach hat Heather sich nicht aufs Fahren konzentriert, und dadurch ist das Auto ins Schleudern geraten.«

So komme ich nicht weiter, dachte Lacey. Kate weiß auch nicht mehr als ich.

Kate Knowles stellte die Kaffeetasse ab. »Es war sehr nett bei Ihnen, Alice, aber es wird spät. Ich muß los.« Sie stand auf, doch dann wandte sie sich noch einmal zu Lacey um. »Komisch, daß wir über Heather Landi sprechen. Ich habe erst kürzlich an sie gedacht. Mir ist ein Brief ihrer Mutter nachgeschickt worden. Sie bat mich, noch einmal zu überlegen, ob Heathers Verhalten an jenem Wochenende einen bestimmten Grund gehabt haben könnte. Man hat mir den Brief in zwei verschiedene Städte nachgeschickt, bis ich ihn schließlich bekam.« Sie schüttelte den Kopf. »Vielleicht habe ich einen Hinweis für sie, obwohl es wahrscheinlich nicht wichtig ist. Ein Mann, mit dem ich befreundet bin – du kennst doch Bill Merrill, Tom –, war auch mit Heather bekannt. Er hat mir erzählt, er sei ihr am Nachmittag vor ihrem Tod in der Aprés-Ski-Bar des Hotels begegnet. Bill war mit ein paar Typen dort, unter anderem mit einem Schnösel namens Rick Parker, einem Immobilienmakler aus New York. Anscheinend hat er Heather kurz nach ihrem Umzug in die Stadt übel mitgespielt. Bill meinte, Heather habe bei Parkers Anblick Hals über Kopf die Flucht ergriffen. Sicher hat das nichts zu bedeuten, doch da Heathers Mutter unbedingt alles über dieses Wochenende in Erfahrung bringen will, interessiert sie sich bestimmt dafür. Ich glaube, ich schreibe ihr gleich morgen früh.«

Das Geräusch ihrer Kaffeetasse, die klirrend zu Boden fiel, riß Lacey aus ihrem tranceähnlichen Zustand. Wie betäubt hatte sie zugehört, als Kate von Isabelles Brief und Rick Parker sprach. Um ihre Verwirrung zu verbergen, machte sie sich sofort daran, die Scherben aufzulesen, und lehnte die Hilfe der anderen ab. Während Kate und Tom zur Tür gingen, wünschte Lacey ihnen noch eine gute Nacht.

In der Küche stützte sich Lacey gegen die Wand und zwang sich zur Ruhe. Am liebsten hätte sie Kate gesagt, daß sie sich den Brief an Isabelle Waring sparen konnte. Er würde sie nicht mehr erreichen.

23

Nach fast viermonatiger Fahndung war Bundesstaatsanwalt Gary Baldwin seinem Ziel, Sandy Savarano zu schnappen, noch keinen Schritt nähergekommen als zu der Zeit, wo er geglaubt hatte, Savarano läge auf dem Friedhof in Woodland.

Seine Mitarbeiter hatten Heather Landis Tagebuch Zeile um Zeile durchforstet und sämtliche Leute ausfindig gemacht, die darin erwähnt wurden. Auch Isabelle Waring hatte das versucht, dachte Baldwin, als er Sandy Savaranos Phantombild betrachtete, das nach Lacey Farrells Beschreibung angefertigt worden war.

Der Polizeizeichner hatte dem Bild eine Notiz beigefügt: »Offenbar verfügt die Zeugin nicht über einen guten Blick für Einzelheiten, anhand deren man den Verdächtigen identifizieren könnte.«

Auch der Pförtner des Hauses, in dem der Mord stattgefunden hatte, war vernommen worden. Doch er erinnerte sich nicht mehr an den Mörder. So viele Menschen gaben sich hier täglich die Klinke in die Hand, und außerdem würde er sowieso bald in Rente gehen.

Also ist Lacey Farrell die einzige, die Savarano wiedererkennen würde, dachte Baldwin bedrückt. Wenn ihr etwas zustößt, haben wir nichts gegen ihn vorzuweisen. Er hat zwar beim Einbruch einen Fingerabdruck an der Tür hinterlassen, aber wir können nicht einmal beweisen, daß er Farrells Wohnung wirklich betreten hat. Ohne Lacey Farrell ist es unmöglich, ihn wegen Mordes an Isabelle Waring anzuklagen. Sonst können wir es vergessen, hielt Baldwin sich vor Augen.

Seine verdeckten Ermittler hatten bis jetzt erst einen wichtigen Hinweis bekommen: Offenbar hatte Savarano vor seinem inszenierten Tod unter akuter Klaustrophobie gelitten. »Sandy hatte Alpträume von einer Zellentür, die krachend hinter ihm ins Schloß fiel«, erfuhr ein Ermittler von einem Informanten.

Weshalb war Savarano dann wieder aus der Versenkung aufgetaucht? Brauchte er Geld? War er jemandem einen Gefallen schuldig? Vielleicht traf ja beides zu. Und natürlich durfte man das Jagdfieber nicht vergessen. Savarano war ein Killer aus Passion. Möglicherweise war ihm das Nichtstun einfach zu langweilig geworden.

Baldwin kannte Savaranos Akte in- und auswendig: »Zweiundvierzig Jahre alt, in Dutzenden von Mordfällen verdächtig, hat kein Gefängnis mehr von innen gesehen, seit er als Kind in der Besserungsanstalt war. Ein kluger Kopf und ein geborener Killer.«

Wenn ich Savarano wäre, dachte Baldwin, würde ich jetzt einzig und allein das Ziel verfolgen, Lacey Farrell aufzuspüren und dafür zu sorgen, daß sie mich nicht mehr verraten kann.

Er schüttelte den Kopf, und auf seiner Stirn zeichneten sich Sorgenfalten ab. Er wußte, daß das Zeugenschutzprogramm Schwachstellen hatte. Meistens wurden die Betroffenen unvorsichtig. Wenn sie zu Hause anriefen, sagten sie irgendwann etwas, das ihr Versteck verriet. Oder sie schrieben Briefe. Ein Mafiamitglied, das nach einer Aussage als Kronzeuge ins Zeugenschutzprogramm aufgenommen wurde, war so dumm gewesen, einer früheren Freundin eine Geburtstagskarte zu schicken. Eine Woche später wurde der Mann erschossen.

Gary Baldwin hatte kein rechtes Vertrauen zu Lacey Farrells Durchhaltevermögen. Laut Persönlichkeitsprofil war sie ein Mensch, der nicht gern über längere Zeit allein war. Außerdem machte sie einen recht vertrauensseligen Eindruck, und das konnte sie ernstlich in Schwierigkeiten bringen. Wieder schüttelte er den Kopf. Er konnte nichts für sie tun, außer ihr mitteilen zu lassen, daß sie stets auf der Hut sein mußte. Vierundzwanzig Stunden am Tag.

24

Inzwischen traf sich Mona Farrell jeden Samstag mit Alex Carbine zum Abendessen in Manhattan. Gerade war sie wieder auf dem Weg dorthin. Wie immer freute sie sich auf den gemeinsamen Abend, obwohl er oft vom Tisch aufstehen mußte, um die Stammgäste und auch die Prominenten zu begrüßen, die hin und wieder sein Lokal besuchten.

»Es macht mir Spaß«, versicherte sie ihm. »Und es stört mich wirklich nicht. Vergiß nicht, daß ich mit einem Musiker verheiratet war. Du kannst dir gar nicht vorstellen, bei wie vielen Broadway-Shows ich ohne Begleitung im Zuschauerraum gesessen habe, während Jack im Orchestergraben spielte!«

Jack hätte Alex bestimmt gemocht, überlegte Mona, als sie von der George Washington Brigde in den West Side Highway einbog und nach Süden fuhr. Jack war ein anregender, amüsanter und humorvoller Mensch gewesen. Alex hatte zwar weniger Temperament, dafür aber eine angenehm ruhige Ausstrahlung.

Mona lächelte, als sie an den Blumenstrauß dachte, den Alex ihr heute geschickt hatte. »Vielleicht muntern sie Dich ein bißchen auf. Dein Alex«, hatte auf der Karte gestanden.

Er wußte, daß ihr Laceys wöchentliche Anrufe fast das Herz zerrissen. Und mit den Blumen wollte er ihr sagen, daß er begriff, wie sehr sie unter der Situation litt.

Sie hatte ihm gestanden, daß Lacey ihr verraten hatte, wo sie jetzt wohnte. »Nicht einmal Kit habe ich es erzählt«, erklärte sie. »Kit wäre sehr gekränkt, wenn sie glauben würde, daß ich ihr nicht vertraue.«

Komisch, dachte Mona, als sie wegen der gesperrten rechten Fahrbahn auf dem West Side Highway im Stau feststeckte. Bei Kit ist immer alles glatt gelaufen. Ganz anders als bei Lacey. Kit hat Jay kennengelernt, als sie am Boston College studierte und er in Tufts den Magister machte. Sie haben sich verliebt, geheiratet, drei wunderbare Kinder bekommen und wohnen jetzt in einem schönen Haus. Mag sein, daß Jay manchmal zu dick aufträgt und zur Selbstgerechtigkeit neigt, aber er ist ein guter Familienvater. Erst vorgestern hat er Kit mit einer teuren Goldkette überrascht, die sie im Schaufenster eines Juweliers in Ridgewood bewundert hatte.

Wie Kit erzählte, ging es mit Jays Firma in letzter Zeit wieder bergauf. Sehr gut, dachte Mona. Sie hatte sich schon Sorgen gemacht, weil die Auftragslage schlechter geworden war. Im Herbst hatte Jay regelrecht bedrückt gewirkt.

Lacey verdient es, glücklich zu sein, sagte sich Mona. Jetzt ist sie im richtigen Alter, um einen Mann kennenzulernen, zu heiraten und eine Familie zu gründen. Bestimmt will sie das auch. Aber statt dessen muß sie allein in einer fremden Stadt wohnen und sich für jemand anders ausgeben, weil ihr ein Verbrecher nach dem Leben trachtet.

Um halb acht erreichte sie den Parkplatz an der 46. Straße West. Da Alex sie erst um acht erwartete, hatte sie noch Zeit, etwas zu erledigen, das ihr vorhin eingefallen war.

Der Zeitungskiosk am Times Square führte auch Blätter aus anderen Städten. Vielleicht gab es ja auch eine Zeitung aus Minneapolis. Wenn sie sich mit der Stadt vertraut machte, würde sie sich Lacey näher fühlen. Und sie konnte sich mit dem Wissen trösten, daß Lacey in diesem Moment möglicherweise die gleiche Zeitung las.

Die Nacht war kalt, aber klar. Mona genoß den Spaziergang zum Times Square. Wie oft waren wir hier, als Jack noch lebte, fiel ihr ein. Nach der Vorstellung haben wir uns mit Freunden verabredet. Kit hat sich nie so sehr fürs Theater interessiert wie Lacey. Doch Lacey schlug darin ihrem Vater nach und liebte den Broadway. Bestimmt vermißt sie ihn schrecklich.

Am Zeitungskiosk entdeckte sie die *Minneapolis Star Tribune*. Hatte Lacey heute morgen auch diese Ausgabe gelesen? Als Mona die Zeitung in die Hand nahm, erschien ihr Lacey mit einem Mal nicht mehr ganz so weit weg.

»Möchten Sie eine Tüte?«

»Ja, bitte.« Mona suchte in ihrer Handtasche nach der Geldbörse, während der Verkäufer die Zeitung zusammenfaltete und in einer Plastiktüte verstaute.

Als Mona am Restaurant ankam, standen die Gäste vor der Garderobe Schlange. Alex saß schon an ihrem Tisch. Mona eilte auf ihn zu. »Entschuldige die Verspätung«, sagte sie.

Er stand auf und küßte sie auf die Wange. »Du bist gar nicht zu spät dran, aber dein Gesicht ist ja ganz kalt. Bist du von New Jersey aus zu Fuß gegangen?«

»Nein. Ich hatte noch Zeit und habe mir deshalb schnell eine Zeitung besorgt.«

Carlos, der Kellner, der sie immer bediente, war schon zur Stelle. »Miss Farrell, darf ich Ihnen den Mantel abnehmen? Möchten Sie Ihre Tüte abgeben?«

»Die kannst du auch hierbehalten«, schlug Alex vor. Er hängte die Tüte über einen unbesetzten Stuhl.

Wie immer war es ein angenehmer Abend. Während sie ihren Espresso tranken, griff Alex nach Monas Hand.

»Hast du heute nicht soviel zu tun?«, neckte Mona. »Du bist nur etwa zehn Mal aufgestanden.«

»Ich dachte, du hättest dir deshalb eine Zeitung mitgebracht.«

»Iwo! Ich habe mir nur die Schlagzeilen angesehen.« Mona griff nach ihrer Handtasche. »Jetzt muß ich mal aufstehen. Ich bin gleich wieder da.«

Um halb zwölf begleitete Alex sie zum Auto. Um eins schloß das Restaurant, und die Angestellten gingen nach Hause.

Um zehn vor zwölf fand ein Telephonat statt. Die Nachricht war kurz und bündig: »Sagen Sie Sandy, sie ist wahrscheinlich in Minneapolis.«

25

Was war zwischen Heather Landi und Rick Parker vorgefallen?

Es hatte Lacey völlig überrascht, daß die beiden einander gekannt hatten. Nachdem Tom Lynch und Kate Knowles Freitag nacht gegangen waren, hatte Lacey nicht schlafen können. Stundenlang hatte sie dagesessen und versucht, sich einen Reim auf das Ganze zu machen. Am Wochenende hatte sie ständig an den Abend von Isabelle Warings Todestag denken müssen. Was war in Rick vorgegangen, als er die Fragen der Detectives mitbekommen hatte, die wissen wollten, wie gut sie mit Isabelle bekannt gewesen und ob sie Heather je begegnet sei. Warum hatte Rick kein Wort gesagt?

Und Kate hatte erfahren, daß Heather am letzten Tag ihres Lebens sichtlich aus der Fassung geraten war, als sie Rick im Skihotel in Stowe sah.

Kate hatte Rick einen »Schnösel, einen Immobilienmakler aus New York« genannt und erzählt, er habe »Heather kurz nach ihrem Umzug in die Stadt übel mitgespielt«.

Lacey erinnerte sich, daß Heather in ihrem Tagebuch einen unangenehmen Zwischenfall erwähnt hatte, zu dem es während ihrer Wohnungssuche in der West Side gekommen war. Hatte Rick etwas damit zu tun?

Vor seiner Versetzung ins Hauptbüro in der Madison Avenue war Rick fünf Jahre lang in der Filiale in der West Side tätig gewesen. Die Versetzung hatte vor etwa drei Jahren stattgefunden.

Und das hieß, daß er zu dem Zeitpunkt in der West Side gearbeitet hatte, als Heather Landi nach New York kam und eine Wohnung suchte. Hatte sie sich an Parker und Parker gewandt und Rick kennengelernt? Wenn ja – was war dann geschehen?

Ärgerlich schüttelte Lacey den Kopf. War Rick etwa für diese ganze Misere verantwortlich? Sitze ich seinetwegen in der Patsche?

Schließlich hat Rick mir Curtis Caldwell als Kaufinteressent für Isabelles Wohnung genannt, fiel ihr ein. Auf seine Empfehlung hin habe ich Caldwell die Wohnung gezeigt. Falls Rick Caldwell gekannt hatte, konnte die Polizei diesem vielleicht durch Rick auf die Spur kommen. Und wenn Caldwell verhaftet wird, darf ich endlich wieder nach Hause.

Lacey stand auf und lief aufgeregt im Zimmer hin und her. Vielleicht war es das, was Isabelle in Heathers Tagebuch gelesen hatte. Sie mußte diese Information Bundesstaatsanwalt Gary Baldwin geben.

Es juckte ihr in den Fingern, sofort zum Telephon zu greifen, doch ein direkter Anruf bei Baldwin war absolut verboten. Also mußte sie George Svenson eine Nachricht hinterlassen, damit er sie anrief und ihre Botschaft auf geheimen Kanälen weiterleitete.

Ich muß noch einmal mit Kate sprechen, dachte Lacey. Ich muß mehr über Bill Merrill erfahren, ihren Freund, der ihr von Heathers Reaktion auf Rick Parker erzählt hat. Und ich brauche seine Adresse. Sicher will Baldwin mit ihm reden. Schließlich hat er Rick Parker nur wenige Stunden vor Heathers Tod in Stowe gesehen.

Kate hatte erwähnt, daß das Ensemble im Radisson Plaza Hotel wohnte. Lacey warf einen Blick auf ihre Uhr. Es war halb elf. Selbst wenn Kate wie die meisten Leute im Showbusineß gerne ausschlief, war sie inzwischen bestimmt aufgestanden.

Die Stimme am Telephon klang ein wenig schläfrig, doch als Kate erkannte, wer am Apparat war, war sie sofort hellwach und einverstanden, sich am nächsten Tag mit Lacey zum Mittagessen zu treffen. »Vielleicht sollten wir Tom bitten, mit uns zu kommen, Lacey«, schlug sie vor. »Sie wissen ja, wie nett er ist. Er führt uns in ein gutes Restaurant und bezahlt auch noch die Rechnung.« Lachend fügte sie hinzu: »Vergessen Sie es. Mir ist gerade eingefallen, daß er um zwölf auf Sendung ist.«

Ist auch besser so, dachte Lacey. Tom würde bestimmt sofort bemerken, daß sie Kate aushorchen wollte. Aber nett ist er wirklich. Sie erinnerte sich an seine Entschuldigung, weil er sie auf der Party so vernachlässigt hatte.

Sie verabredete sich mit Kate für den nächsten Tag um halb eins im Radisson. Nachdem sie aufgelegt hatte, empfand sie auf einmal wieder Hoffnung. Es ist, als ob nach einem schrecklichen Unwetter die ersten Sonnenstrahlen auftauchen, überlegte sie, während sie zum Fenster ging, die Vorhänge zurückzog und hinaussah.

Ein traumhafter Wintertag im mittleren Westen. Draußen war es zwar unter null Grad, aber die Sonne schien warm von einem wolkenlosen Himmel. Offenbar war es nicht windig, und Lacey konnte erkennen, daß auf den Bürgersteigen kein Schnee lag.

Bis heute hatte sie nicht gewagt, eine längere Strecke zu joggen. Immer verfolgte sie die Angst, sie könnte beim Blick über die Schulter Caldwell hinter sich entdecken, der sie aus blaßblauen Augen anstarrte. Doch jetzt hatte sie auf einmal das Gefühl, daß in dem Fall möglicherweise eine Art Durchbruch bevorstand, und beschloß, es wenigstens zu versuchen. Sie mußte wieder anfangen, ein normales Leben zu führen.

Als Lacey ihre Koffer gepackt hatte, hatte sie auch die warmen Joggingsachen mitgenommen: Trainingsanzug, Jacke, Fäustlinge, Mütze und Schal. Sie zog sich rasch an und lief zur Tür. Schon hatte sie die Hand am Türknauf, als das Telephon läutete. Sie spielte mit dem Gedanken, es klingeln zu lassen, aber dann hob sie doch ab.

»Miss Carroll, Sie kennen mich nicht«, meldete sich eine energische Stimme. »Ich bin Millicent Royce und habe gehört, daß Sie einen Job in der Immobilienbranche suchen. Wendell Woods hat mir heute morgen von Ihnen erzählt.«

»Ich suche tatsächlich einen Job, aber ich habe noch nicht richtig damit angefangen«, antwortete Lacey voller Hoffnung.

»Wendell war sehr beeindruckt von Ihnen, und er hat vorgeschlagen, daß wir uns kennenlernen sollten. Mein Büro befindet sich in Edina.«

Nach Edina brauchte man mit dem Auto eine Viertelstunde. »Ich weiß, wo das ist.«

»Sehr gut. Schreiben Sie sich die Adresse auf. Hätten Sie vielleicht schon heute nachmittag Zeit?«

Als Lacey die Wohnung verließ und die Straße entlangjoggte, hatte sie das Gefühl, daß ihre Pechsträhne endlich zu Ende war. Wenn Millicent Royce sie tatsächlich einstellte, hatte sie wenigstens tagsüber etwas zu tun, bis sie wieder nach Hause durfte.

Schließlich, dachte sie grimmig, hat mir Millicent Royce eben erklärt, daß es sehr aufregend ist, im Immobiliengeschäft zu arbeiten. Ich wette, da könnte ich ihr noch einiges erzählen.

Tom Lynchs vierstündige Sendung bestand aus einer Mischung von Nachrichten, Interviews und unkonventionellem Humor. Sie dauerte wochentags von zwölf bis vier, und es waren stets Studiogäste eingeladen: Politiker, Schriftsteller, internationale Berühmtheiten und ortsansässige Prominenz.

Den Vormittag vor der Sendung verbrachte Tom meistens in seinem Büro im Sender. Er suchte im Internet nach interessanten Themen oder durchforstete Zeitungen und Zeitschriften aus dem ganzen Land.

Am Montag nach der Premiere von *The King and I* machte es ihm zu schaffen, daß ihm Alice Carroll das ganze Wochenende lang nicht aus dem Kopf gegangen war. Einige Male war er versucht gewesen, sie anzurufen. Doch er legte jedesmal auf, bevor die Verbindung hergestellt war.

Ihm fiel ein, daß er sie in den nächsten Tagen bestimmt im Fitneßstudio sehen würde. Dann konnte er ihr beiläufig vorschlagen, doch zusammen zum Essen oder ins Kino zu gehen. Ein Anruf und eine förmliche Verabredung gaben der Sache eine Bedeutung, die ihr nicht zustand. Außerdem konnte es peinlich werden, wenn es bei dem einen Mal bliebe oder wenn sie ablehnte. Schließlich würden sie einander immer wieder über den Weg laufen.

Er wußte, daß seine Freunde schon darüber Witze rissen, weil er sich zu diesem Thema zu viele Gedanken machte. »Tom, du bist zwar ein netter Kerl«, hatte einer von ihnen kürzlich gesagt, »aber ein Mädchen wird es schon überleben, wenn du sie nicht mehr anrufst.«

Als Tom an dieses Gespräch dachte, mußte er zugeben, daß Alice Carroll es bestimmt überleben würde, wenn er ein paar Mal mit ihr ausging und sich dann nicht mehr meldete.

Sie strahlte eine selbstgenügsame Ruhe aus, überlegte er, während er auf die Uhr sah. In einer Stunde ging die Sendung los. Allerdings verriet sie nur wenig von sich, und er ahnte, daß ihr Fragen nicht willkommen waren. Als sie am ersten Nachmittag zusammen im Fitneßstudio Kaffee getrunken hatten, war sie offenbar nicht glücklich darüber gewesen, daß er sie wegen ihres Umzugs nach Minneapolis ein bißchen aufzog. Und am Freitag abend war sie den Tränen nah gewesen, als die Ouvertüre von *The King and I* einsetzte.

Manche Mädchen flippten aus, wenn man sich nicht die ganze Party lang um sie kümmerte. Aber Alice hatte es gar nichts ausgemacht, daß er sie allein gelassen hatte, um sich mit anderen Leuten zu unterhalten.

Zur Premiere war sie teuer gekleidet gewesen. Das hätte auch ein Blinder bemerkt.

Kate hatte sie erzählt, daß sie *The King and I* schon drei Mal gesehen hatte. Und sie hatte mit Kate über die Neuinszenierung von *The Boy Friend* gesprochen, als ob sie gut Bescheid wüßte.

Teure Kleider. Fahrten von Hartford nach New York, um ins Theater zu gehen. Normalerweise konnte man sich das vom Gehalt einer Arztsekretärin nicht leisten.

Achselzuckend griff Tom nach dem Telephon. Es war zwecklos. Daß er sich diese Fragen überhaupt stellte, war ein eindeutiges Zeichen für sein Interesse an ihr. Und außerdem konnte er nicht aufhören, an sie zu denken. Er würde Alice anrufen und sie für heute abend zum Essen einladen. Er wollte sie sehen. Also wählte er ihre Nummer und wartete. Nach viermaligem Läuten sprang der Anrufbeantworter an. Ihre leise, angenehme Stimme sagte: »Sie haben den Anschluß 555-1247 erreicht. Bitte hinterlassen Sie eine Nachricht. Ich rufe Sie zurück.«

Nach kurzem Zögern hängte Tom ein und beschloß, es später noch einmal zu versuchen. Doch am meisten wurmte ihn, daß er so enttäuscht war, weil sie nicht an den Apparat ging.

26

Am Montag morgen nahm Sandy Savarano den Flug Northwestern Airlines 1703 vom Flughafen La Guardia in New York zum Minneapolis-St. Paul International Airport.

Er flog erster Klasse, genau wie auf der Hinreise aus Costa Rica, wo er inzwischen lebte. Seine Nachbarn kannten ihn als Charles Austin, einen wohlhabenden amerikanischen Geschäftsmann, der vor zwei Jahren mit vierzig seine Firma verkauft und sich in den Tropen zur Ruhe gesetzt hatte.

Seine vierundzwanzigjährige Frau hatte ihn in Costa Rica zum Flughafen gefahren und ihm das Versprechen abgenommen, nicht zu lange wegzubleiben. »Schließlich bist zu jetzt im Ruhestand«, hatte sie liebevoll geschmollt und ihm dann einen Abschiedskuß gegeben.

»Das heißt noch lange nicht, daß ich kein Geld aufhebe, das auf der Straße liegt«, sagte er.

Das hatte er schon bei den anderen Aufträgen geantwortet, die er seit seinem angeblichen Tod vor zwei Jahren übernommen hatte.

»Ideales Flugwetter.«

Die Stimme gehörte der jungen Frau Ende Zwanzig, die neben ihm saß. Sie erinnerte ihn ein wenig an Lacey Farrell.

Doch das lag vielleicht auch daran, daß er sowieso ständig an die Farrell dachte, die schließlich der Grund für seine Reise nach Minneapolis war. Sie ist der einzige Mensch auf der Welt, der mir einen Mord anhängen kann, dachte er. Sie hat ihr Leben verwirkt. Und lange wird es nicht mehr dauern.

»Allerdings«, stimmte er knapp zu.

Es amüsierte ihn, als er ihren interessierten Blick bemerkte. Die meisten Frauen fanden ihn attraktiv. Dr. Ivan Yenkel, ein russischer Einwanderer, der ihm vor zwei Jahren zu einem neuen Gesicht verholfen hatte, war eindeutig ein Meister seines Fachs gewesen. Sandys Nase war nun schmaler als zuvor. Der Höcker, Folge eines Nasenbeinbruchs, den er bei einer Schlägerei in der Besserungsanstalt davongetragen hatte, war verschwunden. Sein früher vorspringendes Kinn wirkte nun markant, die Ohren waren kleiner und lagen flach am Kopf an. Die ehemals buschigen Augenbrauen waren dünner und lagen weiter auseinander. Außerdem hatte Yenkel seine hängenden Augenlider operiert und die dunklen Ringe um die Augen beseitigt.

Sein eigentlich dunkelbraunes Haar war nun sandfarben, eine Anspielung auf seinen Spitznamen Sandy. Blaßblaue Kontaktlinsen rundeten die Verwandlung ab.

»Sie sehen phantastisch aus, Sandy«, hatte Yenkel nach dem Abnehmen der Verbände geprahlt. »Kein Mensch würde Sie wiedererkennen.«

»Kein Mensch *wird* mich wiedererkennen.«

Sandy dachte immer noch an Yenkels erstauntes Gesicht als er starb.

Noch so eine Operation tue ich mir nicht an, dachte Sandy. Mit einem abweisenden Lächeln in Richtung seiner Sitznachbarin griff er demonstrativ nach einer Zeitschrift und schlug sie auf.

Während er so tat, als ob er las, ging er im Geiste seinen Plan noch einmal durch. Er hatte unter dem Namen James Burgess für zwei Wochen ein Zimmer im Radisson Plaza Hotel reserviert. Wenn er die Farrell nach Ablauf dieser Zeit immer noch nicht aufgestöbert hatte, würde er in ein anderes Hotel umziehen. Wer zu lange blieb, erregte nur unnötige Aufmerksamkeit.

Inzwischen hatte er einige Tips bekommen, wo er sie finden konnte. In New York war sie regelmäßig ins Fitneßstudio gegangen. Also lag es nahe, daß sie diese Angewohnheit in Minneapolis beibehalten hatte. Er nahm sich vor, sämtliche Fitneßstudios abzuklappern. Normalerweise legten sich die Leute nicht so schnell neue Hobbys zu.

Außerdem liebte sie das Theater. Im Orpheum in Minneapolis gastierte fast jede Woche ein anderes Musical, und auch das Tyrone Guthrie Theater war einen Besuch wert.

Sie hatte immer in der Immobilienbranche gearbeitet. Falls sie wieder einen Job hatte, dann vermutlich in einem Maklerbüro.

Savarano hatte bereits zwei Menschen auf dem Gewissen, die ebenfalls ins Zeugenschutzprogramm aufgenommen worden waren. Daher wußte er, daß Regierungsbehörden keine falschen Arbeitszeugnisse ausstellten. Die meisten Betroffenen mußten deshalb in kleinen Betrieben anfangen, wo sie jemanden kannten, der sie auch ohne Referenzen nahm.

Die Stewardeß machte ihre Ansage: »Wir beginnen mit dem Landeanflug. Bitte bringen Sie Ihre Sitzlehnen in eine aufrechte Stellung, und schnallen Sie sich an.«

Sandy Savarano freute sich schon auf das Gesicht, das Lacey Farrell machen würde, wenn er sie erschoß.

27

Das Büro von Royce Realty lag an der Ecke 50. Straße und France Avenue in Edina. Bevor Lacey aufbrach, suchte sie auf dem Stadtplan nach dem kürzesten Weg. Ihre Mutter hatte einmal gesagt, sie fände es erstaunlich, daß ein praktischer Mensch wie Lacey so einen miserablen Orientierungssinn hatte. Damit hatte sie eindeutig recht, dachte Lacey kopfschüttelnd. In New York war alles so einfach gewesen. Sie hatte mit ihrem Kunden ein Taxi genommen und sich zur gewünschten Adresse bringen lassen. Doch bei einer flächenmäßig weit ausgedehnten Stadt wie Minneapolis, wo es so viele Vororte gab, war es nicht ganz so leicht. Wie soll ich jemals einem Interessenten ein Haus vorführen, wenn ich mich alle fünf Minuten verfahre? fragte sie sich.

Mit Hilfe der Karte erreichte sie schließlich doch das Maklerbüro, und sie war nur ein einziges Mal falsch abgebogen. Sie stellte ihr Auto ab, stieg aus und blieb einen Moment vor dem Eingang stehen.

Durch die große Glastür konnte sie das kleine, aber geschmackvoll ausgestattete Büro sehen. An den eichengetäfelten Wänden im Empfangsbereich hingen Photos verschiedener Häuser. Der Raum war mit einem fröhlichen, rot und blau karierten Teppich, einem Büroschreibtisch und bequem wirkenden Ledersesseln möbliert. Ein kurzer Flur führte in ein weiteres Büro, wo eine Frau am Schreibtisch saß und arbeitete.

Jetzt wird es ernst, dachte sie und atmete tief durch. Wenn ich es schaffe, mich glaubwürdig darzustellen, kann ich noch Karriere am Broadway machen. Das heißt, falls ich jemals nach New York zurückkehren darf. Ein Glöckchen klingelte, als sie die Tür öffnete. Die Frau blickte auf, erhob sich und kam auf sie zu.

»Ich bin Millicent Royce«, sagte sie und streckte Lacey die Hand hin. »Und Sie sind bestimmt Alice Carroll.«

Lacey mochte die Frau auf den ersten Blick. Sie sah gut aus, war etwa siebzig Jahre alt und rundlich und trug ein elegantes, braunes Strickkostüm. Ihr faltenloses Gesicht war ungeschminkt. Das schimmernde grauweiße Haar hatte sie zu einem Knoten aufgesteckt, eine Frisur, die Lacey an ihre Großmutter erinnerte.

Millicent Royce lächelte zwar freundlich, doch als Lacey sich setzte, bemerkte sie, daß ihre zukünftige Arbeitgeberin sie aus blauen Augen forschend musterte. Lacey war froh, daß sie die rotbraune Jacke und die graue Hose angezogen hatte. Sie wirkten gleichzeitig konservativ und modisch – seriös, aber mit dem gewissen Etwas. Außerdem hatten ihr die Sachen bei früheren Hausverkäufen immer Glück gebracht. Vielleicht trugen sie ja auch heute dazu bei, daß sie die Stelle bekam.

Nachdem Millicent Royce Lacey einen Platz angeboten hatte, setzte sie sich ihr gegenüber. »Heute geht es entsetzlich rund hier«, sagte sie entschuldigend. »Deshalb habe ich nicht viel Zeit. Erzählen Sie mir etwas über sich, Alice.«

Lacey fühlte sich wie bei einem Polizeiverhör im Licht eines grellen Scheinwerfers. Während sie antwortete, blickte Millicent Royce sie weiter an. »Wo soll ich anfangen? Ich bin vor kurzem dreißig geworden. Ich bin gesund. Mein Leben hat sich in letzter Zeit sehr verändert.«

Zumindest das stimmt, dachte Lacey.

»Ich komme aus Hartford, Connecticut. Nach dem College habe ich acht Jahre lang bei einem Arzt gearbeitet, der inzwischen seine Praxis aufgegeben hat.«

»Worin bestand Ihre Tätigkeit?«, fragte Mrs. Royce.

»Empfang. Allgemeine Büroarbeiten. Ein wenig Buchhaltung. Ausfüllen von Formularen.«

»Dann kennen Sie sich also mit Computern aus?«

»Ja.« Sie bemerkte, daß der Blick der alten Dame zum PC im Empfangsbereich wanderte, wo sich die Papiere stapelten.

»Ihre Aufgabe wäre, Telephonate entgegenzunehmen, Handzettel mit neuen Angeboten zu erstellen, Interessenten anzurufen, wenn ein neues Angebot hereinkommt, und alles für die Besichtigung vorzubereiten. Das eigentliche Verkaufsgespräch ist meine Sache. Aber eines würde ich noch gerne wissen: Warum interessieren Sie sich ausgerechnet fürs Immobiliengeschäft?«

Weil es mir Spaß macht, für jeden Kunden das richtige Haus zu finden, dachte Lacey. *Weil es mich freut, wenn ich richtig geraten habe. Weil ich das Aufleuchten in den Augen des potentiellen Käufers liebe, wenn ich ihn in ein Haus oder in eine Wohnung führe und weiß, daß es genau das ist, was er sucht. Und ich mag das Handeln und Feilschen, bis man sich auf einen Preis einigt.*

Doch sie schob diese Gedanken beiseite und antwortete: »Ich möchte einfach nicht mehr in einer Arztpraxis arbeiten. Und ich hatte schon immer ein Faible für Ihre Branche.«

»Ich verstehe. Gut, dann rufe ich zuerst Ihren ehemaligen Arbeitgeber an. Wenn er für Sie bürgt – und das wird er bestimmt –, können wir ja einen Versuch wagen. Haben Sie seine Telephonnummer?«

»Nein. Er hat sich eine Geheimnummer geben lassen, weil er auf keinen Fall von seinen früheren Patienten belästigt werden wollte.«

An Millicent Royces leichtem Stirnrunzeln erkannte Lacey, daß diese offensichtlich nicht auf den Kopf gefallene Dame ihre Antworten ein wenig ausweichend fand.

Ihr fiel George Svensons Rat ein: »Bieten Sie an, ein paar Wochen oder einen Monat lang ohne Gehalt zu arbeiten.«

»Ich habe einen Vorschlag«, sagte Lacey. »Sie brauchen mir im ersten Monat nichts zu bezahlen. Wenn Sie danach mit mir zufrieden sind, können Sie mich einstellen. Und falls Sie glauben, daß ich mich für diese Stelle nicht eigne, sind Sie mich sofort wieder los.«

Sie sah Millicent Royce in die Augen. »Sie werden es nicht bereuen«, sagte sie leise.

Millicent Royce zuckte die Achseln. »Bei uns in Minnesota gilt so etwas als ein Angebot, das man nicht ausschlagen kann.«

28

»Warum wurde Mr. Landi nicht früher davon in Kenntnis gesetzt?«, fragte Steve Abbott ruhig.

Es war Montag nachmittag. Abbott hatte darauf bestanden, Jimmy zu seinem Gespräch mit Detective Sloane und Detective Mars ins 19. Revier zu begleiten.

»Ich will wissen, was hier gespielt wird!«, hatte Jimmy am Morgen mit zornesrotem Gesicht verlangt. »Irgend etwas ist da im Busch. Die Cops müssen eine Ahnung haben, wo Lacey Farrell steckt. Sie hat sich doch sicher nicht in Luft aufgelöst. Schließlich ist sie Zeugin in einem Mordfall!«

»Hast du bei der Polizei angerufen?«, erkundigte sich Steve.

»Darauf kannst du Gift nehmen. Doch als ich nach ihr gefragt habe, bekam ich nur die Antwort, ich sollte Parker und Parker auffordern, einen anderen Mitarbeiter mit dem Verkauf der Wohnung zu beauftragen. Deswegen hatte ich nicht angerufen. Glauben die etwa, daß ich mir um das Geld Sorgen mache? Die haben wohl nicht mehr alle Tassen im Schrank! Also habe ich gesagt, daß ich vorbeikommen würde. Ich will endlich erfahren, was los ist.«

Wie Abbott beobachtet hatte, war Jimmy Landi eher noch zorniger und deprimierter, seit er Heathers Bild aus den Wandgemälden des Restaurants hatte entfernen lassen. Er hatte darauf bestanden, mitzukommen.

Nach ihrer Ankunft wurden sie von Detective Sloane und Detective Mars ins Vernehmungszimmer geführt, das neben dem Hauptbüro lag. Widerwillig gaben die Beamten zu, daß Lacey Farrell in das Zeugenschutzprogramm aufgenommen worden war, weil jemand versucht hatte, sie zu töten.

»Ich habe gefragt, warum Mr. Landi nicht schon früher davon in Kenntnis gesetzt wurde, was mit Miss Farrell geschehen ist«, wiederholte Abbott. »Ich verlange eine Antwort.«

Sloane griff nach einer Zigarette. »Mr. Abbott, ich habe Mr. Landi bereits versichert, daß die Ermittlungen andauern, und das entspricht der Wahrheit. Wir werden nicht ruhen, bis Isabelle Warings Mörder verhaftet und vor Gericht gestellt worden ist.«

»Sie haben mir ein Ammenmärchen von einem Kerl aufgetischt, der sich als Kaufinteressent in Luxuswohnungen einschleicht und dann wiederkommt, um sie auszuräumen.« Jimmy schäumte vor Wut. »Und Sie haben mir weismachen wollen, Isabelle sei nur deshalb getötet worden, weil sie zur falschen Zeit am falschen Ort gewesen ist. Und jetzt erzählen Sie mir, daß Miss Farrell im Zeugenschutzprogramm ist und daß Ihnen jemand Heathers Tagebuch unter der Nase weg aus dem Polizeirevier geklaut hat. Ich lasse mich von Ihnen nicht länger zum Narren halten. Dieser Mord war kein Zufall, und das wußten Sie von Anfang an.«

Ed Sloane bemerkte Jimmys zornigen und verächtlichen Blick. Ich kann diesem Mann keinen Vorwurf machen, dachte der Detective. Seine Exfrau wurde ermordet; wir verlieren ein Dokument, das eigentlich für ihn bestimmt war und uns wichtige Beweise hätte liefern können; die Frau, die den Täter in die Wohnung seiner Exfrau gebracht hat, ist verschwunden. Ich verstehe ihn, denn an seiner Stelle würde ich mich genauso fühlen.

Die vier Monate seit jenem Oktobertag, als der Notruf aus dem Haus Nr. 3 in der 70. Straße Ost eingegangen war, waren für die beiden Detectives höchst unerfreulich gewesen. Je weiter die Ermittlungen voranschritten, desto dankbarer war Ed, daß der Bezirksstaatsanwalt sich von der Bundesstaatsanwaltschaft nicht hatte einschüchtern lassen. Er hatte darauf bestanden, daß die New Yorker Polizei die Fahndung nach dem Mörder leitete.

»Der Mord hat im 19. Bezirk stattgefunden«, hatte er Baldwin mitgeteilt. »Und bis er aufgeklärt ist, sind wir dafür zuständig, ob es Ihnen nun paßt oder nicht. Wenn Savarano verhaftet wird, können wir eine Abmachung treffen, damit er als Kronzeuge aussagt. Doch ich möchte betonen, daß wir nur mit Ihnen zusammenarbeiten, wenn Sie nicht versuchen, uns die Schau zu stehlen. Wir sind sehr interessiert an diesem Fall, und wir lassen uns nicht ausbooten.«

»Es war kein Ammenmärchen, Mr. Landi«, wandte Nick Mars hitzig ein. »Uns liegt ebensoviel daran, Mrs. Warings Mörder zu fassen, wie Ihnen. Aber wenn Miss Farrell das Tagebuch nicht aus der Wohnung mitgenommen hätte, um es Ihnen zu geben, wären wir mit unseren Ermittlungen schon um einiges weiter.«

»Soweit ich informiert bin, wurde das Tagebuch gestohlen, nachdem es sich bereits in Ihrem Besitz befand«, sagte Steve Abbott in gefährlich ruhigem Ton. »Wollen Sie etwa andeuten, daß Miss Farrell gewisse Seiten entfernt hat?«

»Das glauben wir nicht, doch wir können es nicht mit Sicherheit ausschließen«, räumte Sloane ein.

»Reden Sie nicht um den heißen Brei herum, Detective. Mit Sicherheit können Sie nur eines nicht ausschließen, nämlich daß Sie diesen Fall vermasselt haben«, zischte Abbott wütend. »Komm, Jimmy, ich denke, es ist Zeit, daß wir einen Privatdetektiv beauftragen. Solange wir die Angelegenheit der Polizei überlassen, werden wir nie erfahren, was wirklich geschehen ist.«

»Das hätte ich gleich tun sollen, als ich von dem Mord an Isabelle erfuhr!« Jimmy Landi stand auf. »Ich will die Kopie des Tagebuches meiner Tochter, die ich Ihnen ausgehändigt habe, bevor Sie die auch noch verlieren.«

»Wir haben uns weitere Kopien gemacht«, sagte Sloane ruhig. »Nick, hol Mr. Landis Exemplar.«

»Wird gemacht, Eddie.«

Während sie warteten, sagte Sloane: »Mr. Landi, Sie haben uns ausdrücklich mitgeteilt, daß Sie das Tagebuch gelesen haben, ehe Sie es uns gaben.«

Jimmy Landi sah den Detective finster an. »Richtig.«

»Sie haben erklärt, Sie hätten es sorgfältig studiert. Stimmt das?«

»Was heißt schon sorgfältig?«, fragte Jimmy gereizt. »Ich habe es durchgeblättert.«

»Hören Sie, Mr. Landi«, sagte Sloane. »Ich kann mir vorstellen, was Sie zur Zeit durchmachen, aber ich muß Sie bitten, die Aufzeichnungen jetzt wirklich sorgfältig zu lesen. Wir haben sie gründlich studiert. Aber außer ein paar vagen Anspielungen auf einen Vorfall in der West Side ganz am Anfang haben wir nichts entdeckt, was uns weiterhelfen könnte. Andererseits hat Mrs. Waring Lacey Farrell mitgeteilt, sie hätte etwas in diesem Tagebuch gefunden, das vielleicht beweist, daß der Tod Ihrer Tochter kein Unfall war –«

»Isabelle hätte auch im Gesangbuch etwas Verdächtiges gefunden«, entgegnete Jimmy kopfschüttelnd.

Schweigend saßen sie da, bis Nick Mars mit einem großen braunen Umschlag ins Befragungszimmer zurückkehrte. Er reichte Jimmy das Kuvert.

Jimmy riß es ihm aus der Hand, öffnete es, holte die Blätter heraus und sah sie rasch durch. Bei der letzten Seite hielt er inne. Er las sie und funkelte Mars wütend an. »Was soll das?« fragte er.

Sloane hatte das mulmige Gefühl, daß er gleich etwas Unangenehmes zu hören bekommen würde.

»Ich kann Ihnen auf Anhieb sagen, daß es ursprünglich mehr Seiten waren«, sagte Landi. »Die letzten Seiten des Exemplars, das ich Ihnen gegeben habe, waren unliniert. Ich weiß das noch, weil sie ziemlich mitgenommen aussahen. Offenbar waren Blutflecken auf dem Original … Ich konnte den Anblick nicht ertragen. Wo sind diese Seiten jetzt? Haben Sie die etwa auch verloren?«

29

Nach seiner Ankunft am Minneapolis-St. Paul Airport ging Sandy Savarano direkt zur Gepäckausgabe, um seinen schweren schwarzen Koffer zu holen. Dann suchte er die Herrentoilette auf und schloß sich dort in einer Kabine ein, wo er den Koffer auf die Toilettenschüssel stellte und aufklappte.

Er holte einen Handspiegel und einen Kulturbeutel heraus, der eine graue Perücke, buschige graue Augenbrauen und eine runde Brille mit Schildpattrahmen enthielt.

Dann entfernte er die Kontaktlinsen. Die Augen darunter waren dunkelbraun. Geschickt stülpte er sich die Perücke über, kämmte sich die Fransen in die Stirn, klebte die Augenbrauen fest und setzte die Brille auf.

Mit einem Schminkstift malte er sich Leberflecke auf Stirn und Handrücken. Einer Seitentasche seines Koffers entnahm er orthopädische Schnürschuhe, die er anstelle seiner Gucci-Slipper anzog.

Schließlich entfaltete er einen schweren Tweedmantel mit dicken Schulterpolstern und packte den Trenchcoat, den er beim Aussteigen aus dem Flugzeug getragen hatte, in den Koffer.

Der Mann, der die Kabine verließ, wirkte zwanzig Jahre älter als der, der hineingegangen war, und sah ihm nicht im mindesten ähnlich.

Sandy begab sich zum Schalter der Autovermietung, bei der er einen Wagen auf den Namen James Burgess, wohnhaft in Philadelphia, reserviert hatte. Aus seiner Brieftasche zog er einen Führerschein und eine Kreditkarte – der Führerschein war eine geschickte Fälschung, die Kreditkarte hingegen echt, denn er hatte als James Burgess ein Konto eröffnet.

Als Sandy aus der Ankunftshalle kam, schlug ihm eiskalte Luft entgegen. Er stellte sich zu den Leuten, die auf den kostenlosen Pendelbus zum Parkplatz der Autovermietung warteten. Dort studierte er die Karte, auf der die Angestellte den Weg zum Hotel eingezeichnet hatte. Er prägte sich die wichtigsten Ausfallstraßen ein und berechnete die Zeit, die er brauchen würde, um in die Stadt zu fahren und sie wieder zu verlassen. Er plante am liebsten alles sorgfältig im voraus. Sein Motto lautete: keine Überraschungen. Vor allem aus diesem Grund fand er es besonders ärgerlich, daß Lacey Farrell plötzlich in Mrs. Warings Wohnung aufgetaucht war. Er war überrascht worden und hatte deshalb den Fehler begangen, sie entkommen zu lassen.

Er wußte, daß er hauptsächlich deshalb noch ein freier Mann war, weil er auf jedes Detail achtete. So viele Jungs, mit denen er damals in der Besserungsanstalt gewesen war, saßen heute hinter Schloß und Riegel. Beim bloßen Gedanken daran lief ihm ein Schauer über den Rücken.

Eine Zellentür fiel krachend ins Schloß ... Schon beim Aufwachen wußte er, daß er in der Falle saß und daß sich daran nie wieder etwas ändern würde ... Wände und Decke kamen immer näher, drohten ihn zu erdrücken und zu ersticken ...

Sandy spürte, wie sich auf seiner Stirn unter den ordentlich zurechtgekämmten Haarsträhnen Schweißperlen bildeten. Mir passiert das nicht, schwor er sich. Lieber würde ich sterben.

Der Pendelbus näherte sich. Ungeduldig hob Sandy den Arm, um das Fahrzeug anzuhalten. Er brannte darauf, sich auf die Suche nach Lacey Farrell zu machen. Solange sie lebte, war seine Freiheit in Gefahr.

Als der Bus stoppte, spürte Sandy, wie etwas gegen seine Waden stieß. Er fuhr herum und stand vor der jungen Frau, die im Flugzeug neben ihm gesessen hatte. Ihr Koffer war umgekippt.

Ihre Blicke trafen sich, und Sandy holte tief Luft. Obwohl sie nur wenige Zentimeter voneinander trennten, sah sie ihn an wie einen völlig Fremden. Sie lächelte entschuldigend. »Tut mir leid«, sagte sie.

Die Türen des Busses gingen auf. Savarano stieg ein. Die ungeschickte Frau hatte ihm eben bestätigt, daß er sich in dieser Verkleidung an Lacey Farrell heranpirschen konnte, ohne Gefahr zu laufen, daß sie ihn erkannte. Diesmal hatte sie keine Chance, ihm zu entkommen. Er würde seinen Fehler nicht wiederholen.

30

Da Millicent Royce einverstanden war, sie auf Probe bei sich arbeiten zu lassen, schlug Lacey vor, daß sie sich während des restlichen Nachmittags mit dem Büro vertraut machte, indem sie sich die Dateien im Computer ansah und die Post durchging, die sich auf dem Empfangstisch stapelte.

Nach vier Monaten erzwungener Untätigkeit war es eine wahre Freude, wieder an einem Schreibtisch zu sitzen, die Angebote durchzublättern und die Immobilienpreise in der Gegend zu studieren, die zum Einzugsgebiet der Maklerfirma gehörte.

Als Mrs. Royce um drei Uhr loszog, um einem Kunden eine Eigentumswohnung zu zeigen, bat sie Lacey, den Telephondienst zu übernehmen.

Der erste Anruf endete fast mit einer Katastrophe. »Royce Realty, Lacey –«, meldete sie sich.

Sie knallte den Hörer hin und starrte den Apparat an. Beinahe hätte sie ihren richtigen Namen genannt.

Kurz darauf klingelte das Telephon wieder.

Sie mußte abnehmen. Sicher war es der Anrufer von vorhin. Was sollte sie sagen?

Die Stimme am anderen Ende der Leitung klang leicht gereizt. »Ich glaube, die Verbindung ist unterbrochen worden«, stammelte Lacey.

In der nächsten Stunde läutete das Telephon ununterbrochen, und Lacey notierte sorgfältig jeden Anruf. Erst einige Zeit später – sie schrieb gerade auf, daß die Sekretärin von Millicent Royces Zahnarzt angerufen hatte, um einen Termin in der nächsten Woche zu bestätigen – fiel ihr ein, daß es auch seine Tücken hatte, wieder in ihrer alten Branche tätig zu sein. Aus reiner Vorsicht kontrollierte sie alle ihre Telephonnotizen. Eine Frau hatte angerufen und gesagt, ihr Mann werde in Kürze nach Minneapolis versetzt. Sie sei auf der Suche nach einem Haus, und eine Freundin habe ihr Royce Realty empfohlen.

Lacey hatte ihr die in der Immobilienbranche üblichen Fragen gestellt: Welche Summe wollte die Kundin anlegen? Wie viele Zimmer sollte das Haus haben? Wie alt durfte es sein? Mußte es in der Nähe eine Schule geben? Lief die Finanzierung über den Verkauf des Hauses, in dem sie derzeit wohnten? Sie hatte sogar die Antworten in den typischen Kürzeln festgehalten.

Ich kann stolz auf mich sein, dachte sie, während sie den Namen und die Telephonnummer der Frau auf einem anderen Blatt Papier vermerkte, damit Mrs. Royce nicht mitbekam, wie gut sie sich in diesem Geschäft auskannte. »Sehr interessant wg. bevorstehenden Umzugs«, schrieb sie darunter. Vielleicht klang das ja schon zu sehr nach Fachwissen, aber sie ließ es stehen, denn als sie aufblickte, sah sie, daß Millicent Royce im Anmarsch war.

Mrs. Royce wirkte erschöpft. Sie war offensichtlich erfreut darüber, daß Lacey die Anrufe so ordentlich aufgeschrieben und die Post so übersichtlich sortiert hatte. Es war fast fünf Uhr. »Sie kommen doch morgen früh wieder, Alice?«, fragte sie erwartungsvoll.

»Selbstverständlich«, antwortete Lacey. »Doch ich habe eine Verabredung zum Mittagessen, die ich nicht absagen kann.«

Auf der Heimfahrt in die Stadt fühlte sich Lacey auf einmal wieder deprimiert. Wie immer hatte sie am Abend nichts vor, und der Gedanke, in ihrer Wohnung allein zu Abend zu essen, behagte ihr überhaupt nicht.

Ich gehe ins Fitneßstudio und trainiere ein bißchen, beschloß sie. Da ich heute morgen schon gejoggt habe, bin ich dann vielleicht müde genug, um einschlafen zu können.

Als sie ins Fitneßstudio kam, winkte Ruth Wilcox sie zu sich. »Raten Sie mal, was passiert ist«, sagte sie in verschwörerischem Ton. »Tom Lynch war ehrlich enttäuscht, weil Sie heute nachmittag nicht aufgetaucht sind. Er hat mich sogar gefragt, ob er Sie vielleicht verpaßt hat. Alice, ich glaube, Sie gefallen ihm.«

Wenn das stimmt, hat er Gefallen an einer Frau gefunden, die es eigentlich gar nicht gibt, dachte Lacey bitter. Sie blieb nur eine halbe Stunde und fuhr dann nach Hause. Der Anrufbeantworter blinkte. Tom hatte um halb fünf angerufen. »Ich habe gehofft, Sie im Fitneßstudio zu sehen, Alice. Ich fand es am Freitag abend sehr nett. Wenn Sie vor sieben nach Hause kommen und mit mir zu Abend essen wollen, rufen Sie mich doch zurück. Meine Nummer ist –«

Lacey schaltete den Anrufbeantworter aus und löschte die Nachricht, ohne sich Toms Telephonnummer anzuhören. Das war leichter, als den ganzen Abend lang einen Mann anlügen zu müssen, mit dem sie unter anderen Umständen gerne ausgegangen wäre.

Zum Abendessen machte sie sich Toast mit Speck, Salat und Tomate. Das hilft gegen den Frust, dachte sie.

Dann fiel es ihr ein – genau so ein Brot hatte sie an dem Abend gegessen, an dem Isabelle Waring angerufen hatte. Sie war nicht ans Telephon gegangen, weil sie zu müde gewesen war und keine Lust gehabt hatte, sich zu unterhalten.

Wie Lacey sich erinnerte, hatte Isabelle auf den Anrufbeantworter gesprochen, daß sie Heathers Tagebuch entdeckt hatte. Sie habe darin einen möglichen Beweis dafür gefunden, daß Heathers Tod doch kein Unfall gewesen war.

Aber als sie mich am nächsten Morgen im Büro anrief, wollte sie nicht darüber reden, überlegte Lacey. Und als ich Curtis Caldwell die Wohnung zeigte, hat sie sich in die Bibliothek zurückgezogen und das Tagebuch gelesen. Und ein paar Stunden später war sie tot.

Als Lacey die Szene Revue passieren ließ, blieb ihr der letzte Bissen ihres Sandwichs fast im Hals stecken. Isabelle hatte in der Bibliothek weinend über Heathers Tagebuch gesessen. Noch im Sterben hatte sie Lacey angefleht, das Tagebuch Heathers Vater zu übergeben.

Was kam mir damals merkwürdig vor? fragte sich Lacey. Irgend etwas ist mir an jenem letzten Nachmittag in der Bibliothek aufgefallen, als ich mit Isabelle sprach. Was kann es bloß gewesen sein? Sie ging den ganzen Nachmittag im Geiste noch einmal durch und versuchte, sich zu erinnern.

Schließlich gab sie auf. Sie kam einfach nicht drauf.

Laß es erst mal gut sein, sagte sich Lacey. Ich strenge meine grauen Zellen später an. Schließlich funktioniert das Gehirn doch wie ein Computer.

In dieser Nacht sah sie im Traum immer wieder Isabelle in den letzten Stunden ihres Lebens. Sie hielt einen grünen Stift in der Hand und las unter Tränen Heathers Tagebuch.

31

Sandy Savarano war im Radisson Plaza Hotel abgestiegen, einen halben Block vom Nicollet-Einkaufszentrum entfernt; den Rest des Tages verbrachte er damit, aus dem Telephonbuch von Minneapolis Nummer und Anschrift von Fitneßcentern herauszusuchen.

Dann stellte er eine zweite Liste aller Immobilienmakler zusammen und sortierte diejenigen Firmen aus, die sich auf den Handel mit Gewerbeobjekten spezialisiert hatten. Letztere würden Lacey Farrell, die ohne Zeugnisse auf Jobsuche gehen mußte, wohl kaum einstellen. Bei den anderen wollte er morgen anrufen.

Er hatte vor zu behaupten, er führe für die bundesweite Vereinigung der Immobilienmakler eine Umfrage durch. Die neuesten Daten wiesen nämlich darauf hin, daß die Gruppe der 25- bis 35jährigen nur ungern einen Beruf in der Immobilienbranche ergreife. Im Rahmen der Erhebung wolle er nur zwei Fragen stellen: Hatte das Maklerbüro im letzten halben Jahr jemanden aus dieser Altersgruppe als Makler, fürs Sekretariat oder für den Empfang eingestellt? Und wenn ja: einen Mann oder eine Frau?

Bei der Überprüfung der Fitneßstudios mußte er anders vorgehen. Mit einer solchen angeblichen Umfrage war es hier nicht getan, denn die meisten Mitglieder stammten wohl ohnehin aus der fraglichen Altersgruppe. Lacey Farrell über die Clubs aufzuspüren war also riskanter.

Dort würde er persönlich erscheinen und sich als Interessent ausgeben müssen. Dann würde er Lacey Farrells Photo herumzeigen. Es war ein altes Bild, das er aus ihrem College-

Jahrbuch ausgeschnitten hatte, aber es war ihr noch sehr ähnlich. Er würde behaupten, sie sei seine Tochter und habe nach einem Streit mit ihrer Familie gebrochen. Jetzt wolle er sie finden, weil die Mutter krank vor Sorge um die Tochter sei.

Die Überprüfung der Fitneßstudios war ein Schuß ins Leere, aber glücklicherweise gab es im Großraum Minneapolis nicht besonders viele. Die Sache war also in relativ kurzer Zeit zu erledigen.

Um fünf vor zehn machte Sandy nach getaner Arbeit einen Spaziergang. Das Einkaufszentrum war jetzt dunkel, die Fenster der eleganten Geschäfte leuchteten nicht mehr.

Wie Sandy wußte, war der Mississippi vom Hotel aus zu Fuß zu erreichen. Er bog rechts ab und ging in Richtung Fluß. Passanten mochten den einsamen Spaziergänger für einen Mann jenseits der Sechzig halten, der sich um diese Zeit besser nicht allein auf die Straße wagen sollte.

Allerdings konnte niemand ahnen, wie unbegründet diese Sorge war, denn Sandy Savarano verspürte keine Angst, sondern jene merkwürdige Erregung, die ihn immer ergriff, wenn er sich an sein Opfer heranpirschte und dessen Witterung aufgenommen hatte.

32

Als Millicent Royce am Dienstag morgen um neun vor ihrem Maklerbüro eintraf, wartete Lacey bereits.

»So gut bezahlen wir nun auch wieder nicht«, sagte Millicent Royce lachend.

»Sie bezahlen das, was wir vereinbart haben«, erwiderte Lacey. »Und ich weiß jetzt schon, daß mir der Job gefällt.«

Mrs. Royce schloß auf. Drinnen war es angenehm warm. »Der Winter steht vor der Tür«, bemerkte Mrs. Royce. »Jetzt setze ich erst mal Kaffee auf. Wie möchten Sie Ihren?«

»Schwarz, bitte.«

»Regina, meine Assistentin, die jetzt Babypause macht, hat sich immer zwei gehäufte Teelöffel Zucker genehmigt und dabei kein Gramm zugenommen. Ich hab ihr gesagt, daß sie sich damit leicht den Neid ihrer Mitmenschen zuzieht.«

Lacey dachte an Janey Boyd, eine Sekretärin bei Parker und Parker, die ständig Kekse oder Schokoriegel vertilgte und dabei eine Figur wie ein Teenager hatte. »So eine hatten wir auch bei –« Sie biß sich auf die Zunge. »In der Arztpraxis«, verbesserte sie sich und fügte rasch hinzu: »Sie ist nicht lange geblieben. Kein großer Verlust. Ein schlechtes Vorbild für die anderen.«

Stell dir vor, Millicent Royce hätte das aufgegriffen und käme auf die Idee, eine Kollegin von mir anzurufen, weil ich ja keine anderen Referenzen habe. Sei vorsichtig, sagte sich Lacey, *sei bloß vorsichtig*.

Da klingelte zum ersten Mal das Telephon – eine willkommene Unterbrechung.

Um zwölf machte sich Lacey auf den Weg, weil sie sich mit Kate Knowles zum Mittagessen verabredet hatte. »Gegen zwei bin ich zurück«, versprach sie, »und normalerweise hole ich mir ein Sandwich ins Büro. Wenn Sie Auswärtstermine haben, werde ich also dasein.«

Um fünf vor halb eins war sie im Radisson Plaza. Kate saß bereits am Tisch und knabberte an einem Brötchen. »Für mich ist das Frühstück und Mittagessen in einem«, erklärte sie, »deshalb habe ich schon angefangen. Ich hoffe, das stört Sie nicht.«

Lacey setzte sich ihr gegenüber. »Nicht im geringsten. Wie läuft Ihre Show?«

»Großartig.«

Sie bestellten Omeletts, Salat und Kaffee. »Nachdem das Überleben gesichert ist«, sagte Kate grinsend, »muß ich zugeben, daß ich allmählich neugierig werde. Heute morgen habe ich Tom erzählt, daß wir uns zum Mittagessen treffen. Er wäre am liebsten mitgekommen und läßt Ihnen schöne Grüße ausrichten.«

Kate nahm sich noch ein Brötchen. »Tom sagt, daß Sie sich erst kürzlich entschlossen haben, hierherzuziehen, und daß Sie nur einmal als Kind hier waren. Wie kommt es, daß Ihnen die Stadt so gut in Erinnerung geblieben ist?«

Beantworte die Frage mit einer Gegenfrage.

»Sie sind doch viel auf Tournee«, sagte Lacey. »Haben Sie da nicht auch zu manchen Städten mehr Bezug als zu anderen?«

»Na klar. Zu den guten, so wie hier, und zu den weniger guten. Von der am wenigsten guten kann ich Ihnen ein Lied singen...«

Während Kate ihre Geschichte zum besten gab, entspannte sich Lacey allmählich. Wie die meisten Leute aus dem Showbusineß verstand sich Kate hervorragend aufs Erzählen. Dad hatte dieses Talent auch, dachte Lacey wehmütig. Er konnte sogar einem Einkaufszettel interessante Seiten abgewinnen.

Bei der zweiten Tasse Kaffee lenkte sie das Gespräch schließlich auf den Freund, den Kate erwähnt hatte. »Neulich abend haben Sie von einem Freund gesprochen«, fing sie an. »Bill Soundso?«

»Bill Merrill. Ein netter Kerl. Er könnte sogar der Richtige für mich sein. Aber wenn's so weitergeht, werde ich das nie rauskriegen. Aber ich gebe mir Mühe.« Kates Augen leuchteten. »Das Problem ist, daß ich soviel unterwegs bin, und er ist auch ständig auf Achse.«

»Was macht er denn?«

»Er ist Investmentbanker und hat oft in China zu tun.«

Wenn er nur jetzt nicht in China ist, betete Lacey. »Bei welcher Bank arbeitet er denn?«

»Chase.«

Kates aufflackernde Neugier war Laceys geübtem Blick nicht entgangen. Kate war intelligent. Sie merkte, daß Lacey sie aushorchte. Ich weiß jetzt, was ich wissen muß, dachte Lacey. Nun kann Kate ruhig weiter von sich erzählen.

»Das beste, was Ihnen passieren kann, wäre wohl ein Broadway-Hit, der zehn Jahre lang läuft«, schlug sie vor.

»Sie sagen es«, erwiderte Kate grinsend. »Ich würde wirklich gern in New York bleiben. Natürlich vor allem wegen Bill, aber bestimmt wird auch Tom früher oder später dort landen. Wenn er so weitermacht, ist der Erfolg vorprogrammiert, und deshalb ist New York seine Stadt. Für mich wäre das wirklich das Sahnehäubchen auf dem Kuchen. Weil wir beide Einzelkinder sind, waren wir schon immer eher Geschwister und gute Freunde als Cousin und Cousine. Er war immer für mich da. Außerdem ist Tom ein Mensch, der instinktiv spürt, wenn jemand Hilfe braucht.«

Ob er mich wohl deshalb letzte Woche ausgeführt und gestern abend angerufen hat? dachte Lacey. Sie winkte der Bedienung. »Ich muß los«, erklärte sie hastig. »Heute ist mein erster voller Arbeitstag.«

Von einem Münzfernsprecher in der Lobby aus hinterließ sie eine Nachricht für George Svenson. »Ich habe neue Informationen im Fall Heather Landi, die ich Mr. Baldwin von der Bundesstaatsanwaltschaft persönlich mitteilen muß.«

Sie legte auf und eilte hinaus, da sie bereits spät dran war.

Kurze Zeit später griff eine Hand mit braunen Altersflecken nach dem noch warmen Telephonhörer.

Sandy Savarano führte nie Telephongespräche, die sich zurückverfolgen ließen. Seine Taschen waren mit Vierteldollarmünzen gefüllt. Von diesem Telephon aus wollte er fünf Immobilienmakler anrufen, dann würde er von einem anderen Apparat weitere fünf Anrufe erledigen, bis er seine Liste der hiesigen Firmen abgehakt hatte.

Er wählte. »Downtown Realty«, meldete sich eine Stimme, und Savarano begann seinen Vortrag. »Wenn Sie einen Augenblick Zeit für mich hätten«, sagte er. »Ich arbeite für die Bundesvereinigung der Immobilienmakler. Wir führen eine telephonische Umfrage durch ...«

33

Bundesstaatsanwalt Gary Baldwin hatte Detective Ed Sloane bereits klargemacht, daß er für Dummheit wenig Verständnis hatte. Sloanes gestriger Anruf hatte ihn zur Weißglut gebracht: Mehrere Seiten aus Jimmy Landis Kopie des Tagebuchs seiner Tochter waren abhanden gekommen – und zwar aus dem Polizeirevier! »Ein Wunder, daß Sie nicht alles verloren haben!«, tobte er. »Beim Original haben Sie es ja auch geschafft.«

Als Sloane vierundzwanzig Stunden später wieder anrief, hatte Baldwin noch einmal Gelegenheit, seinem Ärger Luft zu machen: »Wir brüten stundenlang über der Kopie, die Sie uns gegeben haben, und dann müssen wir feststellen, daß uns einige Seiten fehlen. Und offenbar hatten die eine gewisse Bedeutung, denn sonst wäre niemand das Risiko eingegangen, sie aus Ihrem Büro zu stehlen! Wo haben Sie das Tagebuch eigentlich aufbewahrt? Am Schwarzen Brett? Und die Kopie? Auf der *Straße*? Vielleicht haben Sie ein Etikett draufgeklebt? ›*Beweismaterial in einem Mordfall. Bitte bedienen Sie sich*‹?«

Während Detective Ed Sloane sich die Gardinenpredigt anhörte, malte er sich aus, was er gerne mit Baldwin anstellen würde. Dabei mußte er an seinen Lateinunterricht auf der Xavier Military Academy zurückdenken. Anläßlich einer Predigt über eine schwere Sünde hatte der Apostel Paulus gemahnt: »*Nec nominetur in vobis*« – Ihr sollt sie nicht beim Namen nennen.

Das paßt, dachte Sloane. Was ich mit dir machen möchte, sollte auch lieber nicht beim Namen genannt werden. Aber er war selbst stinksauer darüber, daß sowohl das Original als auch möglicherweise einige Seiten der Kopie des Tagebuchs aus *seinem* verschlossenen Beweisschrank an *seinem* Arbeitsplatz auf dem Revier verschwunden waren.

Es war eindeutig seine Schuld. Er hatte die Schlüssel für den Schrank an dem schweren Bund, den er in der Jackentasche bei sich trug. Und da er seine Jacke oft auszog, konnte buchstäblich jeder den Schlüsselbund aus der Tasche holen, einen Abdruck anfertigen und die Schlüssel zurücklegen, bevor ihm überhaupt auffiel, daß sie fehlten.

Nach dem Verschwinden des Originaltagebuchs hatte man die Schlösser ausgetauscht. Aber Sloane hatte seine Angewohnheit beibehalten, die Schlüssel in der Jacke zu lassen, wenn er sie über seinen Bürostuhl hängte.

Er wandte sich wieder dem Telephongespräch zu. Baldwin war die Puste ausgegangen, und Sloane ergriff die Gelegenheit, auch mal was zu sagen. »Sir, ich habe den Vorfall gestern gemeldet, weil Sie darüber informiert werden mußten. Jetzt rufe ich an, weil ich offen gestanden nicht ganz sicher bin, ob Jimmy Landi in diesem Fall ein zuverlässiger Zeuge ist. Gestern hat er zugegeben, daß er das Tagebuch nicht einmal überflogen hat, als Miss Farrell es ihm gab. Außerdem stand es ihm nur ungefähr einen Tag zur Verfügung.«

»So umfangreich ist das Tagebuch auch wieder nicht«, sagte Baldwin scharf. »Um es sorgfältig zu lesen, braucht man höchstens ein paar Stunden.«

»Aber er hat es nicht getan, und darauf kommt es an«, sagte Sloane voller Nachdruck und bedankte sich stumm bei Nick Mars, der ihm eben eine Tasse Kaffee hingestellt hatte. »Und er will Schwierigkeiten machen, einen Privatdetektiv auf die Sache ansetzen. Landis Partner, Steve Abbott, hat ihn zu dem Gespräch begleitet und sich furchtbar wichtig gemacht.«

»Ich mache Landi keinen Vorwurf«, gab Baldwin zurück. »Und ein Detektiv könnte in diesem Fall nichts schaden, vor allem, da Sie anscheinend überhaupt keine Fortschritte machen.«

»Sie wissen genau, daß das nicht stimmt. Er würde uns nur in die Quere kommen. Aber im Augenblick sieht es so aus, als wäre die Sache abgeblasen. Abbott hat mich gerade angerufen«, sagte Sloane. »Gewissermaßen hat er sich entschuldigt. Er meint, wenn man es genau bedenkt, sei es möglich, daß sich Landi geirrt hat und doch keine Seiten fehlen. Als Jimmy an diesem Abend das Tagebuch von Lacey Farrell bekam, sei ihm so schwer ums Herz geworden, daß er es erst mal beiseite legte. Am nächsten Abend habe er sich betrunken, bevor er es sich ansah. Und einen Tag später haben wir seine Kopie an uns genommen.«

»Möglicherweise täuscht er sich, was die fehlenden Seiten angeht, aber das werden wir wohl nie herausfinden«, entgegnete Baldwin kühl. »Und selbst wenn er sich wegen der unlinierten Seiten irren sollte, wurde das Originaltagebuch eindeutig entwendet, als es sich in Ihrer Obhut befand, und das heißt, Sie haben jemanden im Revier, der für die Gegenseite arbeitet. Ich schlage vor, daß Sie mal einen gründlichen Hausputz veranstalten.«

»Wir sind gerade dabei.« Ed Sloane verzichtete darauf, Baldwin mitzuteilen, daß er dem Missetäter eine Falle gestellt hatte. Er hatte im Beisein seiner Kollegen geheimnisvolle Andeutungen über neues Beweismaterial im Fall Waring gemacht, das er angeblich in seinem Schrank verwahrte.

Für Baldwin war das Gespräch beendet. »Halten Sie mich auf dem laufenden. Und versuchen Sie, sonstiges Beweismaterial, das für den Fall relevant sein könnte, besser zu sichern. Halten Sie das für machbar?«

»Das tue ich. Und wenn ich mich recht erinnere, Sir, waren *wir* es, die nach dem Einbruch Savaranos Fingerabdruck an der Tür zu Miss Farrells Wohnung gefunden und identifiziert haben«, gab Sloane zurück. »Ich glaube, *Ihre* Ermittler waren davon überzeugt, daß er nicht mehr lebt.«

Als der Staatsanwalt wortlos auflegte, war Detective Ed Sloane sicher, daß er Baldwin tiefer getroffen hatte, als dieser zugab. Eins zu null für uns, dachte er.

Aber das half ihm auch nicht weiter.

An diesem Nachmittag mußten Gary Baldwins Mitarbeiter seine Enttäuschung über die verpatzte Ermittlung ausbaden. Doch als er hörte, daß Lacey Farrell neue Informationen für ihn hatte, besserte sich seine Laune schlagartig. »Ich warte so lange wie nötig, aber sorgen Sie dafür, daß Ihr Anruf heute abend auf jeden Fall zu mir durchgestellt wird«, instruierte er George Svenson in Minneapolis.

Nach dem Gespräch fuhr Svenson zu dem Haus, in dem Lacey wohnte, und wartete im Auto auf sie. Als sie von der Arbeit heimkam, durfte sie nicht einmal hineingehen. »Der Mann sitzt wie auf Kohlen, weil er auf Ihren Anruf wartet«, sagte Svenson, »also erledigen wir das sofort.«

Sie fuhren in seinem Wagen davon. Svenson war kein Mann vieler Worte, und offensichtlich fühlte er sich nicht zu müßigem Geplauder verpflichtet. Während ihrer Schulung in Washington hatte man Lacey darauf hingewiesen, daß US-Marshals alles andere als begeistert davon waren, für das Zeugenschutzprogramm zu arbeiten und sich um all die entwurzelten Menschen zu kümmern. Sie hatten das Gefühl, mit dieser Aufgabe zu einer Art Babysitter degradiert worden zu sein.

Lacey war es derart unangenehm, von einem Fremden abhängig zu sein, daß sie sich vom ersten Tag in Minneapolis an entschlossen hatte, ihm möglichst wenig zur Last zu fallen. In den vier Monaten, die sie inzwischen hier lebte, hatte sie ihm nur eine einzige Bitte vorgetragen, die etwas aus dem Rahmen fiel: Sie wollte ihre Möbel lieber gebraucht kaufen, statt sich bei Einrichtungshäusern einzudecken.

Jetzt hatte Lacey das Gefühl, daß sie sich Svensons widerwilligen Respekt verdient hatte. Während sie durch den abendlichen Berufsverkehr zum abhörsicheren Telephon fuhren, erkundigte er sich nach ihrem Job.

»Er gefällt mir«, sagte Lacey. »Wenn ich arbeite, fühle ich mich wieder wie ein ganzer Mensch.«

Sie faßte sein Gebrummel als Zustimmung auf.

Svenson war der einzige Mensch in der ganzen Stadt, dem sie hätte anvertrauen können, daß sie fast in Tränen ausgebrochen war, als Millicent Royce ihr ein Photo ihrer fünfjährigen Enkelin im Ballettröckchen zeigte. Es hatte sie so sehr an Bonnie erinnert, daß sie von Heimweh überwältigt wurde. Aber natürlich erzählte sie es ihm nicht.

Schon beim Anblick von einem Kind in Bonnies Alter bekam Lacey Sehnsucht nach ihrer Nichte. Und seit sie das Bild gesehen hatte, ging ihr unaufhörlich das alte Lied durch den Kopf: *My bonnie lies over the ocean, my bonnie lies over the sea… bring back, bring back, oh bring back my bonnie to me…*

Aber Bonnie ist nicht jenseits des Ozeans, sagte sich Lacey. Sie wohnt drei Flugstunden von hier, und ich werde dem Bundesstaatsanwalt Informationen geben, die vielleicht dazu beitragen, daß ich so schnell wie möglich wieder nach Hause komme.

Sie fuhren an einem der vielen Seen im Stadtgebiet vorbei. Der letzte Schnee war fast eine Woche alt, aber er sah noch makellos weiß aus. Allmählich zeigten sich Sterne am klaren Abendhimmel. Es ist wirklich schön hier, dachte Lacey. Unter anderen Umständen könnte ich gut verstehen, warum jemand hier leben möchte, aber ich will nach Hause. Ich *muß* einfach nach Hause.

Für das heutige Telephonat war eine abhörsichere Leitung in einem Hotelzimmer installiert worden. Bevor Svenson die Verbindung herstellte, erklärte er Lacey, er werde unten in der Halle warten, während sie mit Baldwin sprach.

Lacey entging nicht, daß am anderen Ende beim ersten Klingeln abgehoben wurde; sie hörte sogar, wie Gary Baldwin seinen Namen nannte.

Svenson gab ihr den Hörer. »Viel Glück«, murmelte er und ging hinaus.

»Mr. Baldwin«, begann sie, »vielen Dank, daß Sie so schnell reagiert haben. Ich habe Informationen für Sie, die sich als sehr wichtig erweisen könnten.«

»Das hoffe ich, Miss Farrell. Worum handelt es sich?«

Lacey merkte, wie auf einmal Ärger von ihr Besitz ergriff. Ihm fiele doch wirklich kein Zacken aus der Krone, wenn er fragen würde, wie es mir geht, dachte sie. Ein wenig Höflichkeit könnte nicht schaden. Ich bin schließlich nicht aus freien

Stücken hier. Ich bin hier, weil *ihr* einen Mörder nicht geschnappt habt. Es ist nicht *meine* Schuld, daß ich Zeugin in einem Mordfall bin.

»Es handelt sich um folgendes«, sagte sie überdeutlich und betont langsam, als könnte er sie sonst nicht verstehen. »Sie erinnern sich doch an Rick Parker – einer der Parkers von Parker und Parker, der Firma, für die ich gearbeitet habe? Ich habe erfahren, daß er sich wenige Stunden vor Heather Landis Tod im selben Skihotel aufhielt wie Heather und daß sie bei seinem Anblick erschrak oder zumindest sehr aufgewühlt war.«

Eine lange Pause entstand; dann fragte Baldwin: »Wie sind Sie ausgerechnet in Minnesota an diese Information gekommen, Miss Farrell?«

Schlagartig wurde Lacey klar, daß sie vor ihrem Anruf beim Staatsanwalt nicht richtig durchdacht hatte, was sie ihm sagen wollte. Sie hatte niemandem erzählt, daß sie sich eine Kopie von Heather Landis Tagebuch gemacht hatte, bevor sie es Detective Sloane übergab. Man hatte ihr bereits strafrechtliche Konsequenzen angedroht, weil sie die Originalseiten aus Isabelles Wohnung mitgenommen hatte. Auf keinen Fall würde man ihr glauben, daß sie es nur deshalb heimlich kopiert hatte, weil sie ihr Versprechen Isabelle gegenüber halten und das Tagebuch lesen wollte.

»Ich habe Sie gefragt, wie Sie zu dieser Information gekommen sind, Miss Farrell?« Baldwins Stimme erinnerte sie an einen besonders unangenehmen Direktor aus ihrer Schulzeit.

Lacey nahm sich bei ihrer Antwort in acht, als tastete sie sich durch ein Minenfeld. »Ich habe hier in der Stadt ein paar Freunde gefunden, Mr. Baldwin. Einer von ihnen hat mich zum Ensemblefest von *The King and I* eingeladen. Da kam ich mit Kate Knowles ins Gespräch, einer Schauspielerin aus der Truppe, und –«

»Und sie erwähnte rein zufällig, daß sich Rick Parker wenige Stunden vor Heather Landis Tod in einem Skihotel in Vermont aufhielt. Wollen Sie mir das weismachen, Miss Farrell?«

»Mr. Baldwin« – Lacey merkte, daß sie lauter wurde – »würden Sie mir bitte sagen, was Sie damit andeuten wollen? Ich habe keine Ahnung, wieviel Sie über meine Herkunft wissen, aber mein Vater war Broadway-Musiker. Ich habe mit großem Vergnügen viele, viele Musicals besucht. Ich kenne das Musiktheater und die Theaterleute. Bei der Unterhaltung mit Kate Knowles stellte sich heraus, daß sie in einer Off-Broadway-Produktion von *The Boy Friend* mitgewirkt hat, die vor zwei Jahren auf einer kleinen Bühne in New York lief. Darüber unterhielten wir uns. Ich habe das Stück gesehen, mit Heather Landi in der Hauptrolle.«

»Sie haben uns nie erzählt, daß Sie Heather Landi kannten«, fiel ihr Baldwin ins Wort.

»Da gab es nichts zu erzählen«, protestierte Lacey. »Detective Sloane fragte mich, ob ich Heather Landi kannte. Die Antwort, die ich ihm gab, zufällig die Wahrheit, lautet nein, ich kannte sie nicht. Ich habe sie wie Hunderte, vielleicht Tausende andere Theaterbesucher in einem Musical gesehen. Wenn ich mir heute abend einen Film mit Robert De Niro anschaue, soll ich Ihnen dann sagen, daß ich ihn *kenne*?«

»In Ordnung, Miss Farrell, das hat etwas für sich«, sagte er ohne einen Funken Humor in der Stimme. »Also kamen Sie auf *The Boy Friend* zu sprechen. Und dann?«

Lacey umklammerte den Telephonhörer mit der rechten Hand, ballte die linke zur Faust, daß sich die Fingernägel in die Handfläche bohrten, und zwang sich, Ruhe zu bewahren. »Da Kate zum Ensemble gehörte, ging ich davon aus, daß sie Heather Landi kannte. Also horchte ich sie ein bißchen über Heather aus. Sie erzählte mir, daß Isabelle Waring alle Mitglieder des Ensembles gefragt hatte, ob Heather in den Tagen vor ihrem Tod beunruhigt gewesen sei, und wenn ja, ob sie eine Ahnung hätten, was der Anlaß dafür gewesen sein könnte.«

Baldwin klang nun etwas freundlicher. »Das war geschickt von Ihnen, Miss Farrell. Was hat sie gesagt?«

»Sie wiederholte, was auch Isabelle schon von Heathers Freunden gehört hatte. Ja, Heather war beunruhigt. Nein, sie hat mit niemandem über ihre Probleme gesprochen. Aber dann – und das ist der Grund für meinen Anruf – sagte mir Kate, sie habe sich bei Heathers Mutter melden wollen, weil ihr noch etwas eingefallen sei. Kate war in letzter Zeit immer auf Tournee und wußte nicht, daß Isabelle tot ist.«

Wieder sprach Lacey langsam und überlegte sich jedes Wort. »Kate Knowles hat einen Freund, der in New York lebt. Er heißt Bill Merrill und arbeitet als Investmentbanker bei Chase. Offenbar ist er mit Rick Parker befreundet oder kennt ihn zumindest. Bill hat Kate erzählt, daß er sich in der Après-Ski-Bar des großen Hotels in Stowe mit Heather unterhalten hat, und zwar am Nachmittag, bevor sie starb. Als Rick hereinkam, brach Heather das Gespräch ab und verließ sofort darauf die Bar.«

»Ist er sicher, daß es der Nachmittag vor ihrem Tod war?«

»Kate zufolge, ja. So wie sie es verstanden hat, war Heather bei Ricks Anblick sehr erschrocken. Ich fragte, ob sie eine Ahnung habe, warum Heather so heftig reagiert hätte, und Kate erwiderte, Rick hätte Heather anscheinend übel mitgespielt, als sie vor vier Jahren nach New York zog.«

»Miss Farrell, ich möchte Ihnen eine Frage stellen. Sie haben etwa acht Jahre für Parker und Parker gearbeitet, und zwar für Rick Parker. Ist das richtig?«

»Ja, genau. Aber Rick war bis vor drei Jahren in unserem Büro in der West Side.«

»Verstehe. Und während dieser ganzen Geschichte mit Isabelle Waring hat er Ihnen gegenüber nie erwähnt, daß er Heather Landi möglicherweise gekannt hat?«

»Nein, das hat er nicht. Darf ich Sie daran erinnern, Mr. Baldwin, daß ich meine derzeitige Lage dem Umstand zu verdanken habe, daß Rick Parker mir den Namen von Curtis Caldwell genannt hat, der angeblich Jurist bei einer angesehenen Anwaltskanzlei war? Rick ist der einzige im Büro, der mit dem Mann gesprochen hat – oder *angeblich* mit ihm gesprochen hat –, der sich als Isabelle Warings Mörder erwies. Wochenlang habe ich die Wohnung verschiedenen Interessenten gezeigt und Rick davon erzählt, daß Isabelle Warings Gedanken fortwährend um den Tod ihrer Tochter kreisten. Hätte Rick unter diesen Umständen nicht erwähnen müssen, daß er Heather kannte? Ich denke schon«, erklärte sie mit Nachdruck.

Ich habe das Tagebuch am Tag nach Isabelles Tod der Polizei übergeben, dachte Lacey. Damals habe ich behauptet, ich hätte Jimmy Landi wie versprochen eine Kopie gegeben. Habe ich auch erwähnt, daß Isabelle mich gebeten hatte, es zu lesen? Oder habe ich gesagt, ich hätte einen Blick darauf geworfen? Sie rieb sich die Stirn und überlegte angestrengt.

Hoffentlich fragt mich niemand, mit wem ich das Musical besucht habe. Der Name Tom Lynch steht im Tagebuch und kommt ihnen gewiß bekannt vor. Und dann liegt der Schluß nahe, daß es sich hier nicht um einen Zufall handelt.

»Lassen Sie mich noch einmal die Fakten wiederholen«, sagte Baldwin. »Sie sagen, der Mann, der Rick Parker in Stowe sah, ist ein Investmentbanker namens Bill Merrill, der bei Chase arbeitet?«

»Ja.«

»Und Miss Knowles hat Ihnen all dies bei Ihrer zufälligen Begegnung von sich aus verraten?«

Lacey riß der Geduldsfaden. »Mr. Baldwin, um an diese Informationen heranzukommen, habe ich mich unter einem Vorwand mit einer sehr netten, begabten Schauspielerin zum Mittagessen verabredet, mit der ich wirklich gern befreundet wäre. Ich habe sie angelogen, so wie ich jeden anderen, der mir hier in Minneapolis begegnet ist, angelogen habe, mit Ausnahme von George Svenson natürlich. Es liegt in meinem Interesse, alles herauszufinden, was mir helfen könnte, wieder ein normaler, ehrlicher Mensch zu werden. An Ihrer Stelle würde ich lieber Nachforschungen über Rick Parkers Verbindung zu Heather Landi anstellen, anstatt so zu tun, als würde ich Sachen erfinden.«

»Das wollte ich keineswegs andeuten, Miss Farrell. Wir werden diesem Hinweis sofort nachgehen. Aber Sie müssen doch zugeben, daß nicht gerade viele Zeugen aus dem Schutzprogramm zufällig der Freundin einer Verstorbenen begegnen, deren Mutter ermordet wurde, was wiederum der Grund für ihre Aufnahme in das Programm war.«

»Und nicht besonders viele Mütter werden ermordet, weil sie nicht glauben, daß der Tod ihrer Tochter ein Unfall war.«

»Wir befassen uns mit der Sache, Miss Farrell. Bestimmt wurden Sie schon darauf hingewiesen, aber es ist von größter Wichtigkeit: Ich bestehe darauf, daß Sie auf der Hut sind und sich nicht verraten. Sie sagen, Sie haben neue Freunde gefunden. Das ist schön, aber überlegen Sie sich genau, was Sie ihnen erzählen. Seien Sie immer und unter allen Umständen vorsichtig. Wenn auch nur ein Mensch erfährt, wo Sie sich aufhalten, müssen wir Sie anderswo unterbringen.«

»Machen Sie sich keine Sorgen um mich, Mr. Baldwin«, antwortete Lacey. Bei dem Gedanken, daß sie ihrer Mutter von ihrem neuen Wohnort in Minneapolis erzählt hatte, wurde ihr mulmig.

Als sie auflegte und das Zimmer verließ, hatte sie das Gefühl, als laste das Gewicht der Welt auf ihren Schultern. Baldwin hatte sie nicht ernst genommen. Offenbar glaubte er nicht, daß die Verbindung zwischen Rick Parker und Heather Landi von Bedeutung war.

Allerdings konnte Lacey nicht ahnen, was Bundesstaatsanwalt Gary Baldwin im gleichen Augenblick zu seinen Assistenten sagte, die das Gespräch mitgehört hatten. »Der erste wirkliche Durchbruch! Parker steckt bis zum Hals in der Sache drin.« Nach einer Weile fügte er hinzu: »Und Lacey Farrell weiß mehr, als sie zugibt.«

34

Was Alice betrifft, habe ich mich wohl getäuscht, dachte Tom Lynch, als er nach dem Training im Twin Cities Gym unter der Dusche stand. Vielleicht war sie doch eingeschnappt, weil ich mich auf der Party nicht ständig um sie gekümmert habe. Nun hatte sie sich schon seit zwei Tagen nicht mehr im Fitneßstudio blicken lassen. Und zurückgerufen hatte sie ihn auch nicht.

Aber Kate hatte sich gemeldet und ihm von dem Mittagessen mit Alice erzählt. Die Verabredung war von Alice ausgegangen, also mag sie wenigstens *jemanden* aus der Familie, tröstete er sich.

Aber warum läßt sie nichts von sich hören, und sei es nur, um zu sagen, daß sie nicht kann oder meine Nachricht nicht rechtzeitig bekommen hat, um gestern abend mit mir auszugehen?

Er stieg aus der Dusche und trocknete sich ab. Andererseits hatte Kate auch erwähnt, daß Alice gerade einen neuen Job anfing. Vielleicht hatte sie ihn ja deshalb nicht angerufen.

Oder war vielleicht ein anderer Mann im Spiel?

Oder war sie vielleicht krank?

Da Tom wußte, daß Ruth Wilcox' wachsamen Blicken nichts entging, schaute er beim Hinausgehen in ihr Büro. »Alice Carroll ist heute wieder nicht aufgetaucht«, sagte er betont beiläufig. »Oder kommt sie jetzt zu einer anderen Tageszeit?«

Er sah, wie Ruths Augen interessiert aufblitzten. »Ich wollte sie zufällig gerade anrufen und fragen, ob alles in Ordnung ist«, sagte sie. »Seit zwei Wochen ist Alice jeden Tag so brav gekommen, daß ich fürchte, da stimmt was nicht.«

Ruth lächelte verschmitzt. »Ich könnte sie ja jetzt sofort anrufen. Wenn sie sich meldet, soll ich ihr dann sagen, daß Sie nach ihr gefragt haben und mit ihr sprechen wollen?«

Du meine Güte! dachte Tom reumütig. Jetzt erfährt es das ganze Fitneßcenter, daß sich zwischen Alice und mir etwas anbahnt. Aber du hast selbst damit angefangen, überlegte er dann. »Sie sind eine richtige Kupplerin, Ruth«, sagte er. »Klar, wenn sie abnimmt, geben Sie sie mir.«

Nach viermaligem Läuten sagte Ruth: »Wie schade. Sie ist nicht zu Hause, aber der Anrufbeantworter ist an. Ich hinterlasse eine Nachricht.«

Ruth sprach aufs Band, daß sie und ein gewisser sehr attraktiver Gentleman sich fragten, wo Alice bloß steckte.

Na, wenigstens muß sie jetzt Farbe bekennen, dachte Tom. Wenn sie kein Interesse hat, mit mir auszugehen, will ich es lieber gleich wissen. Ob sie wohl irgendwelche Probleme hat?

Draußen vor der Tür stand er ein paar Minuten auf der Straße herum und überlegte, was er jetzt tun sollte. Wäre er Alice im Fitneßcenter begegnet, hätte er sie zum Essen und ins Kino eingeladen. Der Film, der auf den Festspielen von Cannes die goldene Palme gewonnen hatte, lief im Uptown Theatre. Allein konnte er ihn auch sehen, aber dazu hatte er keine Lust.

Während er unschlüssig auf dem Bürgersteig wartete, wurde ihm langsam kalt. Schließlich zuckte er die Achseln. »Warum nicht?«, sagte er laut. Er würde zu Alice fahren. Wenn er Glück hatte, war sie zu Hause, und dann würde er sie fragen, ob sie Lust hätte, mit ihm ins Kino zu gehen.

Vom Autotelephon aus versuchte er es noch mal, erreichte aber nur den Anrufbeantworter. Sie war noch nicht zu Hause. Er parkte vor dem Haus, und ihm fiel ein, daß Alice im dritten Stock wohnte und ihre Wohnung direkt über dem Haupteingang lag.

Die Fenster waren dunkel. Ich warte noch eine Weile, beschloß Tom, und wenn sie nicht kommt, besorge ich mir was zu essen und vergesse den Film.

Vierzig Minuten verstrichen. Er wollte schon fahren, als ein Auto in die halbkreisförmige Auffahrt einbog und hielt. Die Beifahrertür wurde geöffnet, Alice stieg aus und rannte ins Haus.

Im Schein der Lampe über der Tür erkannte Tom, daß es sich um einen dunkelgrünen Plymouth handelte, fünf oder sechs Jahre alt, der Inbegriff eines unauffälligen Wagens. Auch auf den Fahrer konnte er einen Blick werfen und stellte erleichtert fest, daß es ein älterer Mann war. Zwischen ihm und Alice lief bestimmt nichts.

Im Foyer gab es eine Sprechanlage. Tom drückte auf den Knopf für Apartment 4F.

Alice meldete sich. Offenbar dachte sie, es sei der Mann, der sie eben abgesetzt hatte. »Mr. Svenson?«

»Nein, Alice, hier ist Mr. Lynch«, sagte Tom in einem Tonfall scherzhafter Förmlichkeit. »Darf ich raufkommen?«

Als Lacey die Tür aufmachte, sah Tom sofort, daß sie erschöpft, ja fast wie betäubt war. Sie war leichenblaß und hatte unnatürlich geweitete Pupillen. Er wollte keine Zeit mit einleitenden Bemerkungen vertun. »Offensichtlich geht es Ihnen nicht besonders«, sagte er voller Unruhe. »Was ist los, Alice?«

Der Anblick des großen, schlanken Mannes in der Tür, die Sorge in seinen Augen, seine Miene, die Erkenntnis, daß er zu ihr gekommen war, obwohl sie auf seinen Anruf nicht reagiert hatte, war beinahe zuviel für Lacey.

Doch als er sie Alice nannte, gewann sie ihre Fassung halbwegs wieder. Auf der zwanzigminütigen Fahrt vom abhörsicheren Telephon zurück zu ihrer Wohnung hatte sie ihre Wut an George Svenson ausgelassen. »Was ist bloß *los* mit diesem Baldwin? Ich gebe ihm Informationen, die ihm bei diesem Fall ganz bestimmt weiterhelfen, und er behandelt mich wie eine Kriminelle! Er hat mich einfach nicht für voll genommen. Es fehlt nicht viel, und ich fahre heim und spaziere über die Fifth Avenue mit einem Schild, auf dem steht: ›Rick Parker ist ein verwöhnter Tunichtgut, der Heather Landi übel mitgespielt hat, als sie mit zwanzig Jahren frisch nach New York kam, denn vier Jahre später hatte sie immer noch eine Heidenangst vor ihm. Wer dazu sachdienliche Hinweise beisteuern kann, soll sich melden.‹«

Svenson hatte darauf geantwortet: »Nehmen Sie's nicht so schwer, Alice. Immer mit der Ruhe.« Er besaß eine Stimme, die eine Löwin hätte besänftigen können, ganz zu schweigen von Lacey. Das lag natürlich an seinem Beruf.

Auf der Heimfahrt kam Lacey ein neuer schrecklicher Gedanke. Angenommen, Baldwin schickte einen von seinen Mitarbeitern zu ihrer Mutter oder zu Kit, um sicherzugehen, daß sie ihnen nicht erzählt hatte, wo sie wohnte. Die würden Mom sofort durchschauen, dachte Lacey. Sie würde ihnen keinen Bären aufbinden können. Anders als ich hat sie nicht gelernt, wie man lügt. Wenn Baldwin glaubt, daß Mom Bescheid weiß, wird er mich anderswo unterbringen, das steht fest. Ich schaffe das nicht, noch mal ganz von vorn anzufangen.

Immerhin hatte sie hier in Minneapolis einen einigermaßen akzeptablen Job und zumindest Ansätze eines befriedigenden Privatlebens.

»Alice, warum bitten Sie mich nicht herein? Es bleibt Ihnen sowieso nichts anderes übrig, denn ich habe nicht vor, gleich wieder zu gehen.«

Außerdem hatte sie in dieser Stadt Tom Lynch kennengelernt.

Lacey versuchte zu lächeln. »Bitte, kommen Sie rein. Schön, Sie zu sehen, Tom. Ich wollte mir gerade ein Glas Wein einschenken, ich hab's nötig. Möchten Sie auch eins?«

»Gerne.« Tom zog seinen Mantel aus und warf ihn auf einen Stuhl. »Wie wär's, wenn ich serviere?«, fragte er. »Ist der Wein im Kühlschrank?«

»Nein, er liegt im Weinkeller, und der befindet sich direkt hinter meiner hochmodernen Küche.«

Die Küche in der winzigen Wohnung bestand aus einem kleinen Herd, einer Spüle und einem Kühlschrank im Miniformat.

Tom zog die Brauen hoch. »Soll ich ein Kaminfeuer im Salon entzünden?«

»Das wäre schön. Ich warte auf der Veranda.« Lacey öffnete den Schrank und schüttete Cashewnüsse in ein Schälchen. Vor zwei Minuten habe ich mich gefühlt, als würde ich gleich zusammenbrechen, dachte sie. Und jetzt bin ich schon wieder zum Scherzen aufgelegt. Offensichtlich tat ihr Toms Anwesenheit gut.

Sie setzte sich in eine Ecke der Couch, er ließ sich auf dem Polstersessel nieder und streckte seine langen Beine aus. Dann hob er sein Glas und sah sie an: »Schön, bei Ihnen zu sein, Alice.« Seine Miene wurde ernst. »Ich möchte Ihnen eine Frage stellen, und sagen Sie bitte die Wahrheit. Gibt es einen anderen Mann in Ihrem Leben?«

Ja, dachte Lacey, aber nicht so, wie Sie denken. Der Mann in meinem Leben ist ein Killer, der hinter mir her ist.

»*Gibt* es jemanden, Alice?«, fragte Tom.

Lacey sah Tom lange an. Ich könnte dich lieben, dachte sie. Vielleicht habe ich schon damit angefangen. Sie erinnerte sich an die Kugeln, die an ihrem Kopf vorbeipfiffen, an das Blut, das aus Bonnies Schulter spritzte.

Nein, das kann ich nicht riskieren. Ich bin eine Paria, dachte sie. Wenn Caldwell, oder wie immer er heißt, rauskriegt, wo ich bin, dann nimmt er die Verfolgung auf. Ich darf Tom dieser Gefahr nicht aussetzen.

»Ja, ich fürchte, es *gibt* jemanden in meinem Leben«, sagte sie mit äußerster Selbstbeherrschung.

Zehn Minuten später ging er.

35

Rick Parker hatte inzwischen über ein Dutzend Interessenten durch die Wohnung von Isabelle Waring geführt. Ein paar Mal hatte er schon geglaubt, den Vertrag in der Tasche zu haben, doch jedes Mal machte der potentielle Käufer einen Rückzieher. Nun meinte er wieder kurz vor dem Abschluß zu stehen. Shirley Forbes, eine geschiedene Frau um die Fünfzig, hatte die Wohnung schon dreimal besichtigt, und um halb elf war er erneut mit ihr dort verabredet.

Als er an diesem Morgen ins Büro kam, klingelte das Telephon. Es war Detective Ed Sloane. »Rick, wir haben uns nun schon seit ein paar Wochen nicht mehr unterhalten«, sagte Sloane. »Ich denke, Sie sollten heute bei mir vorbeischauen. Vielleicht ist Ihr Erinnerungsvermögen ja wenigstens teilweise zurückgekehrt.«

»Es gibt nichts, woran ich mich erinnern müßte«, sagte Rick spitz.

»Ich denke doch. Wir sehen uns um zwölf.«

Rick zuckte zusammen, als Sloane abrupt auflegte. Er ließ sich auf seinen Stuhl fallen und wischte sich kalte Schweißperlen von der Stirn. Er hatte schier unerträgliche pochende Kopfschmerzen.

Ich trinke zuviel, sagte sich Rick. Ich muß etwas kürzer treten.

Letzte Nacht hatte er eine Tour durch seine Lieblingsbars gemacht. War irgend etwas passiert? Er erinnerte sich dunkel, daß er bei Landi's einen Schlummertrunk genommen hatte, obwohl das Lokal nicht zu seinen Stammkneipen gehörte. Er hatte Heathers Porträts auf den Wandgemälden sehen wollen.

Ich hatte vergessen, daß sie übermalt worden sind, dachte er. Habe ich eine Dummheit gemacht, als ich dort war? Habe ich Jimmy auf die Bilder angesprochen? *Habe ich Heather erwähnt?*

Heute morgen, unmittelbar vor dem Gespräch mit Sloane, kam ihm ein Besuch in Heathers Wohnung besonders ungelegen, aber er konnte den Termin auf keinen Fall verschieben. Shirley Forbes hatte ihn eigens darauf hingewiesen, daß sie davor noch zum Arzt mußte. Außerdem würde sein Vater endgültig die Geduld verlieren, wenn er erfuhr, daß er eine potentielle Käuferin versetzt hatte.

»Rick.«

Er blickte auf und sah R.J. Parker senior vor sich, der ihn mit finsterer Miene ansah. »Ich war gestern abend zum Essen bei Landi's«, sagte sein Vater. »Jimmy will die Wohnung endlich verkauft haben. Ich habe ihm erzählt, daß du heute morgen mit einer ernsthaften Interessentin verabredet bist. Er meint, er sei gerne bereit, von seiner ursprünglichen Preisvorstellung um hunderttausend runterzugehen, nur damit er die Wohnung endlich los wird.«

»Ich treffe mich gleich mit Mrs. Forbes, Dad«, sagte Rick.

Mein Gott! dachte er. *R. J. war gestern abend bei Landi's. Ich hätte ihm dort in die Arme laufen können!* Die bloße Vorstellung einer derart katastrophalen Begegnung verstärkte das Pochen in seinem Kopf.

»Rick«, fuhr sein Vater fort. »Ich glaube, eines brauche ich nicht extra zu betonen: Je eher wir die Wohnung abstoßen, um so geringer ist die Chance, daß Jimmy herausfindet –«

»Ich weiß, Dad, ich weiß.« Rick schob seinen Stuhl zurück. »Ich muß los.«

»Es tut mir leid. Die Wohnung ist genau das, was ich suche, aber ich weiß, daß ich mich allein hier niemals wohl fühlen könnte. Ich müßte immer daran denken, wie diese arme Frau gestorben ist, wie eine Maus in der Falle und völlig wehrlos.«

Shirley Forbes verkündete ihren Entschluß, als sie mit Rick im Schlafzimmer stand, wo Isabelle Waring ermordet worden war. Die Möbel befanden sich noch an Ort und Stelle. Mrs. Forbes sah sich um. »Ich habe die Zeitungsberichte über den Mord im Internet nachgelesen«, sagte sie mit leiser Stimme, als vertraue sie ihm ein Geheimnis an. »Soviel ich weiß, lehnte Mrs. Waring an *diesem* Kopfbrett.«

Mrs. Forbes hatte die Augen hinter ihrer überdimensionalen Brille weit aufgerissen und zeigte auf das Bett. »Ich habe alles gelesen. Sie hatte sich hier in ihrem Schlafzimmer hingelegt, und dann ist jemand hereingekommen und hat sie erschossen. Die Polizei vermutet, daß sie zu fliehen versuchte, aber der Mörder stand zwischen ihr und der Tür, und daher wich sie aufs Bett zurück und hob die Hand, um sich zu schützen. Aus dem Grund war ihre Hand so blutig. Und dann tauchte die Immobilienmaklerin auf und hörte sie noch um ihr Leben betteln. Stellen Sie sich vor, die Maklerin hätte auch getötet werden können! Dann hätte es zwei Mordfälle in dieser Wohnung gegeben.«

Rick kehrte ihr abrupt den Rücken. »Okay. Sie haben Ihre Entscheidung getroffen. Gehen wir.«

Die Frau folgte ihm durchs Wohnzimmer und die Treppe hinunter. »Ich fürchte, ich habe Sie verstimmt, Mr. Parker. Das tut mir leid. Haben Sie etwa Heather Landi oder Mrs. Waring gekannt?« Rick hätte ihr am liebsten diese alberne Brille von der Nase gerissen und wäre darauf herumgetrampelt. Er wollte diese dumme Frau, diese Voyeurin, die Treppe hinunterstoßen. Denn nichts anderes war sie – eine sensationslüsterne Schreckschraube, die seine Zeit vergeudete und ihm den letzten Nerv raubte. Wahrscheinlich hatte sie sich die Wohnung überhaupt nur wegen des Mordfalls angesehen. Sie wollte gar nicht kaufen.

Er hätte ihr noch andere Angebote machen können, aber zum Teufel damit, beschloß er. Sie ersparte ihm die Mühe, sie hinauszukomplimentieren. »Nun muß ich mich aber beeilen«, sagte sie. »Ich rufe Sie in den nächsten Tagen an und erkundige mich, ob etwas Neues auf dem Markt ist.«

Fort war sie. Rick ging ins Badezimmer und holte eine Flasche aus dem Versteck im Wäscheschrank. Er nahm sie mit in die Küche, schenkte sich ein Glas Wodka ein und trank. Dann setzte er sich auf einen Barhocker an der Theke, die die Küche vom Eßzimmer trennte.

Da fiel ihm eine kleine Lampe am anderen Ende der Theke ins Auge. Der Lampenfuß bestand aus einer Teekanne, und die war ihm nur allzugut in Erinnerung.

»Das ist Aladins Wunderlampe«, hatte Heather gesagt, als sie die Kanne in einem Secondhandshop an der 18. Straße West entdeckte. »Man muß sie reiben, das bringt Glück.« Sie hielt die Lampe in die Höhe und beschwor sie mit düsterer Stimme: »Mächtiger Dschinn, gewähre mir einen Wunsch. Mach, daß ich die Rolle bekomme, für die ich vorgesprochen habe. Laß meinen Namen in hellem Glanz erstrahlen.« Dann fügte sie besorgt hinzu: »Und mach, daß Papa nicht zu wütend auf mich wird, wenn ich ihm erzähle, daß ich ohne seine Erlaubnis eine Eigentumswohnung gekauft habe.«

Stirnrunzelnd sah sie Rick an. »Es ist mein Geld. Zumindest hat er mir gesagt, ich könnte es ausgeben, wofür ich will. Aber ich weiß natürlich auch, daß er bei meiner Wohnungssuche in New York ein Wörtchen mitreden will. Es belastet ihn schon genug, daß ich das College abgebrochen habe und allein hierhergezogen bin.«

Dann hatte sie gelächelt – ein wunderbares Lächeln, dachte Rick – und die Lampe noch einmal gerieben. »Aber vielleicht macht es ihm nichts aus. Ich wette, es ist ein gutes Omen, daß ich diese Wunderlampe gefunden habe.«

Rick betrachtete die Lampe, die jetzt auf der Theke stand. Als er danach griff und sie hochhob, riß er den Stecker heraus.

In der darauffolgenden Woche hatte ihn Heather gebeten, den Verkauf rückgängig zu machen und ihr die Anzahlung zurückzugeben. »Ich habe meiner Mutter am Telephon gesagt, daß ich eine Wohnung angeschaut habe, die mir gefällt. Sie hat sich fürchterlich aufgeregt und erzählt, daß mein Vater als Überraschung schon eine Wohnung für mich gekauft hat – in der 70. Straße Ost, Ecke Fifth Avenue. Ich kann ihm unmöglich sagen, daß ich ohne seine Erlaubnis schon eine andere gekauft habe. Du kennst ihn nicht, Rick«, hatte sie ihn beschworen. »Rick, bitte, deiner Familie *gehört* doch die Firma. Du kannst mir helfen.«

Rick schleuderte die Lampe mit aller Kraft gegen die Wand über der Spüle.

Der Geist aus der Lampe hatte Heather die Rolle in dem Musical verschafft. Aber danach hatte er ihr nicht mehr viel geholfen.

Die verdeckte Ermittlerin Betty Ponds, die Rick Parker unter dem Namen Shirley Forbes kannte, erstattete Detective

Sloane im 19. Revier Bericht. »Parker ist vollkommen mit den Nerven fertig«, erklärte sie. »Es dauert nicht mehr lange, und er bricht zusammen. Sie hätten seine Augen sehen sollen, als ich ihm schilderte, wie Isabelle Waring starb. Rick Parker dreht fast durch vor Angst.«

»Und er kriegt bald noch mehr Probleme«, sagte Sloane. »Das FBI unterhält sich gerade mit einem Mann, der Parker am Nachmittag vor Heather Landis Tod in Stowe gesehen hat.«

»Wann erwarten Sie ihn?« fragte Betty Ponds.

»Um zwölf.«

»Wir haben ja schon kurz vor zwölf. Ich verschwinde jetzt lieber. Ich will nicht, daß er mich hier sieht.« Mit einem Winken verabschiedete sie sich.

Es wurde Viertel nach zwölf, dann halb eins. Um eins rief Sloane bei Parker und Parker an. Dort hieß es, Rick habe um zehn Uhr dreißig einen Termin gehabt und sei noch nicht zurück.

Am nächsten Morgen stand fest, daß Rick Parker – ob freiwillig oder unfreiwillig – verschwunden war.

36

Lacey war sich darüber im klaren, daß sie nicht mehr ins Twin Cities Gym gehen konnte, weil sie dort immer wieder Tom Lynch begegnet wäre. Obwohl sie ihm gesagt hatte, es gäbe einen andern Mann in ihrem Leben, zweifelte sie nicht daran, daß sich doch wieder etwas zwischen ihnen anbahnen würde, wenn sie sich Tag für Tag im Fitneßcenter trafen. Und sie hätte es nicht ertragen, sich ständig neue Märchen und Lügen ausdenken zu müssen.

Sie mochte ihn wirklich, und sie hätte ihn gern besser kennengelernt. Sie malte sich aus, wie schön es wäre, ihm gegenüberzusitzen und ihm, bei einem Teller Pasta und einem

Glas Rotwein, von ihren Eltern und von Kit und Jay und den Kindern zu erzählen.

Dagegen konnte sie sich nicht vorstellen, Geschichten über eine Mutter zu erfinden, die angeblich in England lebte, über eine Schule, die sie nie besucht hatte, oder über ihren nicht vorhandenen Freund.

Kate Knowles hatte gesagt, daß Tom New York liebte und sich wahrscheinlich irgendwann dort niederlassen würde. Wie gut er die Stadt wohl kannte? Lacey hätte nur allzu gern eine Sightseeing-Tour à la Jack Farrell mit ihm gemacht: »East Side, West Side, durch die ganze Stadt.«

In den Nächten nach Toms Besuch hatte Lacey, wenn sie endlich Schlaf fand, verworrene Träume, die von ihm handelten. In diesen Träumen läutete es an ihrer Wohnungstür, dann öffnete sie, und er sagte, genau wie an jenem Abend an der Sprechanlage: »Nein, Alice, hier ist Mr. Lynch.«

Aber in der dritten Nacht änderte sich der Traum. Diesmal kam Tom den Hausflur entlang, die Fahrstuhltür ging auf, und Curtis Caldwell trat heraus, und die Pistole in seiner Hand richtete sich auf Toms Rücken.

In dieser Nacht erwachte Lacey schreiend, wollte Tom warnen, ihn in ihre Wohnung ziehen, die Tür verriegeln und sie beide in Sicherheit bringen.

Angesichts der quälenden Sorge, die sich nicht abschütteln ließ, war die Arbeit bei Millicent Royce lebensrettend. Auf Millicents Einladung hatte Lacey sie bereits zu mehreren Terminen begleitet, sei es um potentiellen Kunden Häuser zu zeigen oder um neue Angebote einzuholen.

»Die Arbeit wird interessanter für Sie, wenn Sie die Gegend besser kennenlernen«, sagte Mrs. Royce. »Wissen Sie eigentlich, daß sich im Immobiliengeschäft alles um die Lage dreht?«

Lage, Lage, Lage. In Manhattan konnte ein Blick auf den Central Park oder den Hudson River den Wert einer Wohnung drastisch steigern. Lacey hätte Millicent liebend gern ein paar Anekdoten über exzentrische Kunden erzählt, mit denen sie im Lauf der Jahre zu tun gehabt hatte.

Am schlimmsten waren die Abende, die sich leer und ereignislos dahinschleppten. Am Donnerstag raffte sie sich auf und ging ins Kino. Das Filmtheater war halb leer, viele Reihen waren unbesetzt. Doch kurz bevor der Film begann, kam ein Mann den Mittelgang herunter, sah sich um und steuerte auf den Platz direkt hinter ihr zu.

Im Halbdunkel erkannte sie nur, daß er mittelgroß und schlank war. Ihr Herz hämmerte wie wild.

Während des Vorspanns hörte Lacey den Sitz hinter ihr knarren, als der Mann es sich bequem machte, und der Geruch von Popcorn stieg ihr in die Nase. Dann tippte er ihr plötzlich auf die Schulter. Halb gelähmt vor Furcht, schaffte sie es kaum, sich umzudrehen und ihn anzusehen.

Er hielt ihr einen Handschuh entgegen. »Gehört der Ihnen, Ma'am?« fragte der Mann. »Er lag unter Ihrem Stuhl.«

Lacey ging, ehe der Film zu Ende war. Sie konnte sich nicht auf die Handlung konzentrieren.

Am Freitag morgen fragte Millicent, was sich Lacey fürs Wochenende vorgenommen hätte.

»Ich werde mich wohl nach einem neuen Fitneßstudio umsehen«, sagte Lacey. »Das Center, bei dem ich Mitglied bin, ist in Ordnung, aber es hat keinen Squash-Court, und darauf möchte ich nur ungern verzichten.«

Natürlich ist das nicht der eigentliche Grund, warum ich nicht mehr ins Twin Cities Gym gehe, dachte sie, aber die Antwort ist wenigstens nicht völlig unaufrichtig.

»Ich habe gehört, daß in Edina ein neues Fitneßcenter eröffnet hat. Angeblich gibt es dort einen großartigen Squash-Court«, sagte Millicent. »Ich erkundige mich mal.«

Ein paar Minuten später stand sie mit einem zufriedenen Lächeln wieder vor Laceys Schreibtisch. »Ich hatte recht. Und weil sie erst vor kurzem eröffnet haben, bekommt jeder, der jetzt beitritt, einen Rabatt.«

Als Millicent später zu einem Kundentermin ging, rief Lacey George Svenson an. Sie hatte zwei Bitten: Sie wollte noch einmal mit Staatsanwalt Gary Baldwin sprechen. »Ich habe ein Recht zu erfahren, was da vor sich geht«, erklärte sie.

Dann fügte sie hinzu: »Die Leute beim Twin Cities Gym werden allmählich zu neugierig. Ich fürchte, ich muß Sie bitten, mir die Aufnahmegebühr für ein anderes Fitneßstudio vorzustrecken.«

Bettlerin, dachte sie verzweifelt, als sie auf seine Antwort wartete. Ich muß nicht nur lügen, sondern auch betteln!

Aber Svenson erwiderte ohne Zögern: »Das kann ich bewilligen. Ein bißchen Abwechslung wird Ihnen guttun.«

37

Bei ihrem einsamen Frühstück las Lottie Hofmann jeden Morgen die New Yorker Zeitungen. Bis vor gut einem Jahr hatte ihr Max dabei Gesellschaft geleistet. Lottie konnte es immer noch nicht begreifen, daß der Mann, mit dem sie fünfundvierzig Jahre lang zusammengelebt hatte, an jenem Tag Anfang Dezember zu seinem gewohnten Morgenspaziergang aufgebrochen und nie zurückgekehrt war.

Eine Meldung auf Seite drei der *Daily News* fiel ihr auf: Richard J. Parker junior, dem die Polizei im Mordfall Isabelle Waring einige Fragen stellen wollte, war verschwunden. Was mochte ihm nur passiert sein? fragte sich Lottie besorgt.

Sie stand auf und ging an den Schreibtisch im Wohnzimmer. Aus der mittleren Schublade holte sie den Brief, den Isabelle Waring am Tag vor ihrer Ermordung an Max geschrieben hatte, und las ihn noch einmal durch.

Lieber Max,

ich habe heute versucht, Dich anzurufen, aber Deine Nummer ist bei der Auskunft nicht registriert, deshalb wende ich mich schriftlich an Dich. Gewiß hast Du gehört, daß Heather letzten Dezember durch einen Unfall ums Leben gekommen ist. Ihr Tod ist natürlich ein schrecklicher Verlust für mich, aber die Begleitumstände ihres Todes haben mich noch mehr beunruhigt.

Beim Aufräumen ihrer Wohnung bin ich auf ein Tagebuch gestoßen, in dem sie erwähnt, sie sei mit Dir zum Mittagessen verabredet. Das war fünf Tage vor dem Unfall. Danach schreibt sie nichts mehr über Dich und das Treffen. Aus den nächsten beiden Einträgen geht jedoch hervor, daß sie sehr verstört war, aber es fehlt jeder Hinweis darauf, was ihr Sorge bereitet hat.

Max, Du hast bis zu Heathers fünfzehntem Lebensjahr in Jimmys Restaurant gearbeitet. Du warst der beste Oberkellner, den er je hatte, und ich weiß, wie sehr er es bedauert hat, als Du gingst. Weißt Du noch, als Heather zwei war und Du Zaubertricks vorgeführt hast, damit sie stillsaß, während der Künstler sie für das Wandgemälde porträtierte? Heather hat Dich gemocht und Dir vertraut, und ich habe die Hoffnung, daß sie Dir bei Eurer Verabredung ihr Herz ausgeschüttet hat.

Auf jeden Fall möchte ich Dich bitten, mich anzurufen. Ich bin in Heathers Wohnung zu erreichen – die Nummer lautet: 555-8093.

Lottie legte den Brief wieder in die Schublade und kehrte an den Tisch zurück. Als sie ihre Kaffeetasse nahm, zitterte ihre rechte Hand so stark, daß sie die Tasse mit der linken stützen mußte. Seit jenem schrecklichen Morgen, als sie die Wohnungstür öffnete und ein Polizist draußen stand…, seit diesem schrecklichen Morgen spürte sie die Last ihrer vierundsiebzig Jahre erst richtig.

Sie dachte an den Tag, an dem sie den Brief bekommen hatte. Ich habe Isabelle Waring angerufen, erinnerte sie sich nervös. Sie war so entsetzt, als ich ihr erzählte, daß Max nur zwei Tage vor Heathers Tod bei einem Autounfall ums Leben gekommen war und der Täter Fahrerflucht begangen hatte. Damals hielt ich seinen Tod noch für einen Unfall.

Isabelle hatte gefragt, ob Lottie eine Ahnung hätte, worüber Max und Heather gesprochen haben könnten.

Max' Devise lautete, in seinem Gewerbe bekäme man zwar viel zu hören, man müsse aber lernen, den Mund zu halten. Lottie schüttelte den Kopf. Diese Regel hatte er anscheinend gebrochen, als er mit Heather sprach, dachte Lottie. Und jetzt weiß ich, daß er mit dem Leben dafür bezahlt hat.

Lottie hatte versucht, Isabelle zu helfen. Ich habe ihr gesagt, was ich wußte, dachte sie. Ich habe ihr gesagt, daß ich Heather nie kennengelernt, aber mit meiner Seniorengruppe eine Aufführung von *The Boy Friend* besucht hatte, in der sie auftrat. Einige Zeit später hatte Lottie mit derselben Gruppe einen Tagesausflug ins Mohonk Mountain House, ein Ferienhotel in den Catskills, unternommen. Dort hatte sie Heather zum zweiten und letzten Mal gesehen. Ich ging in der Nähe der Pisten spazieren, erinnerte sich Lotti, und da sah ich ein eng umschlungenes Paar in Skikleidung. Sie standen wie die Turteltäubchen in einem Pavillon. Ich erkannte Heather, nicht aber ihren Begleiter. Am Abend habe ich Max davon erzählt.

Er hatte sich eingehend nach Heathers Freund erkundigt. Als ich ihn beschrieb, wußte Max, von wem ich sprach, und war höchst beunruhigt. Er sagte, wenn ich wüßte, was für ein Mensch das ist, würden mir die Haare zu Berge stehen. Der Mann sei sehr vorsichtig, es gebe nicht den Hauch eines Verdachts gegen ihn, doch er sei ein Gangster und Drogenhändler.

Max hat mir den Namen des Mannes nicht gesagt, dachte Lottie, und bevor ich Isabelle Waring bei ihrem Anruf an jenem Abend von ihm erzählen konnte, sagte sie: »Ich höre unten jemand hereinkommen. Das ist bestimmt die Immobilienmaklerin. Geben Sie mir Ihre Nummer. Ich rufe Sie gleich zurück.«

Isabelle hatte die Nummer mehrmals wiederholt und dann aufgelegt. Ich wartete den ganzen Abend auf den Rückruf, erinnerte sich Lottie, und dann hörte ich die Elf-Uhr-Nachrichten.

Erst dann begriff sie voll und ganz, was geschehen war. Wer immer hereingekommen war, als Lottie mit Isabelle telephonierte, war Isabelle Warings Mörder. Isabelle war tot, weil sie nicht aufhören wollte, nach dem Grund für Heathers Tod zu forschen. Und nun kam Lottie zu der Überzeugung, daß auch Max gestorben war, weil er Heather vor dem Mann gewarnt hatte, mit dem sie sich traf.

Und wenn ich den Mann sähe, würde ich ihn auf jeden Fall wiedererkennen, dachte Lottie. Aber Gott sei Dank weiß das niemand. Denn einer Sache war sie sich ganz sicher: Was immer Max Heather erzählt haben mochte, als er sie warnte, Lotties Namen hatte er bestimmt nicht erwähnt. Sie wußte, daß Max sie niemals in Gefahr gebracht hätte.

Was ist, wenn die Polizei sich je an mich wendet? schoß es ihr durch den Kopf. Was hätte Max ihr geraten?

Die Antwort war sehr beruhigend, und Lottie hörte sie so deutlich, als säße Max ihr gegenüber am Frühstückstisch. »Unternimm gar nichts«, sagte er. »Halt deinen Mund.«

38

Sandy Savarano stellte fest, daß seine Suche länger dauerte als erwartet. Manche Immobilienbüros beantworteten bereitwillig seine Fragen. Diejenigen, die junge Frauen zwischen fünfundzwanzig und fünfunddreißig eingestellt hatten, mußten überprüft werden, und das hieß Überwachung vor Ort. Andere weigerten sich, telephonisch Auskunft zu erteilen, und folglich mußte er auch sie unter die Lupe nehmen.

Vormittags sah er sich die Maklerbüros näher an, wobei ihn die kleinen Familienbetriebe am meisten interessierten. In der Regel waren sie in Ladenlokalen untergebracht, und er sah schon beim ersten Blick durchs Schaufenster, was drinnen vor sich ging. Bei einigen arbeiteten offenbar nur zwei Leute. Mit den größeren, besser ausgestatteten Büros befaßte er sich nicht näher. Sie würden niemanden einstellen, der keine Referenzen vorweisen konnte.

Am Spätnachmittag nahm er sich die Fitneßstudios vor. Bevor er eintrat, parkte er eine Weile vor dem Eingang und beobachtete die Leute, die aus und ein gingen.

Sandy zweifelte nicht daran, daß er Lacey Farrell irgendwann finden würde. Ihr Beruf und ihre Hobbys reichten ihm als Anhaltspunkte völlig. Kein Mensch änderte seine Gewohnheiten, nur weil er einen anderen Namen annahm. Er hatte seine Opfer schon mit weniger Indizien aufgespürt. Er würde sie finden. Es war nur eine Frage der Zeit.

Sandy dachte oft an Junior, einen FBI-Informanten, den er bis nach Dallas verfolgt hatte. Der einzige brauchbare Hinweis war Juniors Vorliebe für Sushi. Das Problem war, daß Sushi im Trend lag und in letzter Zeit viele japanische Restaurants in Dallas eröffnet hatten. Sandy hatte vor einem Lokal namens Sushi Zen geparkt, und Junior war herausgekommen.

Genüßlich erinnerte sich Sandy an Juniors Gesichtsausdruck, als sein Opfer sah, wie das getönte Seitenfenster herunterglitt, und begriff, was ihm bevorstand. Die erste Kugel war auf seinen Bauch gezielt. Sandy wollte all die rohen Fischlein aufschrecken. Der zweite traf ins Herz. Der dritte, in den Kopf, war nur eine Zugabe.

Am späten Freitag vormittag überprüfte Sandy Royce Realty in Edina. Die Frau, mit der er telephoniert hatte, gehörte zum Typus energische Oberlehrerin. Seine ersten Fragen hatte sie unbefangen beantwortet. Ja, sie beschäftige eine junge Frau von sechsundzwanzig Jahren, die ihre Prüfung als Immobilienmaklerin ablegen wolle, aber nun ihren Mutterschaftsurlaub angetreten habe.

Sandy fragte, ob die junge Frau bereits eine Nachfolgerin hätte.

Es folgte eine Pause, die sein Interesse weckte, da sie weder ja noch nein bedeutete. »Ich habe eine Bewerberin ins Auge gefaßt«, sagte Mrs. Royce schließlich. Ja, sie gehöre zu der fraglichen Altersgruppe.

In Edina parkte Sandy auf dem Parkplatz des Supermarkts gegenüber von Royce Realty. Er blieb etwa zwanzig Minuten im Wagen sitzen und ließ die Umgebung auf sich wirken. Neben dem Immobilienbüro befand sich ein Feinkostgeschäft, in dem reger Betrieb herrschte. Ein Eisenwarengeschäft ein Stück weiter die Straße hinunter hatte ebenfalls viel Kundschaft. Im Immobilienbüro rührte sich hingegen nichts.

Schließlich stieg Sandy aus dem Auto, schlenderte an dem Büro vorbei und warf wie zufällig einen Blick hinein. Dann blieb er stehen, als wolle er einen Aushang im Schaufenster lesen.

Er sah einen Empfangstisch, auf dem sich säuberlich Papiere stapelten; folglich war er in der Regel besetzt. Dahinter erspähte er in einem separaten Büro eine imposante grauhaarige Frau, die am Schreibtisch saß.

Sandy beschloß hineinzugehen.

Millicent Royce blickte auf, als die Glocke über der Tür klingelte. Sie sah einen konservativ gekleideten, grauhaarigen Mann hereinkommen, der Ende Fünfzig sein mochte, und ging hinaus, um ihn zu begrüßen.

Der Mann kam gleich zur Sache. Er heiße Paul Gilbert und besuche die Twin Cities als Handelsvertreter für MMM – »Das bedeutet Minnesota Mining and Manufacturing«, erklärte er mit entschuldigendem Lächeln.

»Mein Mann war sein Leben lang für dieses Unternehmen tätig«, erwiderte Millicent. Zu ihrer Verwunderung ärgerte sie sich, weil dieser Fremde glaubte, daß sie die Firma mit den drei M nicht kannte.

»Mein Schwiegersohn wird hierher versetzt, und meine Tochter hat gehört, daß Edina eine schöne Wohngegend ist«, fuhr der Mann fort. »Sie erwartet ein Kind, und da habe ich mir gedacht, ich sehe mich nach einem Haus für sie um, solange ich hier bin.«

Millicent Royce ließ sich ihre leichte Verstimmung nicht anmerken. »So ein fürsorglicher Vater!«, sagte sie. »Darf ich Ihnen gleich ein paar Fragen stellen, damit ich eine Vorstellung davon bekomme, was Ihre Tochter sucht.«

Ohne zu stocken gab Sandy Auskunft, nannte Namen und Adresse der Tochter und die Bedürfnisse der Familie, unter anderem »einen Kindergarten für die Vierjährige, einen großen Garten und eine geräumige Küche – sie kocht gern«. Eine halbe Stunde später verließ er das Büro mit Millicents Karte in der Tasche und dem Versprechen, sie werde das richtige Haus ausfindig machen. Sie habe sogar schon eins im Auge, das bald zum Verkauf stände und vielleicht genau das richtige wäre.

Sandy überquerte die Straße, setzte sich wieder ins Auto und behielt den Eingang des Büros im Auge. Wenn es eine Angestellte gab, die den vorderen Schreibtisch benutzte, hatte sie wahrscheinlich gerade Mittagspause und würde bald zurückkommen.

Zehn Minuten später betrat eine junge blonde Frau das Büro. Kundin oder Empfangsdame? Sandy stieg aus und überquerte erneut die Straße, achtete aber darauf, daß man ihn vom Immobilienbüro aus nicht sah. Einige Minuten blieb er vor dem Feinkostgeschäft stehen und las die Speisekarte. Aus den Augenwinkeln spähte er von Zeit zu Zeit in das Büro von Millicent Royce.

Die junge Frau hatte am vorderen Schreibtisch Platz genommen und unterhielt sich angeregt mit Mrs. Royce.

Leider verstand sich Sandy nicht darauf, Worte von den Lippen abzulesen. Hätte er es gekonnt, so hätte er mitbekommen, wie Regina sagte: »Millicent, Sie glauben es nicht, wieviel einfacher es war, hinter diesem Schreibtisch zu sitzen, als ein Baby mit Dreimonatskoliken zu versorgen! Und ich muß zugegeben, daß Ihre neue Assistentin viel besser Ordnung hält als ich.«

Verärgert, weil er soviel Zeit vertan hatte, eilte Sandy zu seinem Wagen zurück und fuhr los. Wieder eine Pleite, dachte er. Da es in der Gegend noch weitere Maklerbüros gab, beschloß er sie alle abzuklappern. Am Spätnachmittag wollte er dann die Fitneßstudios im Zentrum von Minneapolis unter die Lupe nehmen.

Das nächste auf seiner Liste war das Twin Cities Gym in der Hennepin Avenue.

39

»Bonnie, stell dich doch nicht so an. Du findest es doch sonst immer toll, wenn Jane auf dich aufpaßt«, schmeichelte Kit. »Daddy, Nana und ich fahren nur zum Essen nach New York. Wir kommen auch nicht zu spät heim, Ehrenwort. Aber Mami muß sich jetzt fertig anziehen.«

Mitfühlend betrachtete sie das bedrückte Gesicht ihrer Tochter. »Denk dran, Nana hat versprochen, wenn Lacey nächste Woche anruft, darfst du mit ihr reden.«

Jay band sich die Krawatte. Über Bonnies Kopf hinweg warf ihm Kit einen hilfesuchenden Blick zu.

»Ich habe einen Vorschlag für Bonnie«, sagte er fröhlich. »Wer will ihn hören?«

Bonnie sah nicht auf.

»Ich«, erbot sich Kit.

»Wenn Lacey wieder zu Hause ist, werde ich sie und Bonnie – nur die beiden – zu einer Reise nach Disneyland einladen. Wie wäre das?«

»Aber wann kommt Lacey nach Hause?«, flüsterte Bonnie.

»Ganz bald«, sagte Kit zuversichtlich.

»Rechtzeitig zu meinem Geburtstag?«, fragte das kleine Mädchen hoffnungsvoll.

Bonnie wurde am ersten März fünf.

»Ja, rechtzeitig zu deinem Geburtstag«, beteuerte Jay. »Jetzt geh runter, Liebling. Jane möchte, daß du ihr bei den Keksen hilfst.«

»So lang ist es nicht mehr bis zu meinem Geburtstag.« Fast schon fröhlich sprang Bonnie von ihrem Platz neben Kits Frisierkommode auf.

Kit wartete, bis sie Bonnie die Treppe hinuntergehen hörte. »Jay, wie konntest du nur...«

»Kit, ich weiß, daß es falsch war, aber ich mußte mir doch irgendwas einfallen lassen, um sie aufzumuntern. Ich glaube, du begreifst nicht, wie ich mich ins Zeug legen mußte, um diesen Auftrag von Jimmy Landis Casino zu bekommen. Ich habe schon lange keine Geschäfte mehr mit ihm gemacht, und auch diesmal bin ich bei einigen der größten Posten von der Konkurrenz unterboten worden. Jetzt, wo er wieder mit mir zusammenarbeiten will, darf einfach nichts schiefgehen.«

Er zog sein Sakko an. »Und eins darfst du nicht vergessen, Kit: Jimmy hat kürzlich durch einen Privatdetektiv herausgefunden, daß Lacey meine Schwägerin ist. Alex sagt sogar, das sei der Grund, warum Landi ihn angerufen und das Essen arrangiert hat.«

»Warum Alex?«

»Weil er außerdem herausbekommen hat, daß Alex mit deiner Mutter befreundet ist.«

»Was weiß er denn sonst noch über uns?« fragte Kit ärgerlich. »Weiß er auch, daß meine Schwester jetzt tot wäre, wenn sie diese Wohnung fünf Minuten eher betreten hätte? Oder daß vor unserer Haustür auf sie geschossen wurde? Weiß er, daß sich unser Kind von einer Schußverletzung erholt und wegen Depressionen in Therapie ist?«

Jay Taylor legte seiner Frau den Arm um die Schulter. »Kit, bitte! Es kommt alles in Ordnung, das verspreche ich. Aber wir müssen los. Denk dran, daß wir deine Mutter abholen müssen.«

Mona Farrell trat mit dem Telephon in der Hand ans Fenster und sah den Wagen vorfahren. »Sie sind da, Lacey«, sagte sie. »Ich muß jetzt gehen.«

Sie hatten sich fast vierzig Minuten unterhalten. Lacey konnte sich vorstellen, daß Deputy Marshal Svenson allmählich ungeduldig wurde, aber heute abend fiel es ihr besonders schwer, das Gespräch zu beenden. Sie hatte einen langen Tag hinter sich, und vor ihr erstreckte sich endlos das Wochenende.

Letzten Freitag um diese Zeit hatte sie sich auf ihre Verabredung mit Tom Lynch gefreut. Jetzt gab es nichts, worauf sie sich freuen konnte.

Als sie nach Bonnie fragte, ahnte sie dank der übertrieben fröhlichen Versicherungen ihrer Mutter, daß Bonnie immer noch nicht wieder auf dem Damm war.

Noch beunruhigender fand sie die Nachricht, daß ihre Mutter, Kit und Jay sich heute abend mit Jimmy Landi in Alex Carbines Restaurant zum Essen trafen. Als sie sich verabschiedete, warnte Lacey: »Sei um Himmels willen vorsichtig, Mom, und verrate niemandem, wo ich bin. Du mußt es mir fest versprechen –«

»Lacey, glaubst du denn, ich weiß nicht, welcher Gefahr ich dich dadurch aussetzen würde? Keine Sorge. Von mir erfährt niemand ein Sterbenswörtchen.«

»Tut mir leid, Mom, es ist nur –«

»Ist schon gut, Liebes. Jetzt muß ich wirklich Schluß machen. Ich kann sie nicht warten lassen. Was hast du heute abend vor?«

»Ich bin einem neuen Fitneßclub beigetreten. Da gibt es einen tollen Squash-Court. Das macht bestimmt Spaß.«

»Ich weiß ja, wie gern du Squash spielst.« Mona Farrell, die sich ehrlich für ihre Tochter freute, murmelte noch: »Alles Liebe, du fehlst mir, mein Schatz. Tschüs!«

Als sie zum Wagen hinuntereilte, dachte sie, daß sie Kit und Jay und Alex jetzt wenigstens erzählen konnte, wie Lacey ihre Freizeit gestaltete.

40

Am Freitag abend war Tom Lynch nach dem Theater mit seiner Cousine Kate auf einen Drink verabredet. Das Gastspiel ihres Musicals in Minneapolis ging zu Ende, und er wollte ihr auf Wiedersehen sagen. Außerdem hoffte er, daß sie ihn ein wenig aufmuntern würde.

Seit Alice Carroll ihm gesagt hatte, daß es einen anderen Mann in ihrem Leben gab, fühlte er sich niedergeschlagen und als Folge davon schien in letzter Zeit alles schiefzugehen. Der Regisseur seiner Radiosendung mußte ihn öfter darauf aufmerksam machen, daß er mit seiner Ansage dran war, und er merkte selbst, daß er bei verschiedenen Interviews ziemlich plattes Zeug redete.

Das Musical *Show Boat* hatte am Samstag abend im Orpheum Premiere, und es juckte Tom in den Fingern, Alice anzurufen und sie zu der Aufführung einzuladen. Er ertappte sich sogar dabei, daß er sich die richtigen Worte zurechtlegte: »Diesmal bekommst *du* das letzte Stück von der Pizza.«

Am Freitag abend beschloß er, ins Fitneßstudio zu gehen und eine Weile zu trainieren. Kate würde er erst gegen elf treffen, und er wußte sonst nichts mit seiner Zeit anzufangen.

Er gestand sich ein, daß er heimlich hoffte, Alice würde im Center auftauchen. Sie kämen miteinander ins Gespräch, und sie würde zugeben, daß ihr dieser andere Mann eigentlich nichts bedeutete.

Als Tom aus der Herrenumkleide kam, blickte er sich um, aber Alice war nirgends zu entdecken, und er wußte ja, daß sie die ganze Woche nicht dagewesen war.

Durch die Glastür des Büros sah er Ruth Wilcox, die sich mit einem grauhaarigen Mann unterhielt. Ruth schüttelte mehrmals den Kopf, und Tom glaubte, einen leichten Ausdruck des Mißfallens auf ihrem Gesicht zu erkennen.

Was er wohl will, einen Preisnachlaß? fragte sich Tom. Er sollte jetzt besser mit dem Joggen anfangen, aber erst mußte er Ruth fragen, ob sie irgendwas von Alice gehört hatte.

»Ich habe Neuigkeiten für Sie, Tom!«, verriet Ruth. »Schließen Sie die Tür. Ich möchte nicht, daß jemand mithört.«

Irgendwie wußte Tom, daß die Neuigkeiten mit Alice und dem grauhaarigen Mann zu tun hatten, der gerade hinausgegangen war.

»Der Kerl sucht Alice«, erklärte Ruth aufgeregt. »Er ist ihr Vater.«

»Ihr Vater! Das ist verrückt. Alice hat mir erzählt, daß ihr Vater vor ein paar Jahren gestorben ist.«

»Das mag sein, aber dieser Mann ist ihr Vater. Zumindest behauptet er das. Er hat mir sogar ein Photo von ihr gezeigt und gefragt, ob ich sie kenne.«

Toms Reporterinstinkt erwachte. »Was haben Sie ihm gesagt?«, fragte er vorsichtig.

»Gar nichts. Woher soll ich denn wissen, ob er nicht von einem Inkassobüro ist? Ich sei mir nicht sicher, hab ich gesagt. Dann hat er erzählt, zwischen seiner Tochter und seiner Frau hätte es eine schreckliche Auseinandersetzung gegeben und er wüßte, daß seine Tochter vor vier Monaten nach Minneapolis gezogen ist. Seine Frau ist sehr krank und will sich unbedingt mit ihr versöhnen, bevor sie stirbt.«

»Die Geschichte stinkt zum Himmel«, sagte Tom kategorisch. »Ich hoffe, Sie haben ihm nichts verraten.«

»Kein Sterbenswörtchen«, beteuerte Ruth. »Ich habe ihn nur gebeten, seine Adresse dazulassen. Falls die junge Dame zufällig Mitglied bei uns ist, würde ich ihr ausrichten, sie solle zu Hause anrufen.«

»Aber seinen Namen oder sein Hotel hat er nicht genannt?«

»Nein.«

»Finden Sie das nicht merkwürdig?«

»Der Gentleman meinte, es wäre ihm lieber, wenn ich seiner Tochter nicht sage, daß er sie sucht. Er will nicht, daß sie wieder ihre Koffer packt und verschwindet. Ich bekam richtig Mitleid mit ihm. Er hatte Tränen in den Augen.«

Eines steht für mich jedenfalls fest, dachte Tom. Alice ist nicht der Mensch, der eine todkranke Mutter im Stich läßt, egal wie groß die Differenzen waren.

Dann fiel ihm noch eine andere Möglichkeit ein, die ihm wieder Hoffnung machte: Wenn sie ihm über ihre Familie schon nicht die Wahrheit erzählt hatte, existierte vielleicht auch ihr angeblicher Freund nicht. Und bei diesem Gedanken ging es ihm schon viel besser.

41

Detective Ed Sloane arbeitete normalerweise von acht bis vier, aber an diesem Freitag abend um halb sechs saß er noch immer in seinem Büro im 19. Revier und hatte Rick Parkers Akte vor sich auf dem Schreibtisch ausgebreitet. Er hoffte, daß ihn das FBI wenigstens am Wochenende in Ruhe ließe.

Er hatte ein paar anstrengende Tage hinter sich. Seit Rick Parker am Dienstag nicht zu dem vereinbarten Termin aufgetaucht war, hatte sich die ohnehin schon schwierige Beziehung zwischen dem New Yorker Police Department und der Bundesstaatsanwaltschaft in offene Feindschaft verwandelt.

Eines machte Sloane schier wahnsinnig: Erst als zwei FBI-Agenten aufgetaucht waren, die Parker suchten, hatte Gary Baldwin endlich zugegeben, daß er einen Zeugen hatte, der Rick Parker am Nachmittag vor Heather Landis Tod in Stowe gesehen hatte.

Baldwin hat diese Information für sich behalten, dachte Sloane. Aber als er erfuhr, daß ich Parker stark unter Druck setzte, hat er die Unverschämtheit besessen, sich beim Bezirksstaatsanwalt über mich zu beschweren.

Glücklicherweise hat der Staatsanwalt zu mir gehalten, dachte Sloane grimmig. In einer persönlichen Unterredung hatte der Staatsanwalt seinen Kollegen Baldwin daran erinnert, daß im 19. Bezirk ein Mord stattgefunden hatte und die New Yorker Polizei durchaus beabsichtige, diesen aufzuklären. Außerdem stellte er klar, daß es für alle Beteiligten von Vorteil sei, wenn die Bundesbeamten sich kooperationsbereit zeigen und ihre Informationen weitergeben würden. Allerdings sei das NYPD für den Fall zuständig und nicht das FBI.

Der Bezirksstaatsanwalt hatte sich für ihn eingesetzt, obwohl er sich von Baldwin daran hatte erinnern lassen müssen, daß wichtiges Beweismaterial aus Sloanes Schrank verschwunden war. Deshalb hatte Sloane den brennenden Wunsch, Rick Parker eigenhändig aufzuspüren.

Sofern er nicht bereits tot ist, dachte Sloane. Diese Möglichkeit war nicht auszuschließen.

Wenn Rick aber noch lebte, dann war sein Verschwinden ein sicheres Anzeichen dafür, daß sie auf der richtigen Spur waren. Es warf auch neues Licht auf die Tatsache, daß er ihnen noch eine Erklärung schuldig war: Wie hatte sich Isabelle Warings Mörder so einfach als Anwalt einer renommierten Kanzlei ausgeben können, die rein zufällig ein wichtiger Kunde von Parker und Parker war?

Inzwischen wußten sie, daß Parker in dem Skihotel gewesen war und daß Heather Landi bei seinem Anblick einen Riesenschrecken bekommen hatte, wenige Stunden vor ihrem Tod.

In den vier Monaten seit dem Mord an Isabelle Waring hatte Sloane ein umfangreiches Dossier über Rick Parkers bisheriges Leben angelegt. Ich weiß mehr über ihn als er selber, dachte Sloane, als er die dicke Akte noch einmal durchging.

Richard J. Parker, junior. Einzelkind. Einunddreißig Jahre alt. Wegen Drogenbesitz aus zwei renommierten Privatschulen geflogen. Verdacht auf Drogenhandel, aber keine Beweise – Zeuge vermutlich bestochen, um Aussage zu widerrufen. Nach sechs Jahren im Alter von dreiundzwanzig endlich Collegeabschluß. Vater bezahlte Schäden am Studentenwohnheim nach wilder Party.

Während der Schulzeit immer reichlich Taschengeld, Mercedes-Kabrio zum 17. Geburtstag; Wohnung am Central Park West als Geschenk beim Collegeabschluß.

Erste und einzige Tätigkeit bei Parker und Parker. Fünf Jahre in der Filiale an der 67. Straße West, drei Jahre bis heute im Hauptbüro an der 62. Straße Ost.

Sloane stellte rasch fest, daß die Mitarbeiter von Parker und Parker in der West Side nicht viel für Rick übrig hatten. Ein ehemaliger Angestellter der Immobilienfirma berichtete ihm: »Rick machte die Nächte durch, erschien verkatert oder mit Kokain vollgedröhnt im Büro und ließ dann den Chef raushängen.«

Vor fünf Jahren hatte Ricks Vater bereits eine Abfindung an eine junge Sekretärin gezahlt, damit sie ihre Klage gegen Rick wegen versuchter Vergewaltigung zurückzog. Nachdem der Skandal abgewendet war, drehte Parker senior seinem Sohn den Geldhahn zu.

Die Zinsen von Ricks Treuhandvermögen wurden gesperrt, und von da an erhielt er ebenso wie alle anderen Mitarbeiter ein Grundgehalt plus Verkaufsprovisionen.

Papa hat anscheinend gelernt, daß man seine Kinder nicht zu sehr verwöhnen soll, dachte Sloane spöttisch. Allerdings stimmte mit diesem Szenario etwas nicht: Von seinem Gehalt hätte sich der Filius seine täglichen Kokainrationen nie leisten können. Wieder blätterte Sloane in der Akte. Woher hatte Rick also das Geld für Drogen, und wenn er noch lebte, wer finanzierte sein Leben im Untergrund?

Sloane zog eine Zigarette aus dem stets gegenwärtigen Päckchen in seiner Brusttasche.

Der Lebenslauf von Richard J. Parker junior wies ein wiederkehrendes Muster auf: Sosehr der Vater auch schimpfen und toben mochte, wenn sein Sohn wirklich in Schwierigkeiten steckte, griff er ihm jedes Mal unter die Arme.

So wie jetzt.

Mißmutig stand Ed Sloane auf. Eigentlich hatte er ja das Wochenende frei, und seine Frau wollte ihn einspannen, die Garage aufzuräumen. Aber daraus wurde nichts. Die Garage mußte warten. Er würde nach Greenwich, Connecticut, hinauffahren und ein paar Takte mit R. J. Parker senior reden. Ja, es war wirklich an der Zeit, das imposante Anwesen zu besuchen, in dem Rick Parker aufgewachsen war, mit allem versehen, was für Geld zu haben war.

42

Freitagabends war der Verkehr von New Jersey nach New York City ebenso stark wie der Pendlerstrom in die Gegenrichtung. Restaurants und Theater lockten viele Menschen in die Stadt, und Kit entging nicht, wie nervös ihr Mann wurde, als sie im Schrittempo die George Washington Bridge überquerten. Sie war froh, daß er ihre Mutter mit Vorhaltungen verschonte, daß man hätte früher aufbrechen müssen.

Lacey hatte einmal gefragt: »Wie hältst du es nur aus, wenn er dich wegen Sachen anfährt, für die du nichts kannst?«

Ich sagte zu Lacey, daß ich mich davon nicht aus der Ruhe bringen lasse, erinnerte sich Kit. Ich verstehe es. Jay macht sich immerzu Sorgen, darin ist er Weltmeister, und so äußert sich das eben bei ihm. Wieder warf sie ihm einen Blick zu. Jetzt im Augenblick ist er besorgt, weil wir zu spät zu einem Essen mit einem wichtigen Kunden kommen. Ich weiß, daß er sich schreckliche Sorgen um Bonnie macht, und inzwischen zerbricht er sich auch den Kopf darüber, daß er ihr etwas versprochen hat, was er nicht halten kann.

Jay seufzte schwer, als sie schließlich die Brücke hinter sich hatten und die Abzweigung zum West Side Highway nahmen. Erleichtert stellte Kit fest, daß der Verkehr vor ihnen zügig in Richtung Innenstadt rollte.

Tröstend legte sie die Hand auf den Arm ihres Mannes, dann drehte sie sich zum Rücksitz um. Wie immer nach den Gesprächen mit Lacey war ihre Mutter den Tränen nahe. Beim Einsteigen ins Auto hatte sie gesagt: »Reden wir nicht drüber.«

»Wie geht's, Mom?«, fragte Kit.

Mona Farrell versuchte zu lächeln. »Gut, Liebes.«

»Hast du Lacey erklärt, warum ich heute abend nicht mit ihr sprechen konnte?«

»Ich habe ihr erklärt, daß wir nach New York fahren und du Bonnie beim Essen Gesellschaft leisten wolltest, bevor ihr aufgebrochen seid. Das hat sie bestimmt verstanden.«

»Hast du ihr erzählt, daß wir Jimmy Landi treffen?«, fragte Jay.

»Ja.«

»Wie hat sie reagiert?«

»Sie sagte –« Mona Farrell biß sich auf die Zunge, bevor sie damit herausplatzte, daß Lacey sie beschworen hatte, nicht zu verraten, wo sie sich aufhielt. Kit und Jay hatten nicht die leiseste Ahnung, daß Lacey ihre Mutter in dieses Geheimnis eingeweiht hatte.

»Sie sagte, sie sei überrascht«, beendete Mona den Satz zögernd und voller Unbehagen.

»Also hat Alex Sie zum Oberkellner befördert, Carlos?«, begrüßte Jimmy Landi seinen ehemaligen Mitarbeiter, als er sich in Alex's Place an dem reservierten Tisch niederließ.

»Ja, das hat er, Mr. Landi«, erwiderte Carlos mit strahlendem Lächeln.

»Wenn Sie noch eine Weile geblieben wären, hätte Jimmy Sie auch befördert«, sagte Steve Abbott.

»Vielleicht aber auch nicht«, sagte Jimmy schroff.

»Auf jeden Fall ist es eine müßige Frage«, warf Alex Carbine ein. »Jimmy, Sie sind zum ersten Mal hier. Wie gefällt Ihnen das Restaurant?«

Jimmy Landi ließ den Blick durch den schönen Speisesaal schweifen, dessen dunkelgrüne Wände mit farbenfrohen Gemälden in kunstvollen Goldrahmen geschmückt waren.

»Sieht aus, als hätten Sie sich vom Russian Tearoom inspirieren lassen, Alex«, bemerkte er.

»Das habe ich auch«, stimmte Alex Carbine vergnügt zu. »Genau wie *Ihr* Restaurant eine Huldigung ans Côte Basque war. Nun, was möchten die Herrschaften trinken? Ich hätte gern, daß ihr meinen Wein probiert.«

Jimmy Landi ist ganz anders, als ich erwartet habe, dachte Kit, als sie an ihrem Chardonnay nippte. Jay war so nervös gewesen, weil er ihn nicht warten lassen wollte, aber er wirkte überhaupt nicht verärgert, weil wir ein paar Minuten zu spät gekommen sind. Als sich Jay entschuldigte, sagte Landi einfach: »In meinem Restaurant ist es mir nur recht, wenn jemand zu spät kommt. Denn wer wartet, trinkt mehr. Das summiert sich.«

Trotz der zur Schau getragenen guten Laune spürte Kit, daß Jimmy Landi unter Anspannung stand. Er sah erschöpft aus und war von einer ungesunden Blässe. Vielleicht liegt es daran, daß ihn der Tod seiner Tochter so mitgenommen hat, dachte Kit. Lacey hatte erzählt, daß Heather Landis Mutter untröstlich gewesen war. Bestimmt erging es dem Vater nicht besser.

Nachdem alle einander vorgestellt worden waren, sagte Mona zu Jimmy: »Ich weiß, was Sie durchgemacht haben. Meine Tochter –«

Alex unterbrach sie, indem er die Hand hob. »Warum warten wir mit diesem Thema nicht noch ein Weilchen, meine Liebe?«, schlug er vor.

Kit fand Jimmys Partner, Steve Abbott, auf Anhieb sympathisch. Alex hatte erzählt, daß Steve so etwas wie ein Ersatzsohn für Jimmy war und sie sich sehr nahestanden. Aber äußerlich hatten sie wenig Ähnlichkeit. Abbott ist wirklich ein attraktiver Mann, fand Kit.

Während des Essens stellte Kit fest, daß Steve und Alex es peinlichst vermieden, das Gespräch auf Lacey oder Isabelle Waring zu lenken. Mit vereinten Kräften brachten sie Landi dazu, amüsante Geschichten über Begegnungen mit einigen seiner berühmten Gäste zu erzählen.

Landi war in der Tat ein ausgezeichneter Geschichtenerzähler, eine Eigenschaft, die ihm nach Kits Ansicht zusammen mit seinen etwas derben, bäuerlichen Zügen, eine eigenartige Anziehungskraft verlieh. Außerdem wirkte er sehr herzlich und zeigte aufrichtiges Interesse an seinem Gegenüber.

Als ihm jedoch auffiel, daß ein Kellner eine Frau ungeduldig musterte, die sich bei der Wahl der Vorspeise nicht recht entscheiden konnte, verfinsterte sich sein Gesicht.

»Feuern Sie ihn, Alex«, sagte er scharf. »Er taugt nichts, und er wird nie etwas taugen.«

Mannomann! dachte Kit. Der kann unangenehm werden. Kein Wunder, daß Jay ihm lieber nicht auf die Zehen treten will.

Schließlich kam Jimmy selbst unverhofft auf Lacey und Isabelle Waring zu sprechen. Als der Kaffee serviert wurde, sagte er: »Mrs. Farrell, ich bin Ihrer Tochter einmal begegnet. Sie wollte ihr Versprechen an meine Exfrau einlösen, indem sie mir das Tagebuch meiner Tochter gab.«

»Das weiß ich«, entgegnete Mona gefaßt.

»Ich war nicht besonders freundlich zu ihr. Sie brachte mir eine Kopie des Tagebuch anstelle des Originals, und damals fand ich es ziemlich unverschämt, daß sie das Original der Polizei überlassen hatte.«

»Denken Sie immer noch so?« fragte Mona, wartete aber die Antwort nicht ab. »Mr. Landi, meiner Tochter wurden strafrechtliche Folgen angedroht, weil sie Beweismaterial zurückgehalten hatte, um Isabelle Warings letzten Wunsch zu erfüllen.«

Lieber Himmel, dachte Kit. Mom explodiert gleich.

»Das habe ich erst vor zwei Tagen erfahren«, entgegnete Landi schroff. »Ich bin schließlich auf die vernünftige Idee gekommen, einen Privatdetektiv zu engagieren, als ich merkte, daß mich die Polizei nur abwimmeln will. Er hat herausgefunden, daß sie mir ein Ammenmärchen aufgetischt haben. Die Geschichte von dem Einbrecher, der Isabelle nur getötet haben soll, weil sie ihm in die Quere kam, war dummes Geschwätz.«

Kit sah, daß Landis Gesicht dunkelrot anlief.

Offensichtlich war das auch Steve Abbott aufgefallen. »Beruhige dich, Jimmy«, sagte er. »Du gibst einen miserablen Patienten ab, wenn du einen Schlaganfall bekommst.«

Jimmy warf ihm einen gequälten Blick zu und wandte sich dann wieder an Mona. »Genau das hat mir meine Tochter auch immer gesagt.« Er leerte seinen Espresso. »Ich weiß, daß Ihre Tochter im Zeugenschutzprogramm ist«, fuhr er fort. »Ziemlich schlimm für sie und für Sie alle.«

»Ja, das kann man sagen.« Mona nickte zustimmend.

»Wie halten Sie Kontakt zu ihr?«

»Sie ruft einmal die Woche an«, sagte Mona. »Im Grunde haben wir uns deshalb verspätet, weil ich mit ihr gesprochen habe, bis Jay und Kit mich abholten.«

»Sie können nicht bei ihr anrufen?«, erkundigte sich Jimmy.

»Unter gar keinen Umständen. Ich wüßte nicht, wie ich sie erreichen sollte.«

»*Ich* möchte mit ihr sprechen«, sagte Jimmy unvermittelt. »Sagen Sie ihr das. Der Detektiv, den ich engagiert habe, weiß, daß Ihre Tochter in den Tagen vor Isabelles Tod viel Zeit mit ihr verbracht hat. Ich möchte ihr gern einige Fragen stellen.«

»Mr. Landi, darüber kann nur die Bundesstaatsanwaltschaft entscheiden«, schaltete sich Jay ein. »Der Staatsanwalt hat mit uns gesprochen, bevor Lacey in das Programm aufgenommen wurde.«

»Damit wollen Sie wohl sagen, daß ich dort mit einer Absage rechnen kann«, brummte Jimmy. »In Ordnung. Vielleicht gibt es noch eine andere Möglichkeit. Sie können ihr die Frage für mich stellen. Fragen Sie sie, ob sie sich an einige unlinierte beschriebene Seiten am Ende von Heathers Tagebuch erinnert.«

»Warum ist das so wichtig, Jimmy?«, fragte Alex Carbine.

»Wenn diese Seiten existiert haben, dann folgt daraus, daß keinerlei Beweismaterial, das diesem Polizeirevier übergeben wird, dort sicher aufgehoben ist. Es wird entweder getürkt oder geklaut. Und ich werde Mittel und Wege finden, das zu verhindern.«

Jimmy winkte ab, als Carlos, der hinter ihm stand, Kaffee nachschenken wollte. Dann erhob er sich und streckte Mona die Hand entgegen. »Nun, soviel dazu – es tut mir leid für Sie, Mrs. Farrell. Und auch für Ihre Tochter. Soviel ich gehört habe, war sie sehr nett zu Isabelle, und auch mir hat sie zu helfen versucht. Ich möchte mich bei ihr entschuldigen. Wie geht es ihr?«

»Lacey ist sehr tapfer«, erwiderte Mona. »Sie beklagt sich nie. Im Gegenteil, sie versucht, mich aufzumuntern.« Zu Kit und Jay sagte sie: »Ich habe vergessen, euch im Auto zu erzählen, daß Lacey Mitglied in einem brandneuen Fitneßstudio geworden ist. Angeblich haben sie einen fabelhaften Squash-Court.« Sie wandte sich wieder an Landi. »Sie war immer ganz verrückt auf Sport.«

43

Nach dem Telephongespräch mit ihrer Mutter traf Lacey George Svenson in der Lobby des Motels und ging wortlos mit ihm zum Auto.

Sie überlegte kurz, wie sie den Rest des Abends gestalten sollte – die ganze Zeit in der leeren Wohnung hielt sie es einfach nicht aus. Aber was sollte sie unternehmen? Sie war nicht besonders hungrig, und außerdem hatte sie keine Lust, allein essen zu gehen. Nach der Erfahrung im Kino am Donnerstag abend war ihr auch der Gedanke daran, in einem dunklen Zuschauerraum zu sitzen, unerträglich.

Im Grunde hätte sie gerne die letzte Vorstellung von *The King and I* gesehen, wenn es noch Karten gab, aber sie fürchtete, daß die Ouvertüre sie völlig außer Fassung bringen würde. Sie erinnerte sich, wie sie früher immer ihren Blick durch den Orchestergraben schweifen ließ und ihren Vater suchte.

Dad, du fehlst mir, dachte sie, als sie in Svensons Wagen stieg.

Aber eine innere Stimme antwortete ihr.

Sei ehrlich, Lacey, mein Mädchen, gerade jetzt trauerst du nicht um mich. Gib's zu – du hast jemanden kennengelernt, der dir gefällt, und du siehst mein Gesicht vor dir, um seines zu verdecken. Nicht ich bin es, hinter dem du her bist, und nicht vor mir läufst du davon.

Svenson sagte die ganze Fahrt über kein Wort, so daß sie ihren Gedanken nachhängen konnte. Schließlich fragte Lacey, ob er etwas von Gary Baldwin gehört habe.

»Nein, Alice«, erwiderte er.

Es ärgerte Lacey, daß der einzige Mensch, bei dem sie sich nicht zu verstellen brauchte, sie nicht bei ihrem richtigen Namen nannte.

»Würden Sie dann freundlicherweise dem hohen Herrn ausrichten, daß ich wissen möchte, was los ist. Ich habe ihm am Dienstag abend wichtige Informationen gegeben. Er könnte mir ruhig den Gefallen tun und mich über die Vorgänge auf dem laufenden halten. Ich ertrage dieses Leben nämlich nicht mehr lange.«

Lacey biß sich auf die Lippen und lehnte sich zurück. Immer, wenn sie ihren Ärger an Svenson ausließ, war es ihr nachher peinlich. Sie führte sich auf wie ein Kind. Bestimmt wäre er auch lieber zu Hause bei seiner Frau und seinen drei halbwüchsigen Töchtern gewesen, statt Lacey durch die Gegend zu kutschieren, damit sie telephonieren konnte.

»Ich habe das Geld auf Ihr Konto überweisen lassen, Alice. Sie können sich morgen früh bei dem neuen Fitneßclub anmelden.«

Das war Svensons Art anzudeuten, daß er sie verstand.

»Danke«, murmelte sie, aber sie hätte am liebsten geschrien: *Bitte, nennen Sie mich doch nur einmal Lacey! Ich heiße Lacey Farrell!*

Als sie vor ihrem Apartmenthaus angekommen waren, trat Lacey, immer noch unschlüssig, was sie tun sollte, in die Eingangshalle. Ratlos stand sie vor dem Aufzug, dann machte sie auf dem Absatz kehrt. Statt hinaufzufahren, verließ sie wieder das Haus, stieg aber diesmal in ihr eigenes Auto. Eine Zeitlang fuhr sie ziellos durch die Stadt, bog aber schließlich in Richtung Wayzata ab, wo die Party des Ensembles von *The King and I* stattgefunden hatte. Dort hielt sie Ausschau nach dem kleinen Restaurant, an dem sie an jenem Abend vorbeigekommen war. Daß sie es trotz ihres schlechten Orientierungssinns recht schnell fand, gab ihr wieder ein wenig Auftrieb. Vielleicht wird mir die Gegend doch allmählich vertraut, dachte sie. Wenn ich noch längere Zeit hier im Immobiliengeschäft arbeiten muß, kann das nicht schaden.

Das Restaurant, in dem sie einkehrte, hätte auch in die 4. Straße West des New Yorker Greenwich Village gepaßt. Schon am Eingang stieg ihr der anheimelnde Duft von frischem Knoblauchbrot in die Nase. Es gab etwa zwanzig Tische, alle mit rot-weiß karierten Tischdecken und Kerzen.

Lacey blickte sich um. Das Lokal war gut besucht. »Sieht aus, als wäre kein Platz mehr frei«, sagte sie zu der Dame am Empfang.

»Doch, um die Wahrheit zu sagen, hat gerade jemand eine Reservierung rückgängig gemacht.« Die Empfangsdame führte sie zu einem Ecktisch, den man von der Tür aus nicht hatte sehen können.

Während Lacey auf das Essen wartete, knabberte sie warmes, knuspriges Weißbrot und nippte an ihrem Rotwein. Die Menschen um sie herum aßen und plauderten vergnügt. Lacey saß als einzige allein an ihrem Tisch.

Was ist in diesem Lokal anders? fragte sie sich. Warum geht es mir hier besser?

Sie zuckte zusammen, als ihr klar wurde, was sie die ganze Zeit verdrängt oder nicht wahrgenommen hatte. Hier in diesem kleinen Restaurant, wo sie von ihrem Platz aus beobachten konnte, wer zur Tür hereinkam, ohne selbst gleich entdeckt zu werden, fühlte sie sich sicherer als die ganze letzte Woche.

Woran liegt das? fragte sie sich.

Weil ich Mom gesagt habe, wo ich bin, gestand sie sich beschämt ein.

Die Warnung, die man ihr bei ihrer Unterweisung im Schulungszentrum mit auf den Weg gegeben hatte, hallten in ihrem Kopf wider. *Es geht nicht darum, daß Ihre Familie Sie absichtlich verraten würde*, hatte man zu ihr gesagt. *Ihre Sicherheit wird durch Bemerkungen gefährdet, die sie unwissentlich machen.*

Sie erinnerte sich, wie ihr Vater immer gescherzt hatte, wenn Mom je ihre Memoiren schriebe, müßten sie den Titel tragen: *Ganz im Vertrauen*. Ihre Mutter konnte einfach kein Geheimnis für sich behalten.

Dann fiel ihr ein, wie schockiert ihre Mutter gewesen war, als Lacey sie bat, Jimmy Landi gegenüber ja nichts über ihren Aufenthaltsort zu verraten. Vielleicht wird doch noch alles gut, dachte Lacey und sandte ein Stoßgebet zum Himmel, daß ihre Mutter die Warnung ernst nehmen möge.

Der Salat war knackig, das Dressing nach Art des Hauses würzig und die Pasta mit Muscheln köstlich. Aber das Gefühl der Sicherheit währte leider nicht lange, denn als Lacey das Restaurant verließ und nach Hause fuhr, wurde sie den Eindruck nicht los, daß etwas oder jemand ihr auf der Spur war und sich unaufhaltsam an sie heranarbeitete.

Tom Lynch hatte eine Nachricht auf dem Anrufbeantworter hinterlassen. »Alice, ich muß dich unbedingt morgen sehen. Bitte ruf mich zurück.« Dann folgte seine Nummer.

Wenn ich ihn doch nur anrufen könnte, dachte Lacey.

Ruth Wilcox hatte auch angerufen: »Alice, wir vermissen Sie. Bitte schauen Sie doch am Wochenende herein. Ich möchte mit Ihnen über einen Herrn sprechen, der sich nach Ihnen erkundigt hat.«

Ruth spielt immer noch die Ehestifterin, dachte Lacey säuerlich.

Sie ging ins Bett und konnte sogar einschlafen, aber dann wurde sie prompt von einem Alptraum geplagt. *Sie kniete neben Isabelles Leiche. Eine Hand berührte sie an der Schulter ... Sie blickte auf und sah Isabelles Mörder, der sie aus hellblauen Augen anstarrte. Die Pistole in seiner Hand zielte auf Laceys Kopf.*

Mit einem Aufschrei fuhr sie hoch. Danach hatte es keinen Sinn mehr. Während der restlichen Nacht war an Schlaf nicht mehr zu denken.

Am nächsten Morgen in aller Frühe überwand sich Lacey und ging joggen. Aber sie konnte es nicht lassen, immer wieder einen Blick über die Schulter zu werfen, um sich zu vergewissern, daß sie nicht verfolgt wurde.

Allmählich bin ich nur noch ein Nervenbündel, sagte sie sich, als sie in die Wohnung zurückkehrte und die Tür verriegelte.

Es war erst neun Uhr, und sie hatte keine Ahnung, was sie mit dem Rest des Tages anfangen sollte. Millicent Royce hatte Lacey eingeladen, sie auch am Wochenende zu Hausbesichtigungen zu begleiten, falls Termine anstanden. Leider war diesmal nichts geplant.

Ich frühstücke erst mal, und dann sehe ich mir das neue Fitneßcenter an, beschloß Lacey. Wenigstens war sie auf diese Weise beschäftigt.

Um Viertel nach zehn kam sie ins Edina Health Center und wurde ins Büro gebeten. Während sie in ihrer Einkaufstasche nach dem fertig ausgefüllten Anmeldeformular suchte, nahm die Geschäftsführerin einen Anruf entgegen: »Ja, ganz richtig, Sir. Unsere Anlage ist brandneu, und wir haben einen wunderbaren Squash-Court. Am besten kommen Sie gleich vorbei und sehen sich bei uns um.«

44

Am Samstag morgen fuhr Detective Ed Sloane von seinem Haus im Riverdale-Viertel der Bronx zu seinem Termin mit Richard J. Parker senior in Greenwich, Connecticut. Unterwegs bemerkte er, daß von dem vor ein paar Tagen noch rein weißen Schnee nur graue Matschhaufen übrig waren. Er blickte zum bedeckten Himmel auf. Der Wetterbericht hatte Regen angekündigt, der bei sinkenden Temperaturen in Schnee übergehen sollte.

Wieder so ein elender Wintertag, an dem kluge Leute, die es sich leisten können, Zugvögel spielen und in den Süden fliegen, sagte sich Sloane.

Oder nach Hawaii. Auf diese Reise sparte er. Zum dreißigsten Hochzeitstag, in zwei Jahren, wollte er mit Betty hinfliegen.

Am liebsten hätte er morgen schon die Koffer gepackt. Oder heute.

Aber da im Revier zur Zeit alles drunter und drüber ging, hätte er sowieso nicht weggekonnt. Es wurmte Sloane, daß entscheidendes Beweismaterial, das den Mord an Isabelle Waring hätte aufklären können, verschwunden war. Schlimm genug, daß Lacey Farrell gleich zu Anfang das Tagebuch am Tatort entdeckt und mitgenommen hatte. Aber noch viel schlimmer war es, daß ein unbekannter Täter – höchstwahrscheinlich ein korrupter Kollege – das Tagebuch aus Sloanes Schrank gestohlen hatte. Und wahrscheinlich hatte er auch einige Seiten von Jimmy Landis Kopie entwendet.

Die Vorstellung, daß er mit einem Cop zusammen arbeitete, aß und trank, der von Gangstern bezahlt wurde, löste geradezu körperlichen Widerwillen bei ihm aus.

Als er an der Ausfahrt 31 den Merritt Parkway verließ, dachte Ed an die Falle, die er im Revier gestellt hatte, um den Dieb zu fangen, der Material aus dem Beweismittelschrank gestohlen hatte. Zunächst einmal machte er viel Aufhebens davon, wenn er die Schlüssel nun aus der Jackentasche nahm und sie im Schreibtisch einschloß.

»Ich will verdammt sein, wenn aus meinem Büro noch mal was wegkommt«, erzählte er mit erbitterter Stimme jedem, der es hören wollte. Mit Hilfe des Captains hatte er das Gerücht in Umlauf gebracht, in seinem Schrank läge ein Beweisstück, das möglicherweise den Mord an Isabelle Waring aufklären werde. In seinem Aktenvermerk in der Asservatenliste des Reviers beschrieb er das angebliche Beweisstück absichtlich vage.

Inzwischen richtete sich eine versteckte Deckenkamera auf seinen Schreibtisch. Nächste Woche würde er seine alte Gewohnheit wieder aufnehmen und die Schlüssel in seiner Jacke über der Stuhllehne verwahren. Er hatte so ein Gefühl, als würde er durch solche falsche Informationen seinen Widersacher bestimmt bald aufstöbern. Gewiß steckte Isabelle Warings Mörder hinter den Diebstählen auf dem Revier, und dem würde es gar nicht behagen, wenn neues Beweismaterial auftauchte. Sloane hielt es allerdings für unwahrscheinlich, daß Sandy Savarano selbst die Diebstähle veranlaßt hatte. Der Mann war nicht mehr als ein Killer. Nein, er vermutete, daß jemand mit viel Geld und Einfluß die Fäden in der Hand hielt. Und wenn dieser Jemand von den neuen Beweisen erfuhr, würde er den Auftrag erteilen, sie zu vernichten.

Ed Sloane befand sich in einem Dilemma: Er hätte den korrupten Cop zwar gern entlarvt, aber er wußte auch, daß es sich um einen Kollegen handeln konnte, der ihm irgendwann im Laufe der letzten fünfundzwanzig Jahre mal aus der Patsche geholfen hatte. So etwas war immer eine heikle Angelegenheit.

Das Anwesen der Familie Parker lag am Long Island Sound. Das stattliche Gebäude aus hellroten Ziegeln mit den beiden Erkertürmchen hatte im Lauf der Jahre eine dezente Patina angesetzt, die auf dem weitläufigen, teilweise noch schneebedeckten Gelände gut zur Geltung kam.

Sloane fuhr durch das offene Tor, parkte an der halbrunden Auffahrt neben dem Haupteingang und konnte sich dabei des Gedankens nicht erwehren, daß hier bestimmt noch nicht viele Leute in einem fünf Jahre alten Saturn vorgefahren waren.

Während er über den gepflasterten Weg zum Haus schritt, glitt sein Blick rasch von Fenster zu Fenster, als hoffe er, Rick Parker dabei zu ertappen, wie er zu ihm herausspähte.

Eine sehr attraktive junge Frau in Dienstmädchentracht öffnete ihm, und als er seinen Namen nannte, sagte sie: »Mr. Parker erwartet Sie in seinem Arbeitszimmer.« Ihr Tonfall war ein klein wenig zu vertraulich. Ed hatte das Gefühl, daß sie gerade aus diesem Arbeitszimmer kam.

Als er ihr durch die geräumige, mit Teppichen ausgelegte Eingangshalle folgte, rief er sich noch einmal in Erinnerung, was er über Parker senior wußte. Parker hatte den Ruf, ein Frauenheld zu sein, und Sloane fragte sich mit Blick auf die hübsche Frau vor ihm, ob Parker so dumm war, in seinen eigenen vier Wänden eine Affäre anzufangen.

Vielleicht ist er tatsächlich so dumm, dachte Sloane ein paar Minuten später, als er Mr. Parker gegenüberstand, der auf einem Ledersofa saß und Kaffee trank. Eine zweite, halbvolle Tasse stand noch auf dem Couchtisch.

Parker stand weder auf, um ihn zu begrüßen, noch bot er ihm Kaffee an. »Setzen Sie sich, Detective Sloane.« Es klang nicht wie eine Einladung, sondern mehr wie ein Befehl.

Sloane wußte, daß er als nächstes hören würde, Parker sei sehr beschäftigt und könne höchstens ein paar Minuten erübrigen.

Er hörte genau das.

Als Sloane bemerkte, daß sich das Dienstmädchen noch im Zimmer befand, drehte er sich zu ihr um. »Sie können wiederkommen, sobald ich gehe, Miss«, sagte er brüsk.

Richard Parker fuhr mit empörter Miene hoch. »Für wen halten Sie –«

Sloane fiel ihm ins Wort. »Mr. Parker, ich glaube, Sie sollten sich von Anfang an klarmachen, daß ich nicht Ihr Lakai bin. Es geht hier nicht um eine Immobilientransaktion, um irgendein großes Geschäft, das Sie in der Hand haben. Ich bin hier, um mit Ihnen über Ihren Sohn zu sprechen. Er ist auf dem besten Wege, als Tatverdächtiger nicht in einem, sondern in zwei Mordfällen betrachtet zu werden.«

Er beugte sich vor und pochte auf den Kaffeetisch, um seinen Worten Nachdruck zu verleihen. »Isabelle Waring glaubte nicht daran, daß ihre Tochter durch einen Unfall ums Leben kam. Einige Beweise deuten darauf hin, daß Mrs. Waring durch die Hand eines Berufskillers starb, der für uns kein Unbekannter ist. Außerdem wissen wir, daß der Täter für ein Drogenkartell gearbeitet hat. Das sind übrigens noch keine allgemein bekannten Tatsachen, aber ich weihe Sie ein. Ihnen ist bestimmt klar, daß Ihr Sohn dafür verantwortlich ist, daß der Killer überhaupt in Isabelle Warings Wohnung gelangen konnte. Allein dadurch hat er sich der Beihilfe schuldig gemacht. Deshalb wird demnächst ein Haftbefehl gegen ihn ergehen.

Aber ich habe noch eine Information über Ihren Sohn, die ich Ihnen nicht vorenthalten will, wenn Sie nicht ohnehin schon im Bilde sind. Rick war am Abend vor Heather Landis Tod in Stowe, und wir haben einen Augenzeugen, der aussagen wird, daß sie offenbar Angst vor ihm hatte und bei seinem Auftauchen fluchtartig die Bar des Skihotels verließ.« Sloane hielt inne und sah Parker an, der angespannt vor ihm saß.

Wie erregt er war, zeigte sich lediglich an den hektischen Flecken auf seinem Gesicht; seine Stimme blieb ruhig und eiskalt. »Ist das alles, Detective?«

»Nicht ganz. Ihr Prachtjunge, Richard J. Parker junior, ist drogenabhängig. Offensichtlich haben Sie aufgehört, seine Rechnungen zu bezahlen, aber seinen Stoff bekommt er nach wie vor aus irgendwelchen Quellen. Wahrscheinlich bedeutet das, daß er jemandem eine Menge Geld schuldet, was ihn in eine sehr gefährliche Lage bringen könnte. Mein Rat an Sie: Besorgen Sie ihm einen Strafverteidiger, und legen Sie ihm nahe, sich zu stellen. Andernfalls könnte auch gegen Sie Anklage erhoben werden.«

»Ich weiß nicht, wo er ist«, stieß Parker hervor.

Sloane stand auf. »Das nehme ich Ihnen nicht ab. Ich warne Sie. Möglicherweise schwebt er in großer Gefahr. Er wäre nicht der erste, dem so eine Sache über den Kopf wächst und der dafür bezahlen muß. Er könnte einfach verschwinden. Für immer.«

»Mein Sohn ist in einer Rehabilitationsklinik für Drogenabhängige in Hartford«, sagte Priscilla Parker.

Überrascht drehte Sloane sich um.

Mrs. Parker stand in der Tür. »Ich habe ihn letzten Mittwoch dort hingefahren«, erklärte sie. »Mein Mann sagt die Wahrheit, wenn er behauptet, er wisse nicht, wo sein Sohn ist. Rick hat mich um Hilfe gebeten. Sein Vater war an diesem Tag anderweitig beschäftigt.« Ihre Augen ruhten auf der zweiten Kaffeetasse, dann sah sie ihren Mann haßerfüllt und mit unverhohlener Verachtung an.

45

Nachdem Lacey der Geschäftsführerin des Edina Health Clubs das ausgefüllte Anmeldeformular und den Scheck gegeben hatte, ging sie sofort in den Squash-Court und begann, den Ball gegen die Wand zu schlagen. Ihr wurde jedoch bald klar, daß die Kombination einer schlaflosen Nacht und eines frühmorgendlichen ausgiebigen Dauerlaufs ihre Kräfte aufgezehrt hatte. Sie erwischte nicht einmal einfache Returns, und schließlich stürzte sie und verstauchte sich den Knöchel bei dem Versuch, einen unerreichbaren Ball zu treffen. In letzter Zeit war sie einfach vom Pech verfolgt.

Wütend über ihre Ungeschicklichkeit und den Tränen nahe humpelte sie hinaus und holte Mantel und Einkaufstasche aus dem Schrank.

Die Tür zum Büro der Geschäftsführerin stand halb offen. Vor dem Schreibtisch saß ein junges Paar, und ein grauhaariger Mann wartete.

Lacey spürte, daß ihr Knöchel bereits anschwoll. Einen Augenblick zögerte sie vor der Tür und erwog, ob sie die Geschäftsführerin um eine elastische Binde aus dem Arzneischränkchen bitten sollte. Doch dann beschloß sie, sofort nach Hause zu fahren und ihren Knöchel mit Eis zu kühlen.

Obwohl sie sich am Morgen nichts sehnlicher gewünscht hatte, als die Wohnung zu verlassen, wurde ihr jetzt klar, daß sie nur noch eins wollte: nach Hause fahren und die Tür hinter sich abschließen und verriegeln.

Bei ihrem Dauerlauf am frühen Morgen hatte Lacey schon vereinzelte Wolken am Himmel gesehen. Jetzt hatten sie sich zu einer geschlossenen Wolkendecke verdichtet. Auf der Fahrt von Edina nach Minneapolis ahnte Lacey, daß bald schwere Schneefälle einsetzen würden.

Hinter dem Haus war ein Parkplatz für sie reserviert. Sie stellte das Auto ab und machte den Motor aus. Eine Weile saß sie schweigend da. Ihr Leben versank im Chaos. Hier war sie gelandet, Hunderte von Meilen von ihrer Familie entfernt, und führte ein Dasein, das man nicht mehr als Leben bezeichnen konnte. Einsam und verlassen. Sie saß in der Lügenfalle, mußte sich als eine andere ausgeben – und warum? Warum? Nur weil sie Zeugin eines Verbrechens geworden war. Manchmal wünschte sie, der Mörder hätte sie in dem Schrank entdeckt. Sie wollte nicht sterben, aber es wäre einfacher gewesen als dieses Leben, dachte sie verzweifelt. Das mußte anders werden.

Sie öffnete die Wagentür und stieg vorsichtig aus, um ihren pochenden rechten Knöchel zu schonen. Als sie eben abschließen wollte, legte sich eine Hand auf ihre Schulter.

Sie durchlebte dasselbe Gefühl wie in ihrem Alptraum, alles lief in Zeitlupe ab, sie versuchte zu schreien, brachte aber keinen Ton heraus. Als sie einen Satz nach vorn machte, um zu entkommen, schoß ein brennender Schmerz durch ihren Knöchel, so daß sie nach Luft schnappte und ins Stolpern geriet.

Ein Arm fing sie auf, stützte sie, und eine vertraute Stimmte sagte zerknirscht: »Alice, es tut mir leid! Ich wollte Sie nicht erschrecken. Verzeihen Sie mir.«

Es war Tom Lynch.

Zutiefst erleichtert sank Lacey an seine Brust. »Oh, Tom ... ach Gott ... ich ... schon gut. Ich bin nur ... Sie haben mir einen schönen Schrecken eingejagt.«

Sie fing an zu weinen. Es war so schön, sicher und geborgen in seinen Armen zu ruhen. Eine Weile stand sie reglos da und gab sich dem Gefühl grenzenloser Erleichterung hin. Dann richtete sie sich auf und sah ihn an. Sie konnte das weder ihm noch sich selbst antun. »Tut mir leid, daß Sie sich die Mühe gemacht haben zu kommen, Tom. Ich gehe nach oben«, sagte sie, versuchte ruhig durchzuatmen und wischte sich die Tränen ab.

»Ich komme mit. Wir müssen miteinander reden.«

»Wir haben nichts zu bereden.«

»O doch«, erwiderte er. »Angefangen damit, daß Ihr Vater ganz Minneapolis nach Ihnen absucht, weil Ihre Mutter im Sterben liegt und sich mit Ihnen versöhnen möchte.«

»Wovon ... reden ... Sie?« Laceys Lippen fühlte sich taub an, und die Kehle schnürte sich ihr zusammen, so daß sie kaum ein Wort herausbrachte.

»Ich rede davon, daß Ruth Wilcox mir gestern abend erzählt hat, irgendein Kerl hätte Ihr Photo im Fitneßstudio herumgezeigt und behauptet, er sei Ihr Vater und suche Sie.«

Er ist in Minneapolis! dachte Lacey. *Er wird mich finden!*

»Alice, schauen Sie mich an! Ist das wahr? Ist es tatsächlich Ihr Vater, der Sie sucht?«

Sie schüttelte den Kopf. Inzwischen wünschte sie verzweifelt, er würde sie in Ruhe lassen. »Tom, bitte. Gehen Sie jetzt.«

»Ich werde nicht gehen.« Er nahm ihr Gesicht in beide Hände und zwang sie, ihn anzusehen.

Wieder hallte Jack Farrells Stimme in Laceys Kopf wieder: *Du siehst mein Gesicht vor dir, um seines zu verdecken*, sagte er. *Gib's zu.*

Ich geb's zu, dachte sie. Sie sah ihn an, sah sein energisches Kinn, seine vor Sorge gerunzelte Stirn, den Ausdruck seiner Augen.

Ein Blick, den man einem ganz besonderen Menschen schenkt. Ich werde nicht zulassen, daß dir etwas geschieht, schwor sie sich.

Wenn Isabelle Warings Mörder es geschafft hätte, Ruth Wilcox im Twin Cities Gym meine Adresse zu entlocken, wäre ich jetzt nicht mehr am Leben, dachte sie. So weit, so gut. Aber wo mag er mein Bild noch herumgezeigt haben?

»Alice, ich weiß, daß Sie in Schwierigkeiten stecken, und ganz gleich, worum es geht, ich stehe Ihnen bei. Aber Sie dürfen mich nicht länger im unklaren lassen«, drängte Tom. »Können Sie das denn nicht verstehen?«

Sie blickte zu ihm auf. Es war ein merkwürdiges Gefühl, diesen Mann vor sich zu sehen, der offenbar viel für sie empfand – Liebe? Vielleicht. Und er war genau der Mann, dem zu begegnen sie sich erträumt hatte. Aber nicht jetzt! Nicht hier! Nicht in dieser Situation! *Ich kann ihm das nicht antun*, dachte sie.

Ein Auto bog in den Parkplatz ein. Lacey hätte Tom beinahe instinktiv hinter ihren Wagen in Deckung gezogen. Ich muß weg, dachte sie. Und ich muß Tom von mir fernhalten.

Als das Auto näher kam, sah sie, daß eine Frau am Steuer saß, die ebenfalls in dem Apartmenthaus wohnte.

Aber wer würde in dem nächsten Auto sitzen, das auf den Parkplatz fuhr? fragte sie sich ärgerlich. Es könnte der Mörder sein.

Die ersten Schneeflocken schwebten vom Himmel.

»Bitte, gehen Sie jetzt, Tom«, bat sie. »Ich muß zu Hause anrufen und mit meiner Mutter reden.«

»Dann ist diese Geschichte also wahr?«

Sie nickte, vermied es aber, ihn anzusehen. »Ich muß mit ihr reden und einiges klären. Kann ich Sie später anrufen?« Endlich blickte sie auf.

Seine besorgten Augen ruhten fragend auf ihrem Gesicht.

»Alice, rufen Sie mich bestimmt an?«

»Ich schwöre es.«

»Wenn ich Ihnen helfen kann, wissen Sie –«

»Nicht jetzt, das geht nicht«, fiel sie ihm ins Wort.

»Können Sie mir in einem Punkt die Wahrheit sagen?«

»Natürlich.«

»Gibt es einen anderen Mann in Ihrem Leben?«

Sie sah ihm in die Augen. »Nein.«

Er nickte. »Das ist alles, was ich wissen muß.«

Wieder bog ein Wagen in den Parkplatz. *Du darfst nicht bei mir bleiben*, schrie ihre innere Stimme. »Tom, ich muß zu Hause anrufen.«

»Darf ich Sie wenigstens zur Tür begleiten?« Er nahm ihren Arm. Nach ein paar Schritten blieb er stehen. »Sie humpeln ja.«

»Ist nicht schlimm. Ich bin über meine eigenen Füße gestolpert.« Lacey betete, daß er ihr nicht ansah, welche Schmerzen sie beim Gehen hatte.

Tom hielt ihr die Tür zum Hausflur auf. »Wann höre ich von Ihnen?«

»In einer Stunde oder so.« Sie zwang sich, ihn anzulächeln.

Seine Lippen berührten ihre Wange. »Ich mache mir Sorgen um Sie. Ich habe *Angst* um Sie.« Er nahm ihre Hände in seine und blickte ihr tief in die Augen. »Aber ich warte auf Ihren Anruf. Sie haben mir gerade etwas Wunderbares gesagt. Und neue Hoffnung gegeben.«

Lacey wartete in der Eingangshalle, bis sie seinen dunkelblauen BMW wegfahren sah. Dann hastete sie zum Aufzug.

Sie machte sich nicht die Mühe, den Mantel auszuziehen, bevor sie zum Telephon griff und das Fitneßstudio anrief. »Edina Health Club. Bleiben Sie bitte dran«, meldete sich die aufgekratzt fröhliche Stimme der Geschäftsführerin.

Eine Minute verstrich, zwei Minuten. Zum Teufel mit ihr, dachte Lacey und knallte den Hörer auf die Gabel.

Es war Samstag; wahrscheinlich war ihre Mutter zu Hause. Zum ersten Mal seit Monaten wählte Lacey die vertraute Nummer direkt an.

Ihre Mutter nahm beim ersten Klingeln ab.

Lacey wußte, daß sie keine Zeit zu verlieren hatte. »Mom, wem hast du erzählt, daß ich hier bin?«

»Lacey? Keiner Menschenseele. Warum?« rief Mona beunruhigt.

Zumindest nicht *absichtlich*, dachte Lacey. »Mom, bei dem Essen gestern abend – wer war dabei?«

»Alex und Kit und Jay und Jimmy Landi und sein Partner, Steve Abbott, und ich. Warum?«

»Hast du irgend etwas über mich gesagt?«

»Nichts Wichtiges. Nur, daß du einem neuen Fitneßclub mit einem Squash-Court beigetreten bist. Das war doch in Ordnung, oder?«

Mein Gott, dachte Lacey.

»Lacey, Mr. Landi möchte sehr gern mit dir reden. Er hat mich gebeten zu fragen, ob die letzten Seiten von Heathers Tagebuch auf unliniertem Papier geschrieben waren. Erinnerst du dich?«

»Warum will er das wissen? Ich habe ihm eine vollständige Kopie übergeben.«

»Er sagt, wenn das der Fall sei, habe jemand diese Seiten der Kopie aus dem Polizeirevier gestohlen. Außerdem ist auch das ganze Original gestohlen worden. Lacey, willst du etwa sagen, der Mann, der dich ermorden wollte, weiß, daß du in Minneapolis bist?«

»Mom, ich kann nicht reden. Ich rufe dich später an.«

Lacey legte auf. Noch einmal versuchte sie es beim Fitneßstudio. Diesmal wartete sie nicht ab, bis sie auf die Warteleitung gelegt wurde. »Hier spricht Alice Carroll«, unterbrach sie die Geschäftsführerin. »Bitte –«

»Oh, Alice.« Die Geschäftsführerin schlug einen mitfühlenden Ton an. »Ihr Vater war hier und hat sie gesucht. Ich bin mit ihm zum Squash-Court gegangen, weil ich dachte, Sie wären noch da. Ich habe Sie nicht weggehen sehen. Jemand hat uns gesagt, Sie hätten sich den Knöchel verstaucht. Ihr Vater war so besorgt, da habe ich ihm Ihre Adresse gegeben. Das war doch richtig, oder? Er ist gerade erst vor ein paar Minuten gegangen.«

Lacey nahm sich noch die Zeit, die Kopie von Heather Landis Tagebuch in ihre Einkaufstasche zu stopfen. Dann eilte sie halb hopsend zum Auto und fuhr in Richtung Flughafen. Sturmböen trieben Schnee gegen die Windschutzscheibe. Hoffentlich kommt er nicht gleich darauf, daß ich nicht mehr da bin, sagte sie sich. Dann habe ich ein bißchen Zeit.

Zwölf Minuten, nachdem sie den Ticketschalter erreichte, sollte eine Maschine nach Chicago starten. Lacey konnte gerade noch an Bord gehen, bevor sich die Türen schlossen.

Dann saß sie drei Stunden lang im Flugzeug auf der Rollbahn fest, weil keine Abfluggenehmigung erteilt wurde.

46

Sandy Savarano saß in seinem Mietwagen, einen Stadtplan vor sich auf dem Lenkrad, und spürte, wie ihn das Jagdfieber packte.

Sein Puls ging schneller. Es würde nicht mehr lange dauern, bis er sich ihrer angenommen hatte.

Schon hatte er die Hennepin Avenue 520 auf der Karte gefunden. Sie war nur zehn Minuten vom Radisson Plaza entfernt, wo er abgestiegen war. Er schob den Schalthebel auf DRIVE und gab Gas.

Immer noch ärgerlich, weil sie ihm im Fitneßstudio so knapp entkommen war, schüttelte er den Kopf. Wenn sie im Squash-Court nicht hingefallen wäre, wäre sie noch dort drin gewesen, ohne Fluchtweg, eine leichte Beute.

Das Adrenalin in seinen Adern ließ sein Herz schneller schlagen, und sein Atem ging stoßweise. Er war nahe dran. Dieser Teil der Jagd gefiel ihm am besten.

Der Hausmeister hatte gesagt, die Farrell habe beim Hinausgehen gehumpelt. Wenn sie sich so schwer verletzt hatte, daß sie humpelte, war sie bestimmt gleich nach Hause gefahren.

Alice Carroll, so nannte sie sich jetzt also. Da konnte es nicht schwer sein, die Nummer des Apartments herauszufinden – wahrscheinlich stand sie auf ihrem Briefkasten im Hausflur.

Das letzte Mal hatte sie ihm die Tür vor der Nase zugeschlagen, bevor er sie erwischen konnte, dachte er voll Erbitterung. Diesmal würde ihr das nicht gelingen.

Es schneite nun heftiger. Savarano runzelte die Stirn. Probleme mit dem Wetter konnte er jetzt nicht gebrauchen. Sein Koffer lag schon im Hotelzimmer bereit. Wenn er mit der Farrell fertig war, würde er innerhalb von zehn Minuten packen und auschecken. Ein Gast, der sich nicht abmeldete und sein Gepäck zurückließ, erregte nur unnötige Aufmerksamkeit. Aber wenn der Flughafen geschlossen wurde und die Straßen vereisten, saß er fest, was nur von Bedeutung war, falls irgend etwas schiefging.

Aber es *würde* nichts schiefgehen.

Er warf einen Blick auf das Straßenschild. Er war auf der Hennepin Avenue im 400er-Block.

Der Anfang der Hennepin Avenue grenzte an das Nicollet-Einkaufszentrum mit all den eleganten Geschäften. Dort lagen auch die Hotels und die neuen Bürogebäude. Aber dieser Teil der Straße machte nicht viel her.

Er fand das Haus Nr. 520, ein unauffälliges Eckhaus, sieben Stockwerke, nicht sehr groß, um so besser. Savarano war sicher, daß das Gebäude keine großen Sicherheitsvorkehrungen zu bieten hatte.

Er umrundete das Haus und fuhr auf den Parkplatz. Für die Bewohner gab es numerierte Stellplätze, und die wenigen Lücken für Besucher waren belegt. Da er keine Aufmerksamkeit erregen wollte, indem er einen reservierten Platz blockierte, fuhr er wieder hinaus und parkte auf der gegenüberliegenden Straßenseite. Die Tür zu dem kleinen Vorraum war nicht abgeschlossen, und hier fand er über den Briefkästen eine Tafel mit den Namen und Apartmentnummern der Bewohner. Alice Carroll hatte Apartment 4F. Um in den Hausflur zu gelangen, brauchte man jedoch einen Schlüssel oder mußte bei einem Hausbewohner klingeln, damit er den elektrischen Türöffner betätigte.

Ungeduldig wartete Savarano, bis er eine ältere Frau auf das Haus zukommen sah. Während sie die Außentür öffnete, ließ er einen Schlüsselbund fallen und bückte sich danach.

Als die Frau die Eingangstür aufschloß, richtete er sich auf, hielt ihr die Tür auf und folgte ihr dann in den Hausflur.

Sie lächelte ihn dankbar an. Er ging hinter ihr zum Aufzug und wartete dort ab, bis sie den Knopf zum sechsten Stock gedrückt hatte, bevor er auf die Vier drückte. Eine notwendige Vorsichtsmaßnahme. Dank dieser Aufmerksamkeit fürs Detail war Savarano so gut – und so erfolgreich. Er wollte nicht mit Lacey Farrells Wohnungsnachbarin aus dem Aufzug steigen. Je weniger er gesehen wurde, desto besser.

Im vierten Stock angelangt, ging er den ruhigen, schlecht beleuchteten Korridor entlang. Alles sehr günstig, dachte er. 4F war das letzte Apartment links. Sandys rechte Hand steckte in der Tasche und umfaßte die Pistole, während er mit der linken auf die Klingel drückte. Er wußte, was er sagen würde, wenn die Farrell wissen wollte, wer draußen war, bevor sie öffnete. »Stadtwerke, eine Gasleitung ist undicht.« Das funktionierte immer.

Nichts rührte sich.

Er klingelte noch einmal.

Das Türschloß war neu, aber er hatte noch keins gesehen, das er nicht hätte knacken können. Das nötige Werkzeug trug er in einer Tasche um die Taille. Sie sah aus wie ein Geldgürtel. Er dachte immer mit Vergnügen daran, daß er sich an jenem Abend nur den Schlüssel vom Tisch im Foyer nehmen mußte, um in Isabelle Warings Wohnung zu gelangen.

Er brauchte keine vier Minuten, um in die Wohnung zu gelangen und das Schloß wieder einzubauen. Er würde hier auf sie warten, denn er glaubte nicht, daß sie sich noch lange draußen rumtreiben würde. Und dann würde sie eine Überraschung erleben!

Vielleicht läßt sie ihren Knöchel röntgen, dachte er.

Er beugte seine Finger; sie steckten in Chirurgenhandschuhen. An jenem Abend in der New Yorker Wohnung der Farrell war er unvorsichtig gewesen, was sonst gar nicht seine Art war, und hatte einen Fingerabdruck an der Tür hinterlassen. Der Riß im Zeigefinger des rechten Handschuhs war ihm entgangen. Dieser Fehler durfte sich nicht wiederholen.

Man hatte ihn beauftragt, Farrells Wohnung zu durchsuchen, um sicherzugehen, daß sie nicht eine zweite Kopie von Heather Landis Tagebuch für sich persönlich gemacht hatte. Er ging zum Schreibtisch und wollte mit der Suche beginnen.

In diesem Augenblick klingelte das Telephon. Mit katzenartiger Gewandtheit durchquerte er den Raum und stellte sich neben den Apparat. Erleichtert bemerkte er, daß der Anrufbeantworter eingeschaltet war.

Lacey Farrells Stimme ertönte leise und zurückhaltend. »Sie haben den Anschluß 555-1247 erreicht. Bitte hinterlassen Sie eine Nachricht. Ich rufe Sie zurück«, lautete die knappe Botschaft.

Der Anrufer hatte eine energische, befehlsgewohnte Stimme. »Alice, hier spricht George Svenson. Wir sind unterwegs. Ihre Mutter hat gerade unsere New Yorker Kollegen verständigt. Sie sagt, daß Sie in Schwierigkeiten sind. Bleiben Sie in der Wohnung. Verriegeln Sie die Tür. Lassen Sie niemanden herein, bis ich da bin.«

Savarano erstarrte. *Sie waren unterwegs!* Wenn er nicht sofort von hier verschwand, war er derjenige, der in der Falle saß. Sekunden später hatte er die Wohnung verlassen, rannte den Korridor hinunter zur Feuertreppe.

Gerade als er sicher in seinem Wagen saß und sich in den spärlich fließenden Verkehr auf der Hennepin Avenue eingegliedert hatte, brausten die Polizeiautos mit Blaulicht an ihm vorbei.

So knapp war er noch nie davongekommen. Eine Weile fuhr er ziellos dahin und zwang sich, in Ruhe nachzudenken.

Wohin würde die Farrell flüchten? Würde sie sich bei einem Freund oder einer Freundin verstecken oder sich irgendwo in einem Motel verkriechen?

Wo sie auch steckte, sie hatte nicht mehr als eine halbe Stunde Vorsprung.

Er mußte sich in sie hineinversetzen. Was würde *er* tun, wenn er im Zeugenschutzprogramm wäre und ein Killer hätte ihn aufgespürt?

Dem Marshal Service würde ich jedenfalls nicht mehr vertrauen, dachte Sandy. Ich würde mich nicht von ihnen in einer anderen Stadt unterbringen lassen und abwarten, wie lange es dauert, bis ich das nächste Mal entdeckt werde.

Menschen, die freiwillig aus dem Zeugenschutzprogramm ausstiegen, taten das in der Regel, weil sie ihre Verwandten und Freunde vermißten. Normalerweise fuhren sie nach Hause.

Die Farrell hatte nicht etwa das FBI verständigt, als ihr klar wurde, daß ihre Tarnung aufgeflogen war. Nein, sie hatte ihre Mutter angerufen.

Dorthin wollte sie, schloß er. Sie war auf dem Weg zum Flughafen, auf dem Weg nach New York. Dessen war Sandy sich sicher.

Also fuhr er auch dorthin.

Die Frau mußte Angst haben. Sie würde sich nicht mehr darauf verlassen, daß die Cops sie beschützten. Die Wohnung in New York hatte sie noch. Ihre Mutter und Schwester lebten in New Jersey. Kein Problem, sie dort zu finden.

Andere hatten sich eine Zeitlang erfolgreich vor ihm versteckt, aber auf lange Sicht war noch niemand davongekommen. Am Ende spürte er sein Opfer immer auf. Die Jagd machte Spaß, aber noch besser gefiel ihm das Töten.

Zuerst ging er an den Schalter von Northwest Airlines. Nach der Zahl der Angestellten zu urteilen war das die wichtigste Fluggesellschaft in Minneapolis. Dort erfuhr er, daß im Augenblick alle Flüge wegen Schneefalls Startverbot hatten. »Dann kann ich vielleicht noch mit meiner Frau fliegen«, sagte er. »Sie ist vor etwa vierzig Minuten weggefahren. Ihre Mutter hatte in New York einen Unfall, und ich vermute, daß sie den ersten Flug genommen hat, den sie kriegen konnte. Der Name ist Alice Carroll.«

Die Frau am Schalter zeigte sich äußerst hilfsbereit. »In der letzten Stunde ist kein direkter Flug nach New York gegangen, Mr. Carroll. Vielleicht hat sie aber eine Verbindung über Chicago genommen. Sehen wir mal im Computer nach.«

Ihre Finger huschten über die Tastatur. »Da haben wir's. Ihre Frau hat Flug 62 nach Chicago gebucht, Abflug 11:48.« Sie seufzte. »Die Maschine hat den Flugsteig schon verlassen und sitzt jetzt auf der Rollbahn fest. Ich fürchte, da kann ich Sie nicht mehr unterbringen, aber Sie könnten Ihre Frau in Chicago treffen. Hier habe ich eine Maschine, die gerade Passagiere an Bord nimmt. Wahrscheinlich landen die beiden Flüge fast gleichzeitig.«

47

In dem gemütlichen Wohnzimmer von Harding Manor warteten Detective Ed Sloane und Priscilla Parker gemeinsam darauf, daß Rick erschien. Die Klinik, ein ehemaliges

Privathaus, war von einem Ehepaar gestiftet worden, dessen einziger Sohn an einer Überdosis gestorben war.

Die schöne blau-weiße Couchgarnitur und die farblich abgestimmten blau gemusterten Tapeten und Teppiche gehörten nach Sloanes Ansicht eindeutig zur ursprünglichen Einrichtung des Hauses und waren für ihn der Beweis, daß jene, die es sich leisten konnten, ihre Sucht hier behandeln zu lassen, ein kleines Vermögen hinblättern mußten.

Auf der Fahrt von Greenwich hierher hatte Mrs. Parker allerdings erzählt, daß mindestens die Hälfte der Patienten nichts zu bezahlen brauchten.

Während sie nun auf Rick warteten, erklärte die Mutter nervös: »Ich weiß, was Sie von meinem Sohn denken müssen. Aber Sie wissen nichts von seinem guten Kern. Rick könnte noch so viel aus seinem Leben machen. Da bin ich mir ganz sicher. Sein Vater hat ihn immer schon verzogen, hat ihm beigebracht, er hätte es nicht nötig, sich an Regeln zu halten oder Wertvorstellungen zu akzeptieren. Als er auf der Privatschule Drogenprobleme bekam, habe ich meinen Mann geradezu angefleht, ihn die Folgen spüren zu lassen. Aber statt dessen hat er alles mit Geld geregelt. Auf dem College hätte Rick gute Leistungen bringen müssen. Er ist intelligent, aber er hat sich nie Mühe gegeben. Können Sie mir sagen, welcher Siebzehnjährige ein Mercedes-Kabrio haben muß? Welcher Junge in diesem Alter braucht unbegrenzt Taschengeld? Welcher junge Mann bekommt ein Gefühl für menschlichen Anstand, wenn sein Vater seine augenblickliche Geliebte in eine Dienstmädchentracht steckt und nach Hause mitbringt?«

Sloane bewunderte den verschnörkelten Kamin aus Carrara-Marmor. »Ich habe den Eindruck, daß Sie sich das alles sehr lange haben gefallen lassen, Mrs. Parker. Vielleicht zu lange.«

»Ich hatte keine andere Wahl. Wenn ich gegangen wäre, hätte ich Rick ganz verloren. Weil ich geblieben bin, habe ich wenigstens etwas erreicht. Daß er bereit war, eine Entziehungskur zu machen, und jetzt mit Ihnen reden will, gibt mir recht.«

»Warum hat Ihr Mann seine Haltung Rick gegenüber geändert?«, fragte Sloane. »Wir wissen, daß er vor fünf Jahren die Zinsen aus seinem Treuhandvermögen eingefroren hat. Wie ist es soweit gekommen?«

»Das soll Rick Ihnen selbst erzählen«, erwiderte Priscilla Parker. Sie legte den Kopf schief und lauschte. »Das ist seine Stimme. Er kommt. Mr. Sloane, er steckt in großen Schwierigkeiten, nicht wahr?«

»Nicht, wenn er unschuldig ist, Mrs. Parker. Und nicht, wenn er mit uns zusammenarbeitet ... Das hat er selbst in der Hand.«

Sloane wiederholte diese Worte, als er sich von Rick Parker per Unterschrift bestätigen ließ, daß er über sein Aussageverweigerungsrecht belehrt worden war. Überrascht stellte Sloane fest, wie sehr sich der junge Mann in den zehn Tagen seit ihrer letzten Begegnung verändert hatte. Sein Gesicht war eingefallen und blaß, und er hatte dunkle Ringe unter den Augen. Eine Entziehungskur ist kein Erholungsurlaub, dachte Sloane, aber ich vermute, daß hinter der Veränderung mehr steckt als nur der Entzug.

Parker gab ihm das unterzeichnete Dokument. »In Ordnung, Detective«, sagte er. »Was wollen Sie wissen?« Er saß neben seiner Mutter auf dem Sofa. Sloane sah, daß sie nach der Hand ihres Sohnes griff.

»Warum haben Sie Curtis Caldwell – ich nenne ihn so, weil er unter diesem Namen aufgetreten ist – in Isabelle Warings Wohnung geschickt?«

Als Parker antwortete, trat ihm der Schweiß auf die Stirn. »In unserer Maklerfirma ...« Er hielt inne und sah seine Mutter an. »Ich sollte lieber sagen, in der Firma meines Vaters ist es üblich, daß wir eine Wohnung erst zeigen, wenn wir die Interessenten vor der Wohnungsbesichtigung überprüft haben. Selbst dann hat man noch Leute dabei, die gar nicht ernsthaft am Kauf interessiert sind, aber wenigstens wird der Kreis ein wenig eingeschränkt.«

»Heißt das, Sie wollen wissen, ob die Leute auch das nötige Geld haben?«

Rick Parker nickte. »Sie wissen, warum ich hier bin. Ich habe ein Drogenproblem. Und dieses Problem ist ziemlich teuer. Ich konnte es mir einfach nicht mehr leisten. Also habe ich immer mehr Stoff auf Kredit gekauft. Anfang Oktober bekam ich einen Anruf von meinem Dealer, dem ich viel Geld schulde. Er sagte, er kenne jemanden, der die Wohnung sehen wolle. Wahrscheinlich würde der Mann nicht unseren Anforderungen genügen, aber wenn ihm die Wohnung gefiele, ließe sich das regeln.«

»Wurden Sie bedroht für den Fall, daß Sie nicht mitspielen?« fragte Sloane.

Parker rieb sich die Stirn. »Hören Sie, ich kann Ihnen nur sagen, ich wußte, was von mir erwartet wurde. Ich wurde nicht um einen Gefallen gebeten, sondern mir wurde gesagt, was ich zu tun hatte. Also ließ ich mir eine Geschichte einfallen. Im Büro hatten wir gerade einige Eigentumswohnungen an Anwälte der Kanzlei Keller, Roland und Smythe verkauft, die nach Manhattan versetzt worden waren. Da erfand ich den Namen Curtis Caldwell und behauptete, er sei von der Kanzlei. Niemand hat es angezweifelt. Sonst habe ich nichts getan«, platzte Rick heraus. »*Wirklich* nichts. Ich dachte mir, daß mit diesem Typ etwas nicht ganz koscher ist, aber ich hatte keine Ahnung vom wahren Zweck seines Besuchs. Als mir Lacey Farrell sagte, der Mann habe Heathers Mutter ermordet, wußte ich nicht, was ich tun sollte.«

Sloane fiel auf, daß er Heather Landi beim Vornamen nannte.

»In Ordnung. Und was ist zwischen Ihnen und Heather Landi gewesen?«

Sloane sah, daß Priscilla Parker ihrem Sohn die Hand drückte. »Du mußt es ihm sagen, Rick«, bat sie leise.

Parker sah Ed Sloane in die Augen. Die Trauer in seinem Blick war nicht gespielt. »Ich habe Heather vor fast fünf Jahren kennengelernt, als sie in unser Büro kam und eine Wohnung in der West Side suchte«, sagte er. »Ich habe ihr ein bißchen die Stadt gezeigt. Sie war ... sie war schön, sie war aufgeweckt, sie war lustig.«

»Sie wußten, daß Jimmy Landi ihr Vater war?« fragte Sloane.

»Ja, und das war mit ein Grund dafür, daß es mir solchen Spaß gemacht hat. Jimmy hatte mir eines Abends Lokalverbot erteilt, weil ich betrunken war. Deshalb war ich wütend. Ich war es nicht gewohnt, daß mir irgend etwas abgeschlagen wurde. Und als Heather aus ihrem Kaufvertrag für eine Wohnung in der 77. Straße West aussteigen wollte, sah ich meine Chance, Jimmy Landi zumindest indirekt eins auszuwischen.«

»Sie hatte einen Vertrag unterschrieben?«

»Einen wasserdichten. Dann kam sie völlig aufgelöst zu mir. Sie hatte herausgefunden, daß ihr Vater bereits eine Wohnung für sie an der 70. Straße Ost gekauft hatte, und bat mich, den Vertrag zu zerreißen.«

»Was geschah dann?«

Rick schwieg und betrachtete seine Hände. »Ich sagte ihr, ich würde ihn zerreißen, wenn ich eine Gegenleistung dafür bekäme.«

Du Dreckskerl, dachte Sloane, sie war noch ein halbes Kind, gerade nach New York gekommen, und du ziehst ein solches Ding ab.

»Wissen Sie«, sagte Rick Parker, und Sloane hatte den Eindruck, als führte er ein Selbstgespräch, »ich war zu blöd, um zu begreifen, was ich wirklich für Heather empfand. Ich brauchte nur mit dem kleinen Finger zu winken, und die Mädchen sind mir nur so nachgelaufen. Aber Heather hat mir die kalte Schulter gezeigt. Also sah ich in unserer Abmachung eine Chance, zu bekommen, was ich wollte, und mich gleichzeitig bei ihrem Vater zu revanchieren. Aber an dem Abend, an dem sie zu mir in meine Wohnung kam, war sie völlig verstört. Also machte ich einen Rückzieher. Sie war wirklich ein süßes Mädchen, ich hätte mich ernsthaft in sie verlieben können. Und das habe ich vielleicht auch getan. Ich weiß jedenfalls, daß es mir selbst bei ihrem Besuch auf einmal sehr unbehaglich zumute war. Ich neckte sie ein wenig, und sie fing an zu weinen. Und dann sagte ich ihr, sie solle erst mal erwachsen werden und nach Hause gehen, ich sei zu alt für Babys. Ich glaube, ich habe sie so gedemütigt, daß sie für immer die Nase von mir voll hatte. Danach versuchte ich, sie anzurufen, mich mit ihr zu verabreden, aber sie wollte nichts von mir wissen.«

Rick stand auf und ging zum Kamin, als müßte er sich am Feuer aufwärmen. »An jenem Abend nach ihrem Besuch ging ich einen trinken. Als ich aus einer Bar an der 10. Straße im Village kam, wurde ich plötzlich in ein Auto gezerrt. Zwei Kerle schlugen mich gründlich zusammen. Sie sagten, wenn ich den Vertrag nicht zerreiße und die Finger von Heather lasse, würde ich meinen nächsten Geburtstag nicht mehr erleben. Ich hatte drei gebrochene Rippen.«

»Und haben Sie den Vertrag zerrissen?«

»Sicher, Mr. Sloane, das habe ich. Aber erst, als mein Vater Wind von der Sache bekam und mich zwang zu erzählen, was passiert war. Unser Hauptbüro hatte die Wohnung in der East Side an Jimmy Landi verkauft, der sie Heather schenken wollte, doch das waren kleine Fische im Vergleich zu einem anderen Geschäft, das damals in Vorbereitung war. Mein Vater war dabei, den Verkauf des Grundstücks in Atlantic City an Landi zu vermitteln. Wenn der herausgefunden hätte, was ich mit Heather gemacht hatte, hätte das meinen Vater Millionen kosten können. Also empfahl mir Daddy, die Sache entweder zu bereinigen oder zu verschwinden. Sie dürfen nicht vergessen: Wenn's ums Geschäft geht, spielt es für meinen Vater keine Rolle, daß ich sein Sohn bin. Wenn ich dazwischenfunke, macht er mir die Hölle heiß.«

»Wir haben einen Augenzeugen, der erklärt, daß Heather am Nachmittag vor ihrem Tod aus der Après-Ski-Bar in Stowe die Flucht ergriff, als sie Sie sah«, sagte Sloane.

»An diesem Tag habe ich sie nicht gesehen«, sagte Rick kopfschüttelnd. Seine Worte wirkten aufrichtig. »Immer wenn sie mir über den Weg lief, und das kam nicht oft vor, war es dasselbe: Sie konnte gar nicht schnell genug abhauen. Leider ließ sich daran nichts ändern.«

»Heather hat sich offensichtlich jemandem anvertraut, der Ihnen eine Abreibung verpassen ließ. War es ihr Vater?«

»Niemals!« Rick lachte fast. »Dann hätte sie ihm erzählen müssen, daß sie den Kaufvertrag unterschrieben hatte! Soll das ein Witz sein? Das hätte sie nie gewagt.«

»Wer dann?«

Rick Parker sah seine Mutter an. »Ist schon gut, Rick«, sagte sie und tätschelte seine Hand.

»Mein Vater ist seit dreißig Jahren Stammgast bei Landi«, erklärte Rick. »Er hatte immer viel für Heather übrig. Ich glaube, Dad hat mir die Schläger auf den Hals gehetzt.«

48

Als Laceys Flug um drei Uhr nachmittags endlich startete, stimmte sie nicht in den Jubel und Applaus der anderen Passagiere ein. Sie lehnte sich zurück, schloß die Augen und spürte, wie sich der Würgegriff der Angst um ihren Hals allmählich lockerte. Sie saß eingezwängt zwischen einem älteren Mann, der fast die ganze Wartezeit über gedöst – und geschnarcht – hatte, und einem rastlosen jungen Managertyp, der unverdrossen auf die Tastatur seines Laptops einhämmerte, aber mehrmals versucht hatte, ein Gespräch mit Lacey anzuknüpfen.

Drei Stunden lang hatte sie panische Angst gehabt, daß man den Flug streichen und die Maschine von der Startbahn zurück zur Abflughalle rollen lassen würde, wo Curtis Caldwell sie erwartete.

Endlich befanden sie sich in der Luft. Für die nächste Stunde – zumindest, bis sie Chicago erreichten – war sie in Sicherheit.

Sie trug immer noch den Jogginganzug und die Turnschuhe, in denen sie am Vormittag den Edina Health Club besucht hatte. Den rechten Schuh hatte sie so locker wie möglich geschnürt, ihn aber nicht ausgezogen, da sie fürchtete, danach nicht mehr hineinzupassen. Ihr Knöchel war jetzt doppelt so dick wie sonst, und der pochende Schmerz schoß nach oben bis ins Knie.

Denk nicht dran, sagte sie sich. Dadurch darfst du dich nicht aufhalten lassen. Sei froh, daß du noch lebst und Schmerzen empfindest. Du mußt jetzt überlegen, wie es weitergeht.

In Chicago würde sie die nächste verfügbare Maschine nach New York nehmen. *Aber was mache ich, wenn ich dort bin?* fragte sie sich. *Wo soll ich hin? Auf keinen Fall in meine Wohnung. Und zu Mom oder zu Kit kann ich auch nicht – ich würde sie nur in Gefahr bringen.*

Wohin sonst?

Sie hatte bereits einen Linienflug genommen und mit der Kreditkarte von Alice Carroll bezahlt. Nun mußte sie noch einen weiteren Flug zum vollen Tarif buchen. Da die Karte einen Kreditrahmen von dreitausend Dollar hatte, würde für ein Hotelzimmer in Manhattan wahrscheinlich nicht genug übrigbleiben. Außerdem konnte die Bundesstaatsanwaltschaft sie anhand der Karte aufspüren, sobald bekannt wurde, daß sie sich aus dem Staub gemacht hatte. Wenn sie ein Hotelzimmer nahm, würden Gary Baldwins Leute spätestens morgen früh dort auftauchen. Und dann saß sie wieder in der Falle. Er hatte das Recht, sie als wichtige Belastungszeugin wegen Fluchtgefahr in Haft zu nehmen.

Nein, sie brauchte ein Versteck, wo sie andere nicht gefährdete und wo niemand sie suchen würde.

Während die Maschine über die schneebedeckte Landschaft des mittleren Westens flog, überdachte Lacey ihre Möglichkeiten. Sie konnte Gary Baldwin anrufen und sich wieder ins Zeugenschutzprogramm aufnehmen lassen. Die Marshals würden sie verschwinden lassen, einige Zeit würde sie sich in einem sicheren Haus aufhalten, und dann würde man sie wieder in eine fremde Stadt schicken, wo sie mit einer neuen Identität wieder aus der Versenkung auftauchen würde.

Auf keinen Fall, schwor sie sich. *Lieber wäre ich tot.*

Lacey ließ die Ereignisse Revue passieren, die sie überhaupt erst in diese Lage gebracht hatten. Wenn sie doch von Isabelle Waring nie den Auftrag bekommen hätte, den Verkauf von Heather Landis Wohnung zu vermitteln! Wenn sie doch nur abgenommen hätte, als Isabelle sie am Vorabend ihres Todes anrief.

Wenn ich an dem Abend mit Isabelle gesprochen hätte, dann hätte sie mir vielleicht einen Namen genannt, dachte Lacey. Sie hätte mir sagen können, was sie in Heathers Tagebuch entdeckt hatte. *Mann* ... das war ihr letztes Wort. Welcher Mann? Aber allmählich komme ich der Lösung näher, wer hinter der ganzen Sache steckt. Das ist sonnenklar. Eins von zwei Dingen war passiert. Entweder hat Mom mich verraten, ohne es zu wissen, oder es gibt eine undichte Stelle bei der Polizei. Vielleicht mußte Svenson sich in New York meine fünfzehnhundert Dollar Beitrittsgebühr für den Edina Health Club genehmigen lassen. Möglicherweise hat bei der Bundesstaatsanwaltschaft jemand geplaudert. Aber das erschien Lacey unwahrscheinlich. So viele Menschen waren im Zeugenschutzprogramm. Gewiß wurden die zuständigen Beamten sorgfältig ausgewählt und genau überwacht.

Und wie stand es mit ihrer Mutter? Mom hat gestern abend in Alex Carbines Restaurant gegessen, überlegte Lacey. Alex mag ich gerne. An dem Abend, als Bonnie verletzt wurde, hat er sich großartig verhalten. Aber was wissen wir eigentlich über ihn? Als ich ihn bei Kit und Jay kennenlernte, hat er uns erzählt, daß er Heather öfter begegnet war.

Vielleicht hat auch Jay Heather gekannt, flüsterte eine innere Stimme. *Er hat es geleugnet. Doch als ihr Name fiel, war er aus irgendeinem Grund verärgert und wollte das Thema wechseln.*

Wie kommst du nur auf den Gedanken, daß Kits Mann etwas damit zu tun haben könnte, schalt sich Lacey. Jay mag seine Macken haben, aber im Grunde ist er anständig und zuverlässig.

Wie stand es mit Jimmy Landi? Nein, ausgeschlossen! Sie hatte die Trauer in seinen Augen gesehen, als sie ihm die Kopie von Heathers Tagebuch übergab.

Und die Polizei? Heathers handgeschriebenes Tagebuch verschwand, nachdem ich es ihnen gegeben hatte, dachte Lacey. Jetzt will Jimmy Landi wissen, ob der letzte Teil des Tagebuchs auf unliniertem Papier geschrieben war. Ich erinnere mich an die drei Seiten. Sie waren blutbefleckt. Wenn diese Kopien aus dem Polizeirevier verschwunden sind, müssen sie etwas Wichtiges enthalten.

Laceys Kopie des Tagebuchs steckte in ihrer Einkaufstasche, die sie unter dem Vordersitz verstaut hatte. Sie fühlte sich versucht, es herauszuholen und anzusehen, beschloß aber zu warten, bis sie die letzten drei Seiten ungestört studieren konnte. Der Mann neben ihr mit dem Computer auf dem Schoß würde wahrscheinlich eine Bemerkung darüber machen, und sie hatte nicht die Absicht, mit irgend jemandem darüber zu reden. Nicht einmal mit einem völlig Fremden. *Vor allem* nicht mit einem völlig Fremden!

»Wir beginnen mit unserem Landeanflug ...«

Chicago, dachte sie. Dann New York. *Zu Hause!*

Die Stewardeß beendete ihre kleine Ansprache mit dem Hinweis, sich nun anzuschnallen, und fügte hinzu: »Northwest bittet Sie um Verständnis für die wetterbedingte Verspätung. Vielleicht interessiert es Sie, daß sich die Sicht unmittelbar nach unserem Start wieder verschlechtert hat. Wir waren die letzte Maschine, die starten konnte. Weitere Flüge haben erst vor wenigen Minuten Starterlaubnis erhalten.«

Dann habe ich mindestens eine Stunde Vorsprung vor meinem Verfolger, sagte sich Lacey.

Dieser tröstliche Gedanke wurde jedoch gleich wieder von einer anderen Möglichkeit verdrängt: Wenn ihr Verfolger sie in der Maschine nach New York vermutete, war er doch sicher schlau genug, einen Direktflug nach New York zu nehmen und sie dort zu erwarten?

49

Alles in ihm sträubte sich dagegen, Alice allein zu lassen. Tom Lynch war schon einige Kilometer in Richtung St. Paul gefahren, wo er wohnte, als er plötzlich umkehrte. Er würde ihr klarmachen, daß er sie auf keinen Fall stören wollte, solange sie mit ihrer Mutter und anderen Angehörigen sprach, die an dem Zerwürfnis beteiligt sein mochten. Aber sie konnte doch bestimmt nichts dagegen haben, wenn er unten in der Eingangshalle ihres Hauses oder im Auto wartete, bis sie fertig war und ihn heraufbat. Offensichtlich hat sie Schwierigkeiten, und ich will für sie dasein, dachte er.

Nachdem er sich entschlossen hatte, zu ihr zurückzufahren, stellten die übertrieben vorsichtigen Fahrer, die wegen des Schneesturms im Schneckentempo dahinkrochen, seine Geduld auf eine harte Probe.

Das erste Anzeichen dafür, daß etwas nicht stimmte, waren die Polizeiautos, die mit blinkendem Blaulicht vor Alices Apartmenthaus standen. Ein Polizist regelte den Verkehr und scheuchte die Schaulustigen energisch weiter.

Tom hatte die beklemmende Vermutung, daß die Anwesenheit der Polizei etwas mit Alice zu tun hatte. Einen Block weiter fand er endlich einen Parkplatz und eilte im Laufschritt zurück. Am Eingang hielt ihn ein Polizist auf.

»Ich möchte nach oben«, erklärte er dem Cop. »Meine Freundin wohnt hier, und ich will nachsehen, ob alles in Ordnung ist.«

»Wie heißt Ihre Freundin?«

»Alice Carroll, Apartment 4F.«

Die Reaktion des Polizisten bestätigte Toms Verdacht, daß Alice etwas zugestoßen sein mußte. »Kommen Sie mit. Ich bringe Sie hinauf«, sagte der Beamte.

Im Fahrstuhl zwang sich Tom, die Frage zu stellen, die er kaum in Worte zu fassen wagte. »Ist ihr etwas zugestoßen?«

»Wenn Sie noch ein bißchen Geduld haben, können Sie gleich mit dem zuständigen Kollegen sprechen, Sir.«

Die Tür zu Alices Wohnung stand offen. Drinnen sah er drei Uniformierte, die von ihrem Vorgesetzten Anweisungen entgegennahmen. In ihm erkannte Tom den älteren Mann wieder, der Alice kürzlich heimgebracht hatte.

Tom unterbrach ihn. »Was ist mit Alice passiert?«, rief er. »Wo ist sie?«

An Svensons überraschter Miene sah Tom, daß auch er ihn wiedererkannte, aber für Begrüßungsfloskeln war jetzt keine Zeit. »Woher kennen Sie Alice, Mr. Lynch?«

»Hören Sie«, sagte Tom. »Ich werde Ihre Fragen erst beantworten, wenn Sie meine beantwortet haben. Wo ist Alice? Warum sind Sie hier? Wer sind Sie?«

»Ich bin stellvertretender U.S. Marshal«, erwiderte Svenson knapp. »Wir wissen nicht, wo Miss Carroll ist. Wir wissen nur, daß sie bedroht wurde.«

»Dann war der Kerl ein Schwindler, der sich gestern im Fitneßclub für ihren Vater ausgegeben hat!«, rief Tom hitzig. »Ich dachte es mir schon, doch als ich Alice von ihm erzählt habe, hat sie nur gesagt, daß sie ihre Mutter anrufen müsse.«

»Welcher Kerl?«, fragte Svenson. »Erzählen Sie mir alles, was Sie über ihn wissen, Mr. Lynch. Es könnte Alice Carroll das Leben retten.«

Als Tom schließlich nach Hause kam, war es nach halb fünf. Am Anrufbeantworter konnte er ablesen, daß er vier Nachrichten erhalten hatte. Wie er erwartet hatte, stammte keine von Alice.

Ohne die Jacke auszuziehen setzte er sich an den Tisch neben das Telephon und stützte den Kopf auf die Hände. Svenson hatte ihm lediglich verraten, daß Miss Carroll telephonische Drohungen erhalten und sich an die Polizei gewandt habe. Offenbar hatte sie an diesem Vormittag einen panischen Schreck erlitten, und deshalb sei die Polizei gekommen. »Vielleicht ist sie weggefahren, um eine Freundin zu besuchen«, sagte Svenson in wenig überzeugendem Tonfall.

Oder sie ist entführt worden, dachte Tom. Ein Kind hätte gemerkt, daß die Cops nicht mit der Wahrheit herausrücken wollten. Sie versuchten, Ruth Wilcox vom Twin Cities Gym zu erreichen, aber sie hatte das Wochenende frei. Die Polizei brauchte eine genauere Beschreibung des Mannes, der behauptete, Alices Vater zu sein.

Tom hatte Svenson erzählt, daß Alice versprochen hatte, ihn anzurufen. »Wenn Sie von ihr hören, sagen Sie ihr, sie soll Kontakt mit mir aufnehmen – und zwar sofort«, befahl Svenson ernst.

Vor seinem geistigen Auge sah Tom Alice, schweigsam und schön, wie sie im Haus des Bankiers in Wayzata am Fenster stand. Das war erst eine Woche her. *Warum hast du mir nicht vertraut?* hätte er sie am liebsten angeschrien. *Heute morgen konntest du es gar nicht abwarten, mich loszuwerden!*

Einen einzigen Anhaltspunkt hatte ihm die Polizei verraten. Eine Nachbarin hatte ausgesagt, sie habe Alice gegen elf Uhr ins Auto steigen sehen. Ich bin Viertel vor elf von ihr weggefahren, dachte Tom. Wenn die Nachbarin recht hat, dann ist Alice nur zehn Minuten nach mir aufgebrochen.

Wo mochte sie hingefahren sein?

Wer war sie in Wirklichkeit?

Tom starrte das altmodische schwarze Wählscheibentelephon an. Ruf mich an, Alice, flehte er. Die Stunden verstrichen, und die Schneefälle hielten an, bis schließlich das fahle Licht des Morgens den Himmel erhellte. Aber das Telephon klingelte nicht.

50

Lacey traf um halb fünf in Chicago ein. Von dort aus nahm sie den Flug um 17.15 Uhr nach Boston. Wieder benutzte sie ihre Kreditkarte, aber die Delta-Maschine von Boston nach New York wollte sie bar bezahlen. Die Maschine landete im Marine Terminal, anderthalb Kilometer von den Hauptterminals des La Guardia Airport entfernt. Gewiß kam niemand, der ihr nach New York gefolgt war, auf die Idee, sie hier zu suchen. Und da sie den Kurzstreckenflug bar und nicht mit Kreditkarte bezahlte, würde man in Baldwins Büro vielleicht annehmen, sie sei in der Gegend von Boston geblieben.

Bevor sie in Chicago ins Flugzeug stieg, kaufte sie sich die *New York Times*. Während des Flugs blätterte sie den ersten Teil durch. Als sie merkte, daß sie nicht fähig war, sich zu konzentrieren, faltete sie die restlichen Seiten zusammen. Doch plötzlich schnappte sie nach Luft. Rick Parkers Gesicht blickte ihr von der ersten Seite von Teil B entgegen.

Immer wieder las Lacey die Meldung durch und versuchte sich einen Reim darauf zu machen. Sie bezog sich auf einen früheren Bericht über Rick. Richard J. Parker, der zuletzt am Mittwoch vormittag gesehen wurde, als er einer Interessentin die Wohnung der verstorbenen Isabelle Waring zeigte, sei, laut Angaben der Polizei, nun selbst der Beihilfe zum Mord verdächtig.

Ob er untergetaucht war? überlegte Lacey. Oder war er tot? Hatte die Information, die sie am Dienstag abend an Gary Baldwin weitergegeben hatte, damit zu tun? Als sie ihm erzählte, Rick sei Stunden vor Heather Landis Tod in Stowe gewesen, hatte Baldwin keine Reaktion gezeigt. Und nun sagte die Polizei, Rick werde im Mordfall Isabelle Waring als Mittäter verdächtigt. Da mußte doch ein Zusammenhang bestehen!

Erst als die Maschine in Boston landete, wurde Lacey klar, daß es in New York einen Ort gab, an dem niemand nach ihr suchen würde.

Um 20.05 Uhr Ortszeit stieg sie am Logan Airport aus dem Flugzeug. Mit einem Stoßgebet, daß er zu Hause sein möge, rief sie Tim Powers an, den Hausmeister von Isabelle Warings Apartmenthaus.

Als Lacey vor vier Jahren nach einem Besichtigungstermin aus dem Haus Nr. 3 an der 70. Straße Ost gekommen war, hatte sie einen Unfall verhindert, der schlimm hätte ausgehen können. Und Tim Powers wäre die Schuld daran gegeben worden. Alles war ganz schnell gegangen. Ein Kind riß sich von seiner Kinderfrau los und rannte auf die Straße hinaus, weil Tim die Eingangstür offengelassen hatte, solange er dabei war, sie zu reparieren. Laceys rasches Eingreifen hatte das Kind davor bewahrt, von einem Lieferwagen erfaßt zu werden.

Tim war der Schreck über die knapp vermiedene Katastrophe in alle Glieder gefahren. »Lacey, es wäre meine Schuld gewesen. Wenn Sie jemals irgend etwas brauchen – ganz gleich, was es ist –, können Sie auf mich zählen«, hatte er geschworen.

Jetzt brauche ich etwas, Tim, dachte sie, während sie darauf wartete, daß er abnahm.

Tim war erstaunt, von ihr zu hören. »Lacey Farrell«, sagte er. »Ich dachte, Sie sind vom Erdboden verschluckt worden.«

Genau das ist passiert, dachte Lacey. »Tim«, sagte sie. »Ich brauche Ihre Hilfe. Sie haben mir einmal versprochen –«

Er fiel ihr ins Wort. »Alles, was Sie wollen, Lacey.«

»Ich brauche eine Wohnung zum Übernachten«, flüsterte sie. Sie war die einzige an den Münzfernsprechern, sah sich aber trotzdem ängstlich um, ob jemand lauschte.

»Tim«, fuhr sie hastig fort, »ich werde verfolgt. Es ist, glaube ich, derselbe Mann, der Isabelle Waring ermordet hat. Ich will Sie nicht in Gefahr bringen, aber ich kann weder in meine Wohnung noch zu meiner Familie. In Ihrem Haus würde er nie nach mir suchen. Ich möchte mich wenigstens heute nacht in Isabelle Warings Wohnung verstecken. Und bitte, Tim – das ist sehr wichtig –, erzählen Sie niemandem davon. Tun Sie so, als hätten wir überhaupt nicht miteinander gesprochen.«

51

Offensichtlich war der Tag für Detective Ed Sloane noch nicht vorbei. Nach dem Besuch bei Rick Parker in der Drogenklinik von Hartford fuhr er mit Priscilla Parker zu ihrem Anwesen in Greenwich zurück, wo er wieder in seinen Wagen umstieg.

Auf der Fahrt nach Manhattan telephonierte er mit seinem Assistenten auf dem Revier. »Baldwin hat praktisch alle paar Minuten für dich angerufen«, berichtete Nick Mars. »Er will dich so bald wie möglich sprechen. Über dein Autotelephon hat er dich nicht erreichen können.«

»Nein«, erwiderte Sloane. »Das konnte er schlecht.« Was Baldwin wohl sagen würde, wenn er wüßte, daß ich in einer Limousine mit Chauffeur herumkutschiert worden bin? dachte er. »Was will er jetzt?«

»Die Hölle ist los«, sagte Mars. »Lacey Farrell ist in Minneapolis, wo sie im Rahmen des Programms untergetaucht ist, beinahe geschnappt worden. Sie ist verschwunden, und Baldwin glaubt, sie ist nach New York unterwegs. Er will seine Arbeit mit uns koordinieren, damit wir sie finden, bevor sie umgelegt wird. Sie soll als unentbehrliche Zeugin in Schutzhaft genommen werden.« Dann fügte er hinzu: »Und was hast du erreicht, Ed? Hast du Parker gefunden?«

»Das habe ich«, erwiderte Sloane. »Ruf Baldwin an und vereinbare ein Treffen mit ihm. Wir sehen uns in seinem Büro. Ich kann gegen sieben da sein.«

»Nicht nötig. Er ist in der Stadt und wird sich hier auf dem Revier mit uns unterhalten.«

Als Detective Sloane im 19. Revier eintraf, hängte er zuerst seine Jacke über seinen Schreibtischstuhl. Dann begab er sich mit Nick Mars im Schlepptau zu der Unterredung mit Bundesstaatsanwalt Gary Baldwin, der im Vernehmungszimmer wartete.

Baldwin war immer noch ärgerlich über Lacey Farrells Verschwinden, unterdrückte aber seinen Unmut vorübergehend und gratulierte Sloane dazu, daß er Rick Parker gefunden hatte. »Was hat er erzählt?«, fragte er.

Sloane blickte bei seinem ausführlichen Bericht nur ein-, zweimal in seine Notizen.

»Glauben Sie ihm?«, fragte Baldwin.

»Ja, ich denke, er sagt die Wahrheit«, erwiderte Sloane. »Ich kenne den Kerl, der Drogen an Parker verkauft. Wenn er Parker den Auftrag gegeben hat, den Termin zu vereinbaren und Savarano auf diese Weise in Isabelle Warings Wohnung zu schleusen, hat er die Sache nicht selbst geplant. Er war nur ein Mittelsmann.«

»Das heißt, an die großen Fische kommen wir durch Parker nicht ran«, sagte Baldwin.

»Genau. Parker ist ein Idiot, aber kein Verbrecher.«

»Glauben Sie, sein Vater hat ihn zusammenschlagen lassen, als er versuchte, Heather Landi zu erpressen?«

»Möglich«, sagte Sloane. »Wenn Heather Landi sich bei Parker senior über seinen Sprößling beklagt hat, ist es sogar wahrscheinlich. Andererseits kann ich mir nicht vorstellen, daß sie Parker senior so großes Vertrauen geschenkt hätte. Ich glaube, sie hätte befürchtet, daß er es ihrem Vater erzählt.«

»In Ordnung. Wir schnappen uns Ricks Dealer und heizen ihm ordentlich ein, aber ich vermute, Sie haben recht. Es spricht viel dafür, daß er lediglich ein Mittelsmann ist, kein Drahtzieher. Und wir sorgen dafür, daß Rick Parker nur unter polizeilicher Aufsicht die Drogenklinik verläßt. Nun zu Lacey Farrell.«

Sloane wollte nach einer Zigarette greifen und runzelte die Stirn. »Die sind in meiner Jacke. Nick, wärst du so nett?«

»Sicher, Ed.«

Nach einer Minute war Mars zurück. Er warf die halbleere Zigarettenschachtel auf den Tisch und stellte einen schmutzigen Aschenbecher daneben.

»Haben Sie schon mal drüber nachgedacht, mit dem Rauchen aufzuhören?«, fragte Baldwin, der Zigaretten und Aschenbecher voller Abscheu betrachtete.

»Ziemlich oft sogar«, erwiderte Sloane ungerührt. »Wissen Sie was Neues über Lacey Farrell?«

Sloane merkte sofort, daß Baldwin stinksauer auf Lacey war. »Ihre Mutter gibt zu, sie hätte gewußt, daß Farrell in Minneapolis war, schwört aber Stein und Bein, es niemandem erzählt zu haben. Obwohl ich ihr *das* nicht abkaufe.«

»Vielleicht hat jemand anders etwas durchsickern lassen«, sagte Sloane.

»Bestimmt niemand aus meinem Büro, und auch nicht vom Marshal Service«, erwiderte Baldwin eisig. »Wir halten uns an Sicherheitsregeln, die auf diesem Revier anscheinend unbekannt sind«, fügte er hinzu.

Den Vorwurf muß ich mir gefallen lassen, dachte Sloane. »Wie wollen Sie weiter vorgehen, Sir?« fragte er. Es bereitete ihm eine flüchtige Genugtuung, daß Baldwin nicht sicher sein würde, ob die Anrede »Sir« sarkastisch oder respektvoll gemeint war.

»Wir haben die Kreditkarte der Farrell überprüft und wissen, daß sie damit Flüge nach Chicago und Boston bezahlt hat. Offenbar ist sie nach New York unterwegs.

Außerdem haben wir das Telephon in ihrer Wohnung angezapft, aber so dumm wird sie nicht sein, dorthin zurückzukehren«, fuhr Baldwin fort. »Wir observieren das Haus. Das Telephon der Mutter und der Schwester wird abgehört und ab Montag auch das Geschäftstelephon ihres Schwagers. Außerdem werden sie beschattet, falls sie versuchen, sich irgendwo mit ihr zu treffen.«

Baldwin hielt inne und musterte Sloane abschätzend. »Außerdem habe ich mir überlegt, daß Miss Farrell versuchen könnte, direkt mit Ihnen Kontakt aufzunehmen«, sagte er. »Was meinen Sie?«

»Das bezweifle ich. Ich habe sie nicht gerade mit Glacéhandschuhen angefaßt.«

»Das hätte sie auch nicht verdient«, sagte Baldwin brüsk. »Sie hat Beweismaterial in einem Mordfall unterschlagen. Sie hat ihren Wohnort verraten, als sie unter dem Zeugenschutzprogramm stand. Und jetzt geht sie ein unglaubliches Risiko ein. Wir haben sehr viel Zeit und Geld investiert, um Miss Farrells Leben zu schützen, und von ihr nichts dafür bekommen außer Beschwerden und mangelnde Kooperationsbereitschaft. Auch wenn sie nicht viel gesunden Menschenverstand hat, könnte man wenigstens ein bißchen Dankbarkeit erwarten!«

»Ich bin sicher, daß sie Ihnen ewig dankbar sein wird«, sagte Sloane und stand auf. »Und außerdem bin ich überzeugt, daß sie vermutlich gern am Leben bleiben würde, selbst wenn Sie *nicht* all die Zeit und das Geld investiert hätten.«

52

Wie vereinbart rief Lacey Tim Powers vom Marine Terminal aus an. »Ich nehme jetzt ein Taxi«, sagte sie. »Um diese Zeit ist nicht viel Verkehr, ich könnte also in zwanzig Minuten da sein. Bitte halten Sie Ausschau nach mir, Tim. Es ist wichtig, daß mich niemand reingehen sieht.«

»Ich schicke den Portier in die Kaffeepause«, versprach Tim, »und halte den Schlüssel für Sie bereit.«

Ein seltsames Gefühl, wieder in New York zu sein, dachte Lacey, während das Taxi über die Triborough Bridge nach Manhattan rollte. Als das Flugzeug zur Landung ansetzte, hatte sie das Gesicht ans Fenster gedrückt und gierig den Anblick der Skyline von New York aufgesogen. Erst da wurde ihr klar, wie sehr sie die Stadt vermißt hatte.

Wenn ich doch nur heim in meine Wohnung könnte, überlegte sie. Ich könnte mir den Whirlpool einlaufen lassen, etwas zu essen bestellen, mit meiner Mutter und Kit telephonieren. Und mit Tom.

Was Tom jetzt wohl dachte?

Auf den Straßen war tatsächlich nicht viel los, und Minuten später fuhren sie auf dem Franklin D. Roosevelt Drive in Richtung Süden. Lacey wurde immer nervöser. Hoffentlich war Tim da. Sie wollte nicht, daß Patrick sie sah. Aber dann wurde ihr klar, daß sie Patrick bestimmt nicht treffen würde. Bei ihrer letzten Begegnung mit dem Portier hatte er ihr verraten, daß er am 1. Januar in Rente gehen wollte.

Der Fahrer verließ den FDR Drive an der 73. Straße und fuhr nach Westen. Er bog links in die Fifth Avenue und erneut links in die 70. Straße, wo er anhielt. Tim Powers stand vor dem Haus und wartete auf sie. Er öffnete die Autotür, begrüßte sie mit einem Lächeln und einem höflichen »Guten Abend, Miss«, als kenne er sie nicht. Lacey bezahlte das Taxi und humpelte zum Haus. Die Schmerzen im Knöchel ließen sich nun nicht mehr unterdrücken, und es war wirklich an der Zeit, die Beine hochzulegen.

Tim öffnete ihr die Haustür und steckte ihr den Schlüssel zu Isabelle Warings Wohnung zu. Dann half er ihr in den Aufzug, entriegelte die Kontrollvorrichtung und drückte auf die 9.

»Ich habe es so arrangiert, daß Sie ohne Zwischenstopp rauffahren können«, sagte er. »Dann ist die Gefahr geringer, daß Sie irgendwelchen Bekannten begegnen.«

»Und das will ich ganz sicher nicht, Tim. Ich kann Ihnen gar nicht sagen –«

Er fiel ihr ins Wort. »Lacey, fahren Sie schnell hinauf, und verriegeln Sie die Tür. Im Kühlschrank finden Sie was zu essen.«

Ihr erster Eindruck war, daß in der Wohnung akribische Ordnung herrschte. Dann fiel ihr Blick auf den Wandschrank im Flur, wo sie sich am Abend des Mords versteckt hatte. Sie hatte das Gefühl, wenn sie die Tür öffnete, würde sie dort ihren Aktenkoffer mit den blutbefleckten Tagebuchseiten finden.

Lacey schloß zweimal ab, aber dann fiel ihr ein, daß Curtis Caldwell Isabelles Schlüssel vom Flurtisch gestohlen hatte. Ob das Schloß wohl ausgewechselt worden war? Sie legte die Sicherheitskette vor, obwohl sie wußte, daß so etwas für einen professionellen Einbrecher kein Problem darstellte.

Tim hatte alle Vorhänge zugezogen und das Licht eingeschaltet. Das könnte ein Fehler sein, dachte Lacey, wenn die Vorhänge normalerweise offen waren. Einem Beobachter, der die Wohnung observierte – sei es von der Fifth Avenue oder von der 70. Straße – würde das bestimmt auffallen.

Andererseits würde es bestimmt auffallen, die Vorhänge zu öffnen, wenn sie normalerweise geschlossen waren. Mein Gott, wie man es machte, war es falsch.

Die gerahmten Photos von Heather hingen nach wie vor im Wohnzimmer. Alles schien noch so zu sein, wie Isabelle es zurückgelassen hatte. Lacey schauderte. Fast erwartete sie, daß Isabelle die Treppe herunterkam.

Da fiel ihr auf, daß sie noch nicht einmal ihren Daunenanorak ausgezogen hatte. Bei ihren früheren Besuchen in der Wohnung war sie stets damenhaft korrekt gekleidet gewesen. In ihrer Freizeitkluft, bestehend aus Anorak und Jogginganzug, kam sie sich jetzt völlig fehl am Platz vor. Als sie die Jacke öffnete, schauderte sie erneut. Plötzlich kam sie sich wie ein Eindringling vor, ein Gespenst unter Gespenstern.

Früher oder später mußte sie sich überwinden, nach oben ins Schlafzimmer zu gehen. Das hätte sie lieber nicht getan, aber sie mußte einfach einen Blick hineinwerfen, nur um das Gefühl loszuwerden, daß Isabelles Leiche noch dort lag.

In der Bibliothek stand ein Ledersofa, das sich in ein Bett verwandeln ließ, und neben der Bibliothek befand sich das

Umkleidezimmer. Diese beiden Räume wollte Lacey benutzen. Sie hätte es nicht über sich gebracht, in dem Bett zu schlafen, in dem Isabelle erschossen worden war.

Tim hatte erwähnt, im Kühlschrank sei etwas zu essen. Als Lacey ihren Anorak in den Flurschrank hängte, sah sie wieder Caldwell vor sich, der an ihr vorbeirannte, während sie sich im Schrank versteckte.

Du mußt etwas essen, sagte sie sich. Du bist schon ganz nervös vor Hunger, und das macht alles noch schlimmer.

Tim hatte ein kleines Festmahl für sie vorbereitet: ein gegrilltes Hühnchen, grüner Salat, Brötchen, ein Stück Cheddarkäse und Obst. Auf dem Regal stand ein halbleeres Glas Instantkaffee. Es stammte noch von Isabelle. Lacey erinnerte sich, daß sie hier mit ihr Kaffee getrunken hatte.

»Geh rauf«, sagte Lacey laut. »Bring's hinter dich.« Sie hinkte zur Wendeltreppe, stützte sich auf das schmiedeeiserne Geländer und humpelte hinauf.

Sie gelangte durchs Wohnzimmer zum Schlafzimmer und warf einen Blick hinein. Auch hier waren die Vorhänge zugezogen; es herrschte Dunkelheit. Sie schaltete das Licht ein.

Das Zimmer sah noch genauso aus wie an jenem Tag, als sie mit Curtis Caldwell hier gestanden war. Sie erinnerte sich gut, wie er mit nachdenklicher Miene seinen Blick durch den Raum schweifen ließ. Lacey hatte schweigend gewartet, da sie annahm, er werde ihr gleich ein Angebot für die Wohnung machen.

Jetzt wurde ihr klar, daß er nur hatte sichergehen wollen, daß Isabelle ihm nicht entwischen konnte, wenn er wiederkam, um sie zu töten.

Wo mochte Caldwell jetzt sein? Plötzlich ergriff Lacey ein überwältigendes Gefühl der Panik und Mutlosigkeit. War er ihr nach New York gefolgt?

Lacey betrachtete das Bett und sah Isabelles blutige Hand vor sich, wie sie versuchte, die Tagebuchseiten unter dem Kopfkissen hervorzuzerren. Sie hörte fast noch den Nachhall ihrer letzten Bitte:

Lacey ... geben Sie Heathers ... Tagebuch ... ihrem Vater ... Nur ihm ... Versprechen Sie mir das ...

Mit grauenhafter Deutlichkeit erinnerte sich Lacey an das Keuchen und die erstickten Atemzüge zwischen den mühsam hervorgestoßenen Worten.

Lesen Sie es ... Zeigen Sie ihm ... wo ... Dann hatte Isabelle ein letztes Mal Luft geholt, um zu sprechen. Aber sie brachte nur noch ein Wispern hervor: *Mann* ...

Lacey machte kehrt, humpelte durchs Wohnzimmer und die Treppe hinunter. Iß zu Abend, geh unter die Dusche, leg dich ins Bett, sagte sie sich. Du darfst nicht so schreckhaft sein. Ob es dir nun paßt oder nicht, du mußt hierbleiben. Sonst kannst du nirgends hin.

Vierzig Minuten später saß sie, in Decken gewickelt, auf der Couch in der Bibliothek. Die Kopie von Heather Landis Tagebuch lag auf dem Schreibtisch, die drei unlinierten Seiten hatte sie vor sich ausgebreitet. Im matten Licht, das vom Flur hereinfiel, erinnerten die Blutflecken, die Heathers Handschrift im Original verwischt hatten, an einen Rorschach-Test. Was bedeuten diese Kleckse für Sie? schienen sie zu fragen.

Was siehst du darin? überlegte Lacey. Obwohl sie vollkommen erschöpft war, würde sie so schnell keinen Schlaf finden. Sie schaltete das Licht ein und griff nach den drei unlinierten Seiten. Wegen der Blutflecken waren sie am schwersten zu lesen.

Da kam ihr ein Gedanke. Ob die sterbende Isabelle wohl versucht hatte, gerade nach diesen Seiten zu greifen?

Noch einmal las Lacey die drei Seiten durch und suchte nach einem Hinweis, warum sie so wichtig waren, daß jemand die einzige andere Kopie gestohlen hatte. Zweifellos waren diese Seiten Caldwell einen Mord wert gewesen, aber *warum*? Welches Geheimnis bargen sie?

Dort hatte Heather auch geschrieben, sie stecke in einer schrecklichen Klemme und wisse nicht, was sie machen solle.

Der letzte Eintrag, der noch optimistisch klang, stand oben auf der ersten unlinierten Seite. Hier schrieb Heather, sie sei mit einem Mr. – oder Max oder Mac – Hufner, es war schlecht zu lesen, zum Essen verabredet. Sie hatte hinzufügt: »Das wird bestimmt ein Spaß. Er sagt, er sei alt geworden und ich erwachsen.«

Hört sich an, als wollte sie sich mit einem alten Freund treffen, dachte Lacey. Ich frage mich, ob die Polizei mit ihm gesprochen hat. Vielleicht hat Heather ihm gegenüber ja Andeutungen gemacht? Oder fand das Essen statt, *bevor* so vieles in ihrem Leben schiefging?

Das Originaltagebuch war aus dem Polizeirevier gestohlen worden. Hatte die Polizei eine Liste der darin erwähnten Leute angefertigt, bevor das Beweisstück verschwand?

Lacey sah sich in der Bibliothek um, dann schüttelte sie den Kopf. Wenn ich doch nur mit jemandem darüber reden und Ideen austauschen könnte! Aber das geht jetzt eben nicht. Du bist ganz allein, also weiter im Text.

Wieder betrachtete sie die Seiten. Weder Jimmy Landi noch die Polizei ist jetzt noch im Besitz dieser drei Seiten, sagte sie sich. Ich habe die einzige Kopie.

Kann ich irgendwie herausfinden, wer dieser Mann ist? Ich könnte ins Telephonbuch schauen, ein paar Leute anrufen. Oder ich wende mich direkt an Jimmy Landi.

Wieder hielt sie inne. Sie mußte sich jetzt an die Arbeit machen, mußte das Rätsel lösen, das sich hinter diesen Seiten verbarg. Wenn jemand das Geheimnis lüften sollte, dann eindeutig sie. Aber würde es ihr rechtzeitig gelingen, so daß sie mit dem Leben davonkam?

53

Als der Flugverkehr von Minneapolis wiederaufgenommen wurde, bestieg Sandy Savarano sofort ein Flugzeug nach New York. Bestimmt hatte Lacey Farrell einfach die erste verfügbare Maschine genommen und war nur deshalb nach

Chicago geflogen. Er war sicher, daß sie dort eine Maschine nach New York nehmen würde. Wo sollte sie sonst hin?

Während er auf seinen Flug wartete, besorgte er sich eine Liste der Linienflüge aller großen Fluggesellschaften von Chicago nach New York. Nach der Landung in Chicago würde die Farrell wahrscheinlich zum nächsten Northwest-Schalter gehen und sich nach einer Verbindung erkundigen.

Obwohl ihm sein Instinkt sagte, daß sie mit Northwest flog, durchkämmte Sandy systematisch die Bereiche des Flughafens, an denen Reisende aus Chicago vorbeikamen.

Die Suche nach Lacey Farrell war inzwischen mehr als ein gewöhnlicher Auftrag für ihn. Die Sache ließ ihn einfach nicht los. Und der Einsatz war höher, als ihm lieb war. Sein neues Leben in Costa Rica gefiel ihm ebenso wie sein neues Gesicht. Seine junge Frau war bezaubernd. Die Summe, die er für die Beseitigung Lacey Farrells kassieren würde, war beeindruckend, obwohl sie nicht notwendig war, um seinen Lebensstandard zu halten.

Was dagegen unbedingt notwendig war – er mußte eine Zeugin aus dem Weg räumen, die ihn lebenslänglich hinter Gitter bringen konnte. Außerdem konnte er den Gedanken nicht ertragen, daß er seinen letzten Auftrag vermasselt hatte.

Nachdem Sandy sämtliche New-York-Flüge der letzten fünf Stunden überprüft hatte, beschloß er, es gut sein zu lassen. Wenn er noch länger hier herumlungerte, würde er nur unnötig Aufmerksamkeit erregen. Er nahm ein Taxi zu der Wohnung in der 10. Straße West, die man für ihn gemietet hatte. Dort würde er auf weitere Informationen über Lacey Farrell warten.

Er hatte nicht den geringsten Zweifel, daß er spätestens am nächsten Tag die Fährte seines Opfers wiederaufnehmen konnte.

54

Jimmy Landi hatte vor, übers Wochenende nach Atlantic City zu fahren, um selbst bei den Vorbereitungen zur Eröffnung des Casinos nach dem rechten zu sehen. Es war ein aufregendes Projekt, und es fiel ihm schwer, sich rauszuhalten. Millionengewinne winkten und dazu noch das prickelnde Gefühl bei der Begrüßung wichtiger Persönlichkeiten, die aufgekratzte Stimmung und das Lärmen der Spielautomaten, die klingelnd eine Flut von Vierteldollarmünzen ausspuckten, so daß sich die Spieler fühlten, als hätten sie das große Los gezogen.

Jimmy wußte, daß echte Spieler auf die Leute herabblickten, die an den einarmigen Banditen ihr Glück versuchten. Er nicht. Er verachtete nur jene, die mit dem Geld anderer Leute spielten. Die Leute, die ihr Gehalt verspielten, mit dem sie eigentlich ihre Hypotheken und die Studiengebühren ihrer Kinder hätten bezahlen sollen.

Aber wer es sich leisten konnte zu spielen – der sollte in seinem Casino ausgeben, soviel er wollte. Das war Jimmy Landis Sicht der Dinge. Seine stolze Behauptung wurde in allen Artikeln über das neue Casino-Hotel zitiert: »Bei mir bekommen Sie bessere Zimmer, besseren Service, besseres Essen und bessere Unterhaltung geboten als irgendwo sonst, sei es in Atlantic City, in Las Vegas oder sogar in Monte Carlo.« Die ersten Wochen waren längst ausgebucht. Er wußte, daß einige Leute nur kamen, um sich auf alles zu stürzen, was ihnen nicht gefiel oder was Anlaß zur Klage geben könnte. Nun, sie würden ihre Meinung ändern. Das hatte er sich geschworen.

Jimmy Landi hatte es schon immer für wichtig gehalten, daß ein Mensch eine Herausforderung hatte, aber er gestand sich ein, daß es für ihn persönlich nie wichtiger war als jetzt. Steve Abbott hatte die Kleinarbeit bei der Vorbereitung des Projekts übernommen, so daß Jimmy den Kopf für das große Ganze frei hatte. Er interessierte sich nicht dafür, wer die

Speisekarten druckte oder die Servietten bügelte. Er wollte wissen, was sie kosteten und wie sie aussahen.

Doch er war nicht recht bei der Sache, sosehr er sich auch bemühte. Seit er am vergangenen Montag die Kopie von Heathers Tagebuch zurückbekommen hatte, ließ es ihn nicht mehr los. Stundenlang brütete er über den Aufzeichnungen seiner Tochter. Hier tat sich ein Tor zu Erinnerungen auf, die er vielleicht lieber ausgeblendet hätte. Das Verrückte daran war, daß Heather das Tagebuch erst angefangen hatte, als sie nach New York zog und eine Karriere im Show-Business begann, aber sie kam immer wieder auf frühere gemeinsame Erlebnisse mit ihm oder ihrer Mutter zu sprechen. Das ganze Tagebuch war zugleich mit Kindheitserinnerungen gespickt.

Was ihn beim Lesen des Tagebuchs beunruhigte, war die Andeutung, daß Heather Angst vor ihm gehabt hatte. Wie war sie denn nur darauf gekommen? Sicher, er hatte ihr ein paar Mal fast den Kopf abgerissen, so wie er es mit jedem machte, der aus der Reihe tanzte, aber das war doch wirklich kein Grund, *Angst* vor ihm zu haben. Dieser Gedanke bedrückte ihn.

Was war das für ein Vorfall vor fünf Jahren, den sie so sorgfältig vor ihm verheimlicht hatte? Immer wieder vertiefte er sich in diese Abschnitte des Tagebuchs. Die Vorstellung, daß jemand Heather übel mitgespielt hatte und ungeschoren davongekommen war, machte ihn verrückt. Noch nach all den Jahren hatte er das Bedürfnis, der Sache auf den Grund zu gehen.

Auch die Frage, was mit den unlinierten Seiten des Tagebuchs geschehen war, nagte an ihm. Er hätte schwören können, daß er sie gesehen hatte. Zugegebenermaßen hatte er an jenem Abend, als Lacey Farrell ihm die Kopie brachte, nur einen flüchtigen Blick darauf geworfen. Und am nächsten Abend, als er tatsächlich versuchte, darin zu lesen, war er zum ersten Mal seit Jahren betrunken gewesen. Aber diese Seiten existierten, dessen war er sich sicher.

Die Polizei behauptete, sie hätte die unlinierten Seiten nie erhalten. Vielleicht stimmte das ja. Doch angenommen, ich habe recht und diese Seiten waren ursprünglich vorhanden, überlegte er. Wenn sie nicht jemand für wichtig gehalten hätte, wären sie wahrscheinlich nicht verschwunden. Es gab nur einen Menschen, der ihm die Wahrheit sagen konnte: Lacey Farrell. Als sie das Tagebuch für ihn kopiert hatte, war ihr bestimmt aufgefallen, ob die letzten drei Seiten anders aussahen als die vorhergehenden.

Sie waren fleckig – daran erinnerte er sich dunkel. Jimmy beschloß, Lacey Farrells Mutter anzurufen und sie noch einmal zu bitten, Lacey jene Frage zu stellen, auf die er eine Antwort brauchte: *Existierten jene Seiten überhaupt?*

55

Lacey wachte auf und warf einen Blick auf die Uhr. Sie hatte an die drei Stunden geschlafen. Als sie die Augen aufschlug, fühlte sie sich wie auf dem Behandlungsstuhl beim Zahnarzt, umnebelt von einem leichten Beruhigungsmittel. Etwas tat weh, aber jetzt war es natürlich ihr Knöchel und nicht die Zähne. Außerdem fühlte sie sich benommen, aber nicht so sehr, daß sie nichts mehr wahrgenommen hätte. Sie erinnerte sich an gedämpfte Geräusche, die von der Straße heraufdrangen, ein Krankenwagen, ein Polizei- oder Feuerwehrauto.

Es waren die vertrauten Geräusche Manhattans, die immer gemischte Empfindungen bei ihr ausgelöst hatten – Sorge um die Verletzten, aber gleichzeitig das Gefühl von Geborgenheit und Schutz. *Da draußen gibt es Leute, die sind in Bereitschaft und kommen, wenn ich Hilfe brauche,* hatte sie sich immer gesagt.

Das Gefühl habe ich jetzt nicht mehr, dachte sie, als sie die Decke wegschob und sich aufsetzte. Detective Sloane war in

Rage geraten, weil Lacey Heathers Tagebuch genommen hatte; Bundesstaatsanwalt Baldwin war bestimmt ausgerastet, als er hörte, daß sie ihrer Mutter gesagt hatte, wo sie sich aufhielt, und dann weggelaufen war.

Ja, er hatte sogar angedroht, sie zu inhaftieren und als wichtige Belastungszeugin festzuhalten, wenn sie sich nicht an die Regeln des Schutzprogramms hielt. Und Lacey war sicher, daß er seine Drohung wahrmachen würde – *falls* er sie aufspürte. Sie stand auf, belastete automatisch den linken Fuß und biß sich auf die Lippen, als der geschwollene rechte Knöchel schmerzhaft pochte.

Sie stützte sich auf dem Schreibtisch ab. Die drei unlinierten Seiten lagen immer noch da und zogen sofort Laceys Aufmerksamkeit auf sich. Wieder las sie die erste Zeile auf der ersten Seite. »Mittagessen mit Mr.« – oder hieß es Max oder Mac? – »Hufner. Das wird bestimmt ein Spaß. Er sagt, er sei alt geworden und ich erwachsen.«

Das klingt, als spräche Heather von jemandem, den sie schon lange kennt, überlegte Lacey. Wen könnte ich fragen? Es kommt nur einer in Frage: Heathers Vater.

Bei ihm liegt des Rätsels Lösung, entschied Lacey.

Sie wollte sich anziehen und sich etwas zu essen besorgen. Außerdem mußte sie alle Spuren ihrer Anwesenheit in der Wohnung beseitigen. Es war Sonntag. Tim Powers hatte versprochen, sie zu warnen, wenn ein Immobilienmakler mit einem Kaufinteressenten vorbeikommen wollte, aber Lacey befürchtete, daß unangemeldeter Besuch auftauchen könnte. Sie sah sich um und überlegte, was sie auf jeden Fall wegräumen mußte. Das Essen im Kühlschrank wies eindeutig darauf hin, daß die Wohnung benutzt wurde, ebenso die feuchten Handtücher und der Waschlappen.

Sie beschloß, kurz unter die Dusche zu gehen, damit sie richtig wach wurde. Sie wollte endlich das Nachthemd ablegen, das Heather Landi gehört hatte. Aber was soll ich dann anziehen? fragte sie sich. Es behagte ihr nicht sonderlich, schon wieder in Heathers Sachen herumwühlen zu müssen.

Kurz nach ihrer Ankunft in der Wohnung hatte sie geduscht und war, in ein großes Badehandtuch gehüllt, noch einmal nach oben gegangen, um sich ein Nachthemd zu holen. Es kam ihr ziemlich makaber vor, als sie die Türen des begehbaren Kleiderschranks im Schlafzimmer öffnete. Obwohl sie nur rasch etwas Geeignetes heraussuchen wollte, bemerkte sie auf den ersten Blick, daß die Sachen auf den Bügeln zwei verschiedenen Stilrichtungen angehörten. Isabelle hatte sich äußerst geschmackvoll und konservativ gekleidet. Ihre Kostüme und Kleider waren leicht zu erkennen. Die restlichen Sachen auf der Kleiderstange und in den offenen Regalen waren eine kunterbunte Kollektion von Minis, langen Röcken, ausgefallenen Hemden, romantischen Gewändern, Cocktailkleidern, die aus höchstens einem Meter Stoff bestanden, Schlabberpullis und mindestens einem Dutzend Jeans, offensichtlich alles von Heather.

Lacey hatte nach einem weiten Nachthemd mit roten und weißen Streifen gegriffen, das mit Sicherheit Heather gehört hatte.

Wenn ich aus dem Haus gehe, kann ich nicht wieder meinen Jogginganzug und den Anorak anziehen, dachte sie. Die Sachen hatte ich gestern an. Da wäre ich leicht zu erkennen.

Zum Frühstück gab es Kaffee und ein getoastetes Brötchen, dann ging sie unter die Dusche. Die Unterwäsche, die sie am Abend gewaschen hatte, war inzwischen getrocknet, nicht aber die dicken Socken. Wieder mußte sie die Garderobe von zwei toten Frauen durchgehen, um etwas zum Anziehen zu finden.

Um acht meldete sich Tim Powers über die Haussprechanlage. »Ich wollte nicht von meiner Wohnung aus anrufen«, sagte er. »Es ist besser, wenn Carrie und die Kinder gar nicht erst erfahren, daß Sie hier sind. Kann ich raufkommen?«

Sie setzten sich in die Bibliothek und tranken Kaffee. »Wie kann ich Ihnen helfen, Lacey?« fragte Tim.

»Das haben Sie doch schon getan«, erwiderte Lacey lächelnd. »Kümmern sich Parker und Parker noch um den Verkauf der Wohnung?«

»Soweit ich weiß, schon. Haben Sie gehört, daß der Juniorchef verschwunden ist?«

»Das hab' ich gelesen. Sind inzwischen andere Mitarbeiter der Firma hier gewesen, um die Wohnung Interessenten zu zeigen?«

»Nein. Jimmy Landi hat mich kürzlich angerufen und dieselbe Frage gestellt. Von Parker hat er die Nase voll. Er will die Wohnung endlich loswerden. Ich habe ihm ganz klar gesagt, daß die Chancen meiner Meinung nach besser stünden, wenn wir alles ausräumen.«

»Haben Sie seine Privatnummer, Tim?«

»Seine Durchwahl im Büro, glaube ich. Ich war nicht da, als er anrief, und mußte ihn zurückrufen. Er ist selbst rangegangen.«

»Tim, bitte geben Sie mir die Nummer.«

»Gern. Sie wissen ja, daß dieses Telephon noch angeschlossen ist. Die haben sich nie die Mühe gemacht, es abzumelden. Ich habe Parker ein paar Mal darauf angesprochen, als die Rechnung kam, aber ich glaube, es war ihm ganz recht, daß er von der Wohnung aus telephonieren konnte. Er ist auch manchmal allein hergekommen.«

»Und das heißt, er könnte jederzeit wieder vorbeikommen«, sagte sie. Tim konnte es seinen Job kosten, wenn Lacey in der Wohnung ertappt wurde. Sie durfte es also nicht riskieren, noch länger hierzubleiben. Dennoch mußte sie Tim um einen weiteren Gefallen bitten. »Tim, ich möchte meine Mutter wissen lassen, daß es mir gutgeht. Moms Telephon wird bestimmt abgehört, also kann man meine Anrufe zurückverfolgen. Könnten Sie ihr von einem öffentlichen Fernsprecher aus Bescheid sagen? Nennen Sie Ihren Namen nicht, und sprechen Sie nur ein paar Sekunden, sonst kann die Polizei auch dieses Gespräch zurückverfolgen. Und wenn sie es tut, kommt es wenigstens nicht von hier. Richten Sie meiner Mutter nur aus, daß ich in Sicherheit bin und sie anrufe, sobald ich kann.«

»Wird gemacht.« Tim Powers stand auf. Er warf einen Blick auf die Papiere, die auf dem Schreibtisch lagen, und machte ein verdutztes Gesicht. »Ist das eine Kopie von Heather Landis Tagebuch?«

Lacey starrte ihn an. »Ja, genau. Woher kennen Sie es, Tim?«

»Am Tag vor Mrs. Warings Tod war ich hier oben und habe die Luftfilter ausgewechselt. Das machen wir immer Anfang Oktober, wenn die Klimaanlage aus- und die Heizung eingeschaltet wird. Da las sie in dem Tagebuch. Vermutlich hatte sie es am selben Tag gefunden, denn sie hat sich sehr aufgeregt. Vor allem, als sie die letzten Seiten las, war sie ganz aus dem Häuschen.«

Lacey hatte das Gefühl, daß sie kurz vor einer wichtigen Entdeckung stand. »Hat sie mit Ihnen darüber gesprochen, Tim?« fragte sie.

»Eigentlich nicht. Sie setzte sich sofort ans Telephon, aber derjenige, den sie erreichen wollte, hat offenbar eine Geheimnummer.«

»Sie wissen nicht, wer es war?«

»Nein, aber ich glaube, sie hatte den Namen mit dem Füller eingekreist, als sie darauf stieß. Ich erinnere mich, daß es ziemlich gegen Ende war. Lacey, ich muß jetzt los. Geben Sie mir die Telephonnummer Ihrer Mutter. Ich rufe über die Sprechanlage hoch und sage Ihnen die von Landi.«

Als Tim gegangen war, nahm Lacey die erste der unlinierten Seiten vom Schreibtisch und trat damit ans Fenster. Trotz der Flecken erkannte sie eine feine Linie um den Namen Hufner.

Wer war das? Wie konnte sie es herausfinden?

Ich muß mit Jimmy Landi reden, beschloß sie. Das ist die einzige Möglichkeit.

Tim Powers gab Lacey über die Sprechanlage in der Eingangshalle Landis Nummer durch, dann machte er sich auf die Suche nach einem öffentlichen Fernsprecher. Er hatte einige Vierteldollarmünzen eingesteckt.

Fünf Straßen weiter, an der Madison Avenue, fand er einen Apparat, der funktionierte.

Vierzig Kilometer entfernt in Wyckoff, New Jersey, fuhr Mona Farrell hoch, als das Telephon klingelte. *Hoffentlich ist es Lacey*, betete sie.

Eine freundliche, beruhigende Männerstimme sagte: »Miss Farrell, ich rufe in Laceys Auftrag an. Sie kann nicht mit Ihnen sprechen, möchte Sie aber wissen lassen, daß es ihr gutgeht und daß sie sich sobald wie möglich bei Ihnen meldet.«

»Wo ist sie?« wollte Mona wissen. »Warum kann sie nicht selbst mit mir sprechen?«

Tim wußte, daß er jetzt lieber auflegen sollte, aber Laceys Mutter klang so verzweifelt, daß er es nicht übers Herz brachte. Hilflos hörte er sich ihre Sorgen und Ängste an und warf nur immer wieder ein: »Es geht ihr gut, Miss Farrell, glauben Sie mir, es geht ihr gut.«

Lacey hatte ihn gebeten, nicht zu lange am Apparat zu bleiben. Bedauernd legte er auf, obwohl ihn Mona Farrell immer noch beschwor, ihr mehr zu sagen. Auf dem Rückweg entschloß er sich, über die Fifth Avenue zu gehen. Deshalb fiel ihm nicht auf, daß ein ungekennzeichnetes Polizeiauto auf die Telephonzelle zuraste, die er eben benutzt hatte. Und es blieb ihm auch verborgen, daß der Apparat sofort nach Fingerabdrücken untersucht wurde.

Mit jeder Stunde, die ich hier verbringe und nichts tue, rückt der Augenblick näher, in dem mich Caldwell findet oder Baldwin verhaften läßt, dachte Lacey. Ich fühle mich wie in einem Spinnennetz.

Wenn ich doch nur mit Kit reden könnte. Kit hat Köpfchen. Lacey trat ans Fenster und spähte durch einen Spalt zwischen den Vorhängen hinaus auf die Straße.

Im Central Park wimmelte es von Joggern, Rollschuhläufern, Spaziergängern und Eltern mit Kinderwagen.

Natürlich, dachte sie. Es war Sonntag. Kurz vor zehn, Sonntag vormittag. Bestimmt waren Kit und Jay jetzt in der Kirche. Sie gingen immer zur Zehn-Uhr-Messe.

Sie gingen immer zur Zehn-Uhr-Messe.

»Ich kann ja doch mit ihr reden!«, sagte Lacey laut. Kit und Jay gehörten seit Jahren zur Gemeinde von St. Elisabeth. Jeder kannte sie. Laceys Laune besserte sich schlagartig. Sie rief die Auskunft von New Jersey an und erhielt die Nummer der Pfarrei.

Hoffentlich ist jemand da, dachte sie und hörte schon, wie sich der Anrufbeantworter einschaltete. Sie konnte nicht mehr tun, als eine Nachricht hinterlassen, und hoffen, daß Kit sie bekam, bevor sie die Kirche verließ. Ihre Nummer anzugeben, und sei es in einer Pfarrei, hätte ein zu großes Risiko bedeutet.

Lacey sprach langsam und deutlich. »Ich muß dringend mit Kit Taylor sprechen. Ich glaube, sie besucht die Zehn-Uhr-Messe. Ich rufe um elf Uhr fünfzehn wieder hier an. Bitte versuchen Sie, sie an den Apparat zu holen.«

Lacey legte auf. Sie fühlte sich hilflos und wie eine Gefangene. Eine ganze Stunde noch, bis sie mit Kit sprechen konnte.

Sie wählte Jimmy Landis Nummer, die sie von Tim bekommen hatte. Niemand meldete sich, und als sich der Anrufbeantworter einschaltete, zog sie es vor, keine Nachricht zu hinterlassen.

Lacey wußte nicht, daß sie bereits eine Nachricht hinterlassen hatte. Jimmy Landis Telephon zeigte nicht nur die Nummer eines jeden Anrufers, sondern auch seinen Namen und seine Adresse.

Die Nachricht lautete, daß ein Anruf von Anschluß 555-8093 erfolgt war, der Nummer von Heather Landi in der 70. Straße Ost.

56

Detective Sloane hatte nicht vorgehabt, am Sonntag zu arbeiten. Er hatte keinen Dienst, und seine Frau Betty wollte, daß er die Garage aufräumte. Aber als sich der diensthabende Sergeant aus dem Revier meldete und sagte, ein Freund von Lacey Farrell habe ihre Mutter von einem Münztelephon an der 74. Straße Ecke Madison Avenue angerufen, hätten ihn keine zehn Pferde mehr aufhalten können.

Als er ins Revier kam, nickte ihm der Sergeant zu und wies auf die Bürotür des Captains. »Der Chef will mit Ihnen reden«, sagte er.

Captain Frank Deleo war hochrot im Gesicht, normalerweise ein Warnsignal, daß etwas oder jemand seinen Zorn heraufbeschworen hatte. Heute sah Sloane jedoch sofort die Sorge und Trauer in Deleos Augen.

Er wußte, was die gemischten Gefühle seines Chefs zu bedeuten hatten. Die Falle war zugeschnappt, und der korrupte Cop war aufgeflogen.

»Die Jungs im Labor haben gestern abend diese Videoaufzeichnung rübergeschickt«, sagte Deleo. »Sie wird Ihnen nicht gefallen.«

Wer? fragte sich Ed, während er die Gesichter seiner langjährigen Kollegen vor seinem inneren Auge Revue passieren ließ. Tony ... Leo ... Adam ... Jack ... Jim W. ... Jim M. ...

Er blickte auf den Bildschirm. Deleo schaltete den Recorder ein und drückte auf PLAY.

Ed Sloane beugte sich vor. Er sah seinen Schreibtisch mit der verkratzten Platte, auf der sich Papiere stapelten. Seine Jacke hing über der Stuhllehne, aus der Tasche baumelten wie zufällig die Schlüssel, um den Dieb in Versuchung zu führen, der Beweismittel aus dem Büro entwendet hatte.

In der oberen linken Ecke des Bildschirms sah er seinen Hinterkopf im Vernehmungszimmer. »Die Aufnahme ist von gestern abend!« rief er.

»Ich weiß. Schauen Sie, was jetzt passiert.«

Sloane starrte angespannt auf das Gerät und sah, wie Nick Mars aus dem Vernehmungszimmer huschte und sich umblickte. Im Großraumbüro saßen nur zwei weitere Beamte. Der eine war am Telephon und kehrte Nick den Rücken zu, der andere döste.

Mars griff in Sloanes Jackentasche und holte den Schlüsselbund heraus, den er in der hohlen Hand verbarg. Er ging an den Büroschrank mit den abgeschlossenen Schließfächern, dann fuhr er herum und legte die Schlüssel hastig an ihren Platz zurück. Dann holte er eine Schachtel Zigaretten aus der Brusttasche von Sloanes Jacke.

»In diesem Moment bin ich unpassenderweise hereingekommen«, erklärte Deleo trocken. »Er ging wieder ins Vernehmungszimmer.«

Ed Sloane war wie vor den Kopf geschlagen. »Sein Vater war ein Cop. Sein Großvater war ein Cop. Er hatte doch alle Möglichkeiten. Warum?«

»Warum gibt es überhaupt korrupte Cops?« fragte Deleo. »Ed, das muß vorerst unter uns bleiben. Dieses Videoband allein genügt nicht, um ihn zu überführen. Er ist Ihr Partner. Er könnte überzeugend argumentieren, daß er nur Ihre Taschen kontrollierte, weil Sie wieder unvorsichtig geworden waren. Er habe sich Sorgen gemacht, daß man Ihnen die Schuld geben würde, wenn wieder etwas verschwindet. Mit seinen babyblauen Augen käme er wahrscheinlich sogar damit durch.«

»Wir müssen etwas unternehmen. Ich will ihm nicht am Schreibtisch gegenübersitzen und gemeinsam mit ihm an einem Fall arbeiten«, erklärte Sloane kategorisch.

»Doch, das werden Sie. Baldwin ist auf dem Weg hierher. Er glaubt, daß sich Lacey Farrell hier in der Gegend aufhält. Nichts würde mir besser in den Kram passen, als diesen Fall zu lösen und es Baldwin unter die Nase zu reiben, daß wir es geschafft haben. Wie Sie sich vorstellen können, besteht Ihre Aufgabe darin, verdammt noch mal sicherzustellen, daß Nick nicht noch mehr Beweismittel klaut oder vernichtet.«

»Wenn Sie mir versprechen, daß ich den Mistkerl zehn Minuten für mich alleine habe, sobald wir ihn überführt haben.«

Der Captain stand auf. »Kommen Sie schon, Ed. Baldwin kann jeden Augenblick hier sein.«

Heute ist der Tag der Enthüllungen, dachte Ed Sloane sarkastisch, als ein Mitarbeiter des Bundesstaatsanwalts das Band mit dem aufgezeichneten Gespräch zwischen Lacey Farrells Mutter und dem unbekannten Anrufer ins Abspielgerät legte.

Als das Band lief, zog Sloane die Brauen hoch – das einzige Anzeichen für seine Überraschung. Er kannte diese Stimme von seinen zahllosen Besuchen in dem Apartmenthaus an der 70. Straße. Es war der Hausmeister, Tim Powers. Er hatte Mona Farrell angerufen.

Und er versteckt Lacey Farrell in diesem Haus! dachte Sloane.

Die anderen lauschten schweigend dem Telephongespräch. Baldwin blickte so zufrieden drein wie die Katze, die den Kanarienvogel gefressen hat. Er glaubt wohl, er kann uns eine Lektion erteilen, wie gute Polizeiarbeit aussieht, dachte Sloane wütend. Nick Mars hatte die Hände im Schoß gefaltet und runzelte die Stirn – der Inbegriff des ehrlichen Polizisten. Wen würde dieser Verräter informieren, wenn er Wind davon bekam, daß Lacey Farrells Schutzengel Tim Powers hieß? fragte sich Sloane.

Er kam zu dem Schluß, daß wenigstens im Augenblick nur ein Mensch außer Powers wissen sollte, wo sich Lacey Farrell versteckt hielt.

Nämlich er selbst.

57

Tim Powers klopfte um halb elf an die Wohnungstür und sperrte dann mit seinem Universalschlüssel auf. »Auftrag erledigt«, sagte er lächelnd, aber Lacey sah ihm an, daß etwas nicht stimmte.

»Was ist los, Tim?«

»Ich habe gerade einen Anruf von einer Immobilienmaklerin bei Douglaston und Minor bekommen. Jimmy hat die Firma mit dem Verkauf der Wohnung beauftragt und gesagt, er möchte, daß alle Möbel und persönlichen Sachen so schnell wie möglich ausgeräumt werden. Sie kommt um halb zwölf mit jemandem vorbei, um sich die Wohnung anzusehen.«

»Das ist ja schon in einer Stunde!«

»Lacey, es ist mir furchtbar unangenehm –«

»Sie können mich nicht hierbehalten. Das wissen wir beide. Holen Sie eine Schachtel, und räumen Sie den Kühlschrank aus. Ich stecke die benutzten Handtücher in einen Kissenbezug, dann können Sie sie mitnehmen. Sollen die Vorhänge offen oder geschlossen sein?«

»Offen.«

»Ich kümmere mich darum. Tim, wie hat meine Mutter geklungen?«

»Ziemlich durcheinander. Ich habe versucht, ihr klarzumachen, daß es Ihnen gutgeht.«

Lacey hatte plötzlich dasselbe mulmige Gefühl wie damals, als sie ihrer Mutter erzählt hatte, daß sie in Minneapolis lebte. »Haben Sie lange mit ihr gesprochen?« fragte sie.

Trotz seiner Beteuerungen war sie überzeugt, daß die Polizei inzwischen das Viertel durchkämmte und nach ihr suchte.

Als Tim gegangen war und die verräterischen Beweise ihrer Anwesenheit mitgenommen hatte, sammelte Lacey die Seiten von Heathers Tagebuch ein und steckte sie wieder in die Einkaufstasche. Sie wollte noch einen Versuch unternehmen, Kit in der Pfarrei von St. Elisabeth zu erreichen, aber dann mußte sie sich aus dem Staub machen. Sie sah auf die Uhr. Ein paar

Minuten hatte sie noch für einen zweiten Anruf bei Jimmy Landi.

Diesmal meldete er sich nach dem vierten Klingeln. Lacey wußte, daß sie keine Zeit zu verlieren hatte. »Mr. Landi, hier spricht Lacey Farrell. Ich bin so froh, daß ich Sie erreicht habe. Vorhin habe ich es schon mal versucht.«

»Ich war unten«, sagte Jimmy.

»Ich weiß, daß es viel zu erklären gibt, Mr. Landi, aber ich habe keine Zeit, also lassen Sie mich einfach reden. Ich weiß, warum Sie mit mir sprechen wollten. Die Antwort lautet ja, es gab drei unlinierte Seiten am Ende von Heathers Tagebuch. Diese Seiten handeln fast nur von ihrer Sorge, Ihnen weh zu tun. Heather spricht immer wieder davon, sie stecke in einer schrecklichen Klemme. Das einzig Aufmunternde steht ganz am Anfang, wo sie von einer Verabredung zum Essen mit einem Mann erzählt, der anscheinend ein alter Freund von ihr war. Heather schreibt, er hätte gesagt, sie sei erwachsen geworden und er alt.«

»Wie heißt er?« wollte Jimmy wissen.

»Sieht aus wie Mac oder Max Hufner.«

»Den kenne ich nicht. Vielleicht ein Bekannter ihrer Mutter. Isabelles zweiter Mann war um einiges älter als sie.« Er hielt inne. »Sie sind in großen Schwierigkeiten, nicht wahr, Miss Farrell?«

»Das kann man sagen.«

»Was wollen Sie tun?«

»Ich weiß nicht.«

»Wo sind Sie jetzt?«

»Das darf ich Ihnen nicht verraten.«

»Und Sie wissen genau, daß am Ende des Tagebuchs drei unlinierte Seiten waren? Ich war mir ziemlich sicher, daß ich sie bei den Kopien, die Sie mir gegeben haben, gesehen hatte, aber beweisen konnte ich es nicht.«

»Ja, sie waren bei den Kopien; das weiß ich genau. Ich habe eine zweite Kopie für mich gemacht, und die Seiten sind dabei. Mr. Landi, ich bin fest davon überzeugt, daß Isabelle auf irgend etwas gestoßen ist und deshalb ermordet wurde. Tut mir leid, ich muß jetzt weg.«

Jimmy Landi hörte es klicken. Er legte gerade auf, als Steve Abbott in sein Büro trat. »Was ist los? Ist in Atlantic City schon Sperrstunde? Du bist früh zurück.«

»Ich bin gerade angekommen«, sagte Abbott. »Das Geschäft lief ziemlich ruhig da unten. Wer war das?«

»Lacey Farrell. Vermutlich hat ihre Mutter ihr meine Frage ausgerichtet.«

»Lacey Farrell! Ich dachte, sie sei im Zeugenschutzprogramm.«

»Das stimmt, aber inzwischen anscheinend nicht mehr.«

»Wo ist sie jetzt?«

Jimmy blickte auf das Display seines Telephons. »Das hat sie nicht gesagt, und ich glaube, das Gerät war nicht eingeschaltet. Steve, hatten wir je einen Angestellten, der Hufner hieß?«

Abbott überlegte kurz, dann schüttelte er den Kopf. »Ich glaube nicht, Jimmy, höchstens eine Küchenhilfe. Du weißt ja, wie die kommen und gehen.«

»Ja, ich weiß, wie die kommen und gehen.« Er warf einen Blick durch die offene Tür, die in einen kleinen Warteraum führte. Dort ging jemand auf und ab. »Wer ist der Kerl da draußen?« fragte er.

»Carlos. Er möchte wieder bei uns anfangen. Er sagt, die Arbeit bei Alex ist zu ruhig für ihn.«

»Schmeiß den Penner raus. Ich kann keine Kriecher gebrauchen.«

Jimmy stand auf und trat ans Fenster, den Blick in die Ferne gerichtet, als wäre Abbott nicht da. »In einer schrecklichen Klemme, hm? Und da konntest du nicht zu deinem Papa kommen?«

Abbott wußte, daß Jimmy Selbstgespräche führte.

58

Um zehn nach elf rief Lacey in der Pfarrei von St. Elisabeth in Wyckoff, New Jersey, an. Diesmal wurde beim ersten Klingeln abgenommen. »Pater Edwards«, meldete sich eine Stimme.

»Guten Morgen, Pater«, sagte Lacey. »Ich habe heute eine Nachricht hinterlassen und darum gebeten, daß Kit Taylor –«

Er unterbrach sie. »Sie sitzt hier neben mir. Einen Moment.«

Lacey hatte seit zwei Wochen nicht mehr mit Kit gesprochen und sie seit fast fünf Monaten nicht mehr gesehen. »Kit«, sagte sie und verstummte, weil ihre Kehle wie zugeschnürt war.

»Lacey, wir vermissen dich. Wir haben solche Angst um dich. Wo bist du?«

Lacey lachte zittrig. »Glaub mir, es ist besser, wenn du es nicht weißt. Aber eines kann ich dir sagen, ich muß in fünf Minuten hier raus. Kit, ist Jay bei dir?«

»Ja, natürlich.«

»Gib ihn mir doch bitte.«

Zur Begrüßung fing Jay gleich an zu reden: »Lacey, so kann das nicht weitergehen. Ich engagiere einen Bodyguard für dich, aber du mußt aufhören wegzurennen und uns erlauben, dir zu helfen.«

Ein andermal hätte sie wahrscheinlich gedacht, daß Jay gereizt klang, aber an diesem Morgen hörte sie nur die Sorge in seiner Stimme. So hatte Tom Lynch auf dem Parkplatz mit ihr gesprochen. War das erst gestern gewesen? dachte Lacey. Es schien so lange her zu sein.

»Jay, ich muß gleich hier raus, und ich darf dich nicht zu Hause anrufen. Ich bin sicher, daß euer Telephon abgehört wird. So wie bisher kann ich nicht weiterleben. Ich bleibe nicht im Zeugenschutzprogramm, und ich weiß, daß mich der Bundesstaatsanwalt als wichtige Belastungszeugin in Haft nehmen will. Eines ist mir jetzt klar: Der Schlüssel zu dieser bösen Geschichte besteht darin, den Schuldigen am Tod von Heather Landi zu finden. Wie ihre Mutter bin ich überzeugt, daß sie ermordet wurde und daß der Hinweis auf den Täter in ihrem Tagebuch steht. Gott sei Dank habe ich noch eine Kopie, und die habe ich gründlich gelesen. Ich muß unbedingt herausfinden, was Heather Landi in den letzten Tagen ihres Lebens solche Sorgen bereitet hat. Die entscheidenden Hinweise sind in ihrem Tagebuch, wenn ich sie nur erkennen könnte. Ich glaube, Isabelle Waring hat versucht zu erfahren, was passiert ist, und deshalb wurde sie umgebracht.«

»Lacey –«

»Laß mich ausreden, Jay. Da ist ein Name, den ich für wichtig halte. Ungefähr eine Woche vor ihrem Tod traf sich Heather mit einem älteren Mann, den sie anscheinend schon sehr lange kannte. Meine Hoffnung ist, daß er irgendwie mit dem Gastronomiegeschäft zu tun hatte und du ihn vielleicht kennst oder dich nach ihm erkundigen könntest.«

»Wie heißt er?«

»Der Name ist so verwischt, daß ich ihn kaum entziffern kann. Sieht aus wie Mr. oder Mac oder Max Hufner.«

Als sie den Namen »Hufner« aussprach, hörte sie die Türglocke des Pfarrhauses klingeln.

»Hast du mich verstanden, Jay? Mr. oder Mac oder Max Huf–«

»Max Hofmann?« fragte Jay. »Sicher habe ich ihn gekannt. Er hat jahrelang für Jimmy Landi gearbeitet.«

»Ich habe nicht Hofmann gesagt«, korrigierte ihn Lacey. »Aber, lieber Himmel, das ist es …«

Isabelles letzte Worte … »lesen Sie es … Zeigen Sie es ihm«, dann ein gedehntes, zittriges Keuchen, » … mann«

Isabelle starb, als sie versuchte, mir seinen Namen zu nennen, begriff Lacey plötzlich. Sie versuchte, diese Tagebuchseiten von den anderen zu trennen. Sie wollte, daß Jimmy Landi sie liest.

Dann wurde Lacey die Bedeutung von Jays Worten klar, und sie schauderte. »Jay, warum sagst du, du *hast* ihn gekannt?«

»Lacey, Max ist vor über einem Jahr gestorben – bei einem Unfall mit Fahrerflucht in der Nähe seines Hauses in Great Neck. Ich war auf seiner Beerdigung.«

»Wie lange ist das genau her?« fragte Lacey. »Das könnte sehr wichtig sein.«

»Laß mich überlegen. Es war ungefähr um die Zeit, als ich mich um den Auftrag vom Red Roof Inn in Southampton bewarb, und das war vor ungefähr vierzehn Monaten, in der ersten Dezemberwoche.«

»Die erste Dezemberwoche – vor vierzehn Monaten! Da ist auch Heather Landi gestorben«, rief Lacey. »Zwei Autounfälle innerhalb weniger Tage ...« Sie verstummte.

»Lacey, glaubst du, daß –«, begann Jay.

Die Sprechanlage an der Wohnungstür summte mehrmals. Tim Powers signalisierte, daß sie verschwinden mußte. »Jay, ich muß jetzt gehen. Bleib, wo du bist. Ich rufe noch mal an. Nur eines noch, war Max Hofmann verheiratet?«

»Fünfundvierzig Jahre lang.«

»Jay, besorg mir seine Adresse. Ich brauche sie unbedingt.«

Lacey griff nach ihrer Tasche und dem schwarzen Kapuzenmantel, den sie aus Isabelles Schrank genommen hatte. Humpelnd verließ sie die Wohnung und ging den Korridor entlang zum Aufzug. Die aufleuchtenden Nummern zeigten, daß der Fahrstuhl den achten Stock passierte und nach oben fuhr. Sie konnte gerade noch unbemerkt auf die Feuertreppe flüchten, bevor sie gesehen wurde.

Tim Powers erwartete sie unten im Treppenhaus. Er drückte ihr ein paar zusammengefaltete Geldscheine in die Hand und schob ihr ein Handy in die Manteltasche. »Es wird eine Weile dauern, bis sie die Gespräche auf diesem Apparat zurückverfolgen können.«

»Tim, ich weiß nicht, wie ich Ihnen danken soll.« Laceys Herz pochte. Sie spürte, daß sich das Netz zusammenzog.

»Draußen wartet ein Taxi mit offener Tür auf Sie«, sagte Tim. »Lassen Sie die Kapuze auf.« Er drückte ihr die Hand. »In 6 G trifft sich mal wieder die ganze Familie zum Brunch. Da kommen gleich viele Leute ins Haus. Vielleicht können Sie unbemerkt rausschlüpfen. Jetzt aber los.«

Der Taxifahrer war offenbar verärgert, weil er warten mußte. Der Wagen fuhr ruckartig an, so daß Lacey nach hinten geschleudert wurde. »Wohin wollen Sie, Miss?«

»Great Neck, Long Island«, sagte Lacey.

59

»Ich hoffe, Mom ist hier, bevor Lacey zurückruft«, sagte Kit besorgt.

Sie saßen mit dem Pastor im Arbeitszimmer des Pfarrhauses und tranken Kaffee. Das Telephon stand neben Kit.

»Sie kommt bestimmt in zehn Minuten«, beruhigte Jay sie. »Sie war gerade auf dem Sprung, weil sie Alex in New York zum Brunch treffen wollte.«

»Mom ist wegen dieser Sache nur noch ein Nervenbündel«, erklärte Kit dem Priester. »Sie weiß, daß ihr die Bundesanwaltschaft den Vorwurf macht, sie hätte ihre Tochter verraten, was einfach lächerlich ist. Sie hat nicht einmal mir erzählt, wo Lacey gelebt hat. Sie würde einen Anfall kriegen, wenn wir sie jetzt nicht mit Lacey sprechen ließen.«

»Falls sie zurückruft«, wandte Jay ein. »Vielleicht hat sie gar keine Möglichkeit dazu.«

War sie verfolgt worden? fragte sich Lacey. Schwer zu sagen. Ein schwarzer Toyota folgte dem Taxi in gleichbleibendem Abstand.

Vielleicht doch nicht. Sie seufzte erleichtert auf. Der Wagen hatte die erste Ausfahrt nach dem Midtown Tunnel genommen.

Tim hatte den Code für das Handy auf die Rückseite des Apparats geklebt. Lacey wußte, daß Kit und Jay im Pfarrhaus auf ihren Anruf warteten, aber es wäre ihr lieber gewesen, wenn sie sich die benötigte Information auf anderem Wege besorgen könnte. Sie brauchte Straße und Hausnummer der Wohnung von Max Hofmann, wo – hoffentlich – seine Frau nach wie vor lebte. Lacey mußte dort hinfahren und mit ihr reden und alles herauskriegen, was sie über das Gespräch ihres Mannes mit Heather Landi wußte.

Lacey beschloß, es zunächst bei der Telephonauskunft zu versuchen. Sie wählte und wurde gefragt, welche Eintragung sie bräuchte.

»Max Hofmann, Great Neck. Die Adresse habe ich nicht.«

Es folgte eine Pause. »Auf Wunsch des Teilnehmers dürfen wir diese Nummer nicht herausgeben.«

Es herrschte nicht viel Verkehr, und Lacey merkte, daß sie sich bereits Little Neck näherten. Great Neck war der nächste Ort. Was sollte sie tun, wenn sie dort ankamen und sie dem Fahrer keine Adresse nennen konnte? Sie wußte, daß er eigentlich keine so weite Fahrt aus Manhattan heraus hatte machen wollen. Und was sollte sie tun, wenn sie zu Mrs. Hofmanns Wohnung kam und die Frau nicht zu Hause war oder nicht aufmachte?

Und was, wenn sie doch verfolgt wurde?

Sie rief noch einmal im Pfarrhaus an. Kit meldete sich sofort. »Mom ist gerade hergekommen, Lacey. Sie möchte unbedingt mit dir sprechen.«

»Kit, bitte ...«

Ihre Mutter war schon am Apparat. »Lacey, ich habe keiner Menschenseele gesagt, wo du wohnst!«

Sie ist so aufgeregt, dachte Lacey. Es ist schwer für sie, aber ich kann jetzt einfach nicht mit ihr über die ganze Sache reden.

Doch zum Glück sagte ihre Mutter dann: »Jay muß mit dir reden.«

Sie hatten gerade die Stadtgrenze von Great Neck erreicht. »Welche Straße?« erkundigte sich der Fahrer.

»Fahren Sie einen Augenblick rechts ran«, erwiderte Lacey.

»Lady, ich habe nicht vor, meinen Sonntag hier draußen zu verbringen.«

Laceys Nerven waren zum Zerreißen gespannt. Ein schwarzer Toyota hatte abgebremst und bog auf einen Parkplatz ein. Sie wurde tatsächlich verfolgt. Kalter Schweiß trat ihr aus allen Poren. Dann seufzte sie erleichtert auf, als ein junger Mann mit einem Kind ausstieg.

»Lacey?« meldete sich Jay besorgt.

»Jay, kannst du mir die Adresse der Hofmanns in Great Neck geben?«

»Lacey, ich habe keine Ahnung, wo ich sie herbekommen soll. Ich müßte ins Büro fahren und herumtelephonieren, bis ich jemand finde, der sie weiß. Ich habe Alex angerufen. Er kannte Max sehr gut. Er hat die Adresse irgendwo auf seiner Weihnachtskartenliste und will sie heraussuchen.«

Zum ersten Mal in ihrem grauenhaften monatelangen Martyrium empfand Lacey absolute Verzweiflung. Sie stand so kurz vor dem Ziel, des Rätsels Lösung war zum Greifen nah, und jetzt befand sie sich in einer Sackgasse. Dann hörte sie Jay fragen: »Was könnten Sie tun, Pater? Nein, ich weiß nicht, welches Beerdigungsinstitut es war.«

Pater Edwards nahm sich der Sache an. Während Lacey noch einmal mit ihrer Mutter sprach, telephonierte der Pastor mit zwei Beerdigungsinstituten in Great Neck. Er stellte sich vor und bediente sich einer kleinen Notlüge: Ein Mitglied seiner Gemeinde wolle eine Beileidskarte für Mr. Max Hofmann schicken, der im Dezember vor einem Jahr verstorben sei.

Vom zweiten Beerdigungsinstitut erhielt er die gewünschte Auskunft. Ja, man habe die Beisetzung von Mr. Hofmann arrangiert und sei gern bereit, Pater Edwards die Adresse zu nennen.

Jay gab sie an Lacey weiter. »Ich spreche später mit euch allen«, sagte sie. »Aber erzählt um Himmels willen niemandem, wo ich hin will.«

Das Taxi fuhr wieder an. Zumindest *hoffe* ich, daß ich später mit euch sprechen kann, dachte Lacey, als der Taxifahrer in eine Tankstelle bog, um sich nach dem Weg zum Adams Place Nr. 10 zu erkundigen.

60

Es machte Detective Ed Sloane rasend, neben Nick Mars sitzen und so tun zu müssen, als sei alles in Ordnung – »Brüder sind wir alle«, wie es in dem Kirchenlied heißt, dachte er verbittert.

Sloane war sich darüber im klaren, daß er auf der Hut sein mußte, damit Nick nicht irgendwelche unterschwelligen Zeichen von Feindseligkeit aufschnappte, aber er schwor sich, aus seinem Herzen keine Mördergrube zu machen, wenn alle Karten auf dem Tisch lagen.

Gegen elf Uhr fünfzehn, unmittelbar nach der Besprechung mit Baldwin, begannen die beiden mit der Überwachung des Apartmenthauses an der 70. Straße Ost.

Nick hatte dafür natürlich kein Verständnis. Während er in der Nähe des Hauses einparkte, klagte er: »Ed, wir verschwenden unsere Zeit. Du glaubst doch nicht im Ernst, daß Lacey Farrell jetzt wieder ihren alten Job antritt und hier Eigentumswohnungen verkauft?«

Sehr komisch, mein Junge, dachte Sloane. »Auf den Riecher von einem alten Hasen kann man sich verlassen, das weißt du doch, Nick«, erwiderte er betont freundlich.

Nach wenigen Minuten sahen sie eine Frau in einem langen Kapuzenmantel aus dem Haus kommen und in ein wartendes Taxi steigen. Sloane konnte ihr Gesicht nicht erkennen, und der Mantel war weit geschnitten, so daß auch ihre Figur unsichtbar blieb. Allerdings kam ihm ihre Art, sich zu bewegen, so bekannt vor, daß sich ihm die Nackenhaare sträubten.

Und sie schonte ihr rechtes Bein. Der Bericht aus Minnesota erwähnte, daß Lacey Farrell sich gestern im Fitneßstudio offenbar den Fuß verstaucht hatte.

»Fahren wir«, befahl Sloane. »Sie sitzt in diesem Taxi.«

»Du machst wohl Witze! Hast du übersinnliche Fähigkeiten, oder verschweigst du mir was, Ed?«

»Ich verlaß mich nur auf meinen Riecher. Der Anruf bei ihrer Mutter kam aus einer Telephonzelle fünf Straßen weiter. Vielleicht hat sie einen Freund in dem Haus. Sie war oft genug hier.«

»Ich melde es im Revier«, sagte Nick.

»Nein, noch nicht.«

Sie folgten dem Taxi durch den Midtown Tunnel auf den L.I.E. Nick Mars witzelte gern darüber, daß die Abkürzung für den Long Island Expressway alles sagte: LIE – Lüge. Er lachte, als er den Scherz wieder mal zum besten gab.

Sloane hätte ihn am liebsten darauf hingewiesen, wie gut die Initialen auf ihn selbst paßten. Statt dessen sagte er: »Nick, du bist der beste Beschatter, den wir haben.«

Das stimmte. Nick konnte einem Wagen bei jedem Verkehr unauffällig folgen; nie kam er zu nah heran, manchmal überholte er, dann wechselte er wieder auf die langsamere Spur und ließ den Verfolgten vorbeifahren. Es war eine Begabung und ein echtes Plus für einen Polizisten. Und für einen Gauner, dachte Sloane grimmig.

»Was meinst du, wo fährt sie hin?« fragte Nick.

»Das weiß ich genausowenig wie du«, erwiderte Sloane. Dann beschloß er, ihn ein wenig zu provozieren: »Ich habe immer vermutet, daß Lacey Farrell noch eine Kopie von Heather Landis Tagebuch für sich gemacht hat. Wenn das stimmt, dann ist sie der einzige Mensch, der eine vollständige Version besitzt. Vielleicht steht etwas Wichtiges auf diesen drei Seiten, die laut Jimmy Landi fehlen. Was meinst du, Nick?«

Nick warf ihm einen mißtrauischen Seitenblick zu. Halt den Mund, ermahnte sich Sloane. Bring ihn nicht auf falsche Gedanken.

Jetzt war Nick an der Reihe zu antworten: »Ich weiß nicht mehr als du.«

In Great Neck fuhr das Taxi rechts ran. Machte die Farrell Anstalten auszusteigen? Sloane war bereit, ihr notfalls zu Fuß zu folgen.

Aber sie blieb im Taxi. Nach ein paar Minuten setzte sich der Wagen wieder in Bewegung und hielt zwei Straßen weiter an einer Tankstelle, wo sich der Fahrer nach dem Weg erkundigte.

Bei der Fahrt durch die Stadt kamen sie an einigen teuren Häusern vorbei. »Welches hättest du denn gerne?« fragte Nick.

Geht es dir darum? überlegte Sloane. Reicht dir ein Polizistengehalt nicht? Dann hättest du doch bloß zu kündigen brauchen, mein Junge, dachte er. Du hättest nur deinen Beruf wechseln müssen – nicht die Seiten.

Allmählich änderte sich das Stadtbild: Nun waren die Häuser kleiner und rückten enger zusammen, aber sie waren gut in Schuß, ein Viertel, in dem sich Ed Sloane wohl fühlte. »Nicht so schnell«, warnte er. »Er sucht nach einer Hausnummer.«

Nun waren sie am Adams Place angelangt. Das Taxi hielt vor Nummer 10. Auf der anderen Straßenseite war eine Parklücke, fünf Wagenlängen weiter, hinter einem Campingbus. Ideal, dachte Sloane.

Er beobachtete, wie Lacey Farrell aus dem Taxi stieg. Anscheinend verhandelte sie noch mit dem Fahrer, bot ihm durch das offene Fenster Geld an. Aber er schüttelte nur den Kopf. Dann kurbelte er das Fenster hoch und fuhr weg.

Lacey blickte dem Taxi nach, bis es außer Sicht war. Zum ersten Mal, seit sie die Verfolgung aufgenommen hatten, sah Sloane ihr Gesicht. Auf ihn wirkte sie jung, verletzlich und sehr verängstigt. Sie drehte sich um und humpelte zur Haustür. Dann läutete sie.

Allem Anschein nach war die Frau, die an die Tür kam und nur einen Spaltbreit öffnete, nicht bereit, sie einzulassen. Lacey Farrell deutete immer wieder auf ihren Knöchel.

»Mein Fuß tut weh. Bitte lassen Sie mich rein, gute Frau. Dann raube ich Sie aus«, witzelte Nick.

Sloane sah seinen Partner an und fragte sich, warum er ihn jemals amüsant gefunden hatte. Es war Zeit, im Revier Bericht zu erstatten. Er war sehr zufrieden damit, daß er derjenige war, der Lacey Farrell gefunden hatte, auch wenn sich Baldwin nun ihrer annehmen würde.

Er wußte nicht, daß ein amüsierter und ebenso zufriedener Sandy Savarano ihn aus einem Zimmer im ersten Stock von Adams Place 10 beobachtete, wo er in aller Seelenruhe auf Lacey Farrells Ankunft gewartet hatte.

61

Mona Farrell begleitete Kit und Jay nach Hause. »Ich kann nicht zum Brunch nach New York fahren, solange ich mir solche Sorgen mache«, sagte sie. »Ich rufe Alex an und bitte ihn, zu uns rauszukommen.«

Kits Söhne Todd und Andy waren schon früh am Morgen mit Freunden zum Skifahren am Hunter Mountain aufgebrochen. Eine Babysitterin kümmerte sich um Bonnie, die schon wieder eine Erkältung ausbrütete.

Bonnie lief sofort zur Tür, als sie ihre Eltern kommen hörte.

»Sie hat mir erzählt, daß sie an ihrem Geburtstag mit Tante Lacey nach Disney World darf«, berichtete die Babysitterin.

»Und mein Geburtstag ist schon ganz bald«, sagte Bonnie mit Nachdruck. »Nächsten Monat.«

»Ich habe ihr erklärt, daß Februar der kürzeste Monat im Jahr ist«, ergänzte die Frau, als sie ihren Mantel anzog und sich zum Gehen wandte. »Da hat sie sich erst recht gefreut.«

»Komm mit mir zum Telephonieren«, sagte Mona zu Bonnie. »Dann kannst du mit Onkel Alex sprechen.«

Sie nahm ihre Enkelin hoch und schloß sie fest in die Arme. »Hast du gewußt, daß du genau wie Tante Lacey aussiehst, als sie *fast* fünf Jahre alt war?«

»Ich mag Onkel Alex gern«, sagte Bonnie. »Du magst ihn doch auch, nicht wahr, Nana?«

»Ich weiß nicht, was ich in den letzten Monaten ohne ihn getan hätte«, sagte Mona. »Komm, mein Schatz, gehen wir nach oben.«

Jay und Kit sahen einander an. »Du denkst dasselbe wie ich«, begann Jay nach kurzem Schweigen. »Mona gibt zu, daß Alex sie ermutigt hat, Lacey mit der Frage zu bedrängen, wo sie wohnt. Auch wenn sie ihm nicht direkt gesagt hat, wo sich Lacey aufhielt, gibt es doch noch andere Möglichkeiten, es zu verraten. So wie Mona neulich abend verkündet hat, Lacey sei einem neuen Fitneßstudio mit einem tollen Squash-Court beigetreten. Keine zwölf Stunden später verfolgt jemand Lacey von diesem Fitneßstudio aus, wahrscheinlich mit der Absicht, sie zu töten. Kaum zu glauben, daß das nur ein Zufall war.«

»Aber Jay, es ist auch kaum zu glauben, daß Alex damit zu tun haben sollte«, sagte Kit.

»Ich hoffe es nicht, aber ich habe ihm verraten, wohin Lacey will, und jetzt rufe ich den Bundesstaatsanwalt an und sage es ihm auch. Kann sein, daß Lacey deshalb sauer auf mich ist, aber mir ist lieber, sie wird als wichtige Belastungszeugin festgesetzt, als daß sie im Leichenschauhaus liegt.«

62

»Warum sind Sie hergekommen?« wollte Lottie Hofmann wissen, als sie Lacey widerstrebend ins Haus gelassen hatte. »Sie können nicht hierbleiben. Ich rufe ein anderes Taxi für Sie. Wohin möchten Sie?«

Jetzt, da sie dem einzigen Menschen gegenüberstand, der ihr vielleicht helfen konnte, war Lacey kurz davor, einen hysterischen Anfall zu bekommen. Sie wußte immer noch nicht, ob sie verfolgt worden war oder nicht. Im Augenblick spielte das keine Rolle. Fest stand nur, daß sie nicht länger weglaufen konnte.

»Mrs. Hofmann, ich habe keine Bleibe, ich kann *nirgends* hin«, erklärte sie leidenschaftlich. »Jemand will mich umbringen, und ich glaube, er ist von derselben Person beauftragt worden, die auch für den Tod Ihres Mannes, Isabelle Warings und Heather Landis verantwortlich ist. Das muß ein Ende haben, und ich glaube, Sie sind der einzige Mensch, der dem ein Ende *machen* kann, Mrs. Hofmann. *Bitte helfen Sie mir!«*

Lottie Hofmanns Augen wurden weich. Laceys merkwürdige Haltung fiel ihr auf und auch, daß sie das ganze Gewicht auf ihr linkes Bein legte. »Sie haben Schmerzen. Kommen Sie herein. Setzen Sie sich.«

Das Wohnzimmer war klein, aber gemütlich. Lacey setzte sich auf die Couch und streifte den schweren Mantel ab. »Er gehört nicht mir«, sagte sie. »Ich kann nicht nach Hause und in meinen eigenen Kleiderschrank greifen. Ich kann nicht zu meiner Familie. Meine kleine Nichte wurde meinetwegen angeschossen und wäre beinahe gestorben. Ich werde den Rest meiner Tage so leben müssen, wenn derjenige, der hinter diesen Morden steht, nicht entlarvt und verhaftet wird. Bitte, Mrs. Hofmann, sagen Sie mir eines – hat Ihr Mann gewußt, wer dahintersteckt?«

»Ich fürchte, ich kann nicht darüber reden.« Lottie Hofmann sprach fast im Flüsterton. Sie hielt den Kopf gesenkt und hatte die Augen auf den Boden gerichtet. »Wenn Max den Mund gehalten hätte, wäre er noch am Leben. Genau wie Heather. Genau wie ihre Mutter.« Endlich blickte sie auf und sah Lacey in die Augen. »Ist die Wahrheit all diese Morde wert? Ich glaube nicht.«

»Sie wachen jeden Morgen auf und haben Angst, nicht wahr?« fragte Lacey. Sie griff nach der schmalen Hand der alten Frau. »Erzählen Sie mir, was Sie wissen, Mrs. Hofmann, bitte. Wer steckt hinter der ganzen Geschichte?«

»Die Wahrheit ist, daß ich gar nichts weiß. Nicht einmal seinen Namen. Max kannte ihn. Max hat für Jimmy Landi gearbeitet. Er hat Heather gekannt. Wenn ich sie an jenem Tag in Mohonk doch nur nicht gesehen hätte. Ich habe Max davon erzählt und den Mann beschrieben, der bei ihr war. Da hat er sich fürchterlich aufgeregt. Er sagte, der Mann sei ein Drogenhändler und ein Gangster, aber niemand wüßte es. Jeder hielte ihn für einen anständigen, ja sogar netten Kerl. Also hat sich Max mit Heather zum Mittagessen verabredet, um sie zu warnen – und zwei Tage später war er tot.«

Lottie Hofmann traten Tränen in die Augen. »Ich vermisse Max so sehr, und ich habe solche Angst.«

»Dafür haben Sie allen Grund«, erwiderte Lacey sanft. »Aber einfach die Tür zu verriegeln ist keine Lösung. Eines Tages wird dieser Mann, wer immer er sein mag, zu dem Schluß kommen, daß auch Sie eine Bedrohung für ihn darstellen könnten.«

Sandy Savarano schraubte den Schalldämpfer auf seine Pistole. In dieses Haus einzusteigen war ein Kinderspiel gewesen. Er konnte auf demselben Wege gehen, auf dem er gekommen war – durch das nach hinten hinausgehende Fenster des Schlafzimmers, in dem er sich gerade befand. Der Baum draußen im Garten war so gut wie eine Leiter. Sein Wagen stand in der Parallelstraße, über den Nachbargarten direkt zu erreichen. Er würde über alle Berge sein, bevor die Cops, die draußen warteten, auch nur Verdacht schöpften, daß etwas nicht stimmte. Er sah auf die Uhr. Es wurde Zeit.

Die alte Frau war zuerst dran. Die war nur ein lästiges Hindernis. Ihm ging es vor allem darum, den Ausdruck von Lacey Farrells Augen zu sehen, wenn er die Pistole auf sie richtete. Zeit zum Schreien würde ihr nicht bleiben. Nein, sie würde höchstens noch dieses leise Wimmern des Wiedererkennens herausbringen, das ihn so erregte, nämlich wenn sie begriff, daß sie sterben mußte.

Jetzt.

Sandy setzte den rechten Fuß auf die erste Treppenstufe und machte sich lautlos an den Abstieg.

63

Alex Carbine rief in Landis Restaurant an, um mit Jimmy zu sprechen. Es dauerte nicht lange, bis sich Steve Abbott meldete. »Alex, kann ich irgend etwas für Sie tun? Ich möchte Jimmy lieber nicht belästigen. Er fühlt sich heute nicht besonders.«

»Das tut mir leid, aber ich muß mit ihm persönlich sprechen«, sagte Carbine. »Übrigens, Steve, ist Carlos bei euch gewesen, weil er einen Job sucht?«

»Ja, er war tatsächlich hier. Warum?«

»Weil Sie ihm, wenn er noch da ist, sagen können, daß er hier keinen mehr hat. Jetzt verbinden Sie mich mit Jimmy.«

Er wartete. Als Jimmy Landi an den Apparat ging, hörte man schon an der Stimme, daß er unter enormer Anspannung stand.

»Jimmy, ich merke schon, daß etwas nicht stimmt. Kann ich helfen?«

»Nein, aber danke für das Angebot.«

»Hören Sie, es tut mir leid, daß ich Sie störe, aber ich habe etwas herausbekommen, was ich Ihnen mitteilen wollte. Soviel ich weiß, bemüht sich Carlos um Arbeit bei Ihnen. Aber hören Sie auf mich: Stellen Sie ihn nicht wieder ein!«

»Das habe ich nicht vor, aber warum nicht?«, erwiderte Jimmy.

»Weil ich glaube, daß er ein doppeltes Spiel spielt. Es macht mich wahnsinnig, daß Lacey Farrell in ihrem Versteck in Minneapolis von diesem Killer aufgespürt wurde.«

»Ach, da war sie also?«, bemerkte Landi. »Davon hatte ich keine Ahnung.«

»Ja, denn das wußte nur ihre Mutter. Sie brachte Lacey dazu es ihr zu sagen. Und weil ich sie ermutigt habe, Lacey zu fragen, wo sie wohnt, fühle ich mich verantwortlich.«

»Das war nicht gerade schlau von Ihnen«, sagte Landi.

»Ich habe auch nie behauptet, daß ich ein Genie bin. Ich habe nur mitbekommen, daß Mona völlig mit den Nerven fertig war. Auf jeden Fall hat sie an dem Abend, als sie erfuhr, daß Lacey in Minneapolis war, eine Ausgabe der *Minneapolis Star Tribune* gekauft und sie zum Abendessen mitgebracht. Ich habe gesehen, daß sie die Zeitung in die Plastiktüte schob, als ich an den Tisch kam, habe aber nicht danach gefragt und die Zeitung auch nie wieder gesehen. Aber worauf ich hinauswill: Während Mona auf der Toilette war und ich einen Gast begrüßte, ging Carlos an unseren Tisch und faltete die Servietten. Mir fiel auf, daß er sich an der Tüte zu schaffen machte, und es ist nicht auszuschließen, daß er einen Blick hineingeworfen hat.«

»Das sieht Carlos ähnlich«, sagte Landi. »Mir hat der Kerl noch nie gefallen.«

»Und dann hat er uns wieder am Freitag abend bedient, als Mona erwähnte, Lacey sei einem neuen Fitneßclub beigetreten. Einem mit Squash-Court. Es kann kein Zufall sein, daß ein paar Stunden später ausgerechnet in diesem Club jemand auftaucht und nach ihr sucht. Da muß man nur zwei und zwei zusammenzählen, habe ich recht?«

»Hmmm«, brummte Jimmy, »sieht so aus, als hätte Carlos sich am Freitag abend mehr als nur ein Trinkgeld verdient. Ich muß jetzt los, Alex. Bis bald.«

64

Ed Sloane war nicht entgangen, daß sein Partner allmählich in Panik geriet. Trotz der Kälte im Auto verströmte Nick Mars einen säuerlichen Körpergeruch. Auf seinem jungenhaften Gesicht glänzten Schweißperlen.

Sein untrüglicher Instinkt verriet Sloane, daß irgend etwas oberfaul war. »Ich glaube, es ist an der Zeit, daß wir reingehen und Miss Farrell abholen«, sagte er.

»Warum sollten wir, Ed?«, fragte Mars überrascht. »Wir kümmern uns um sie, wenn sie rauskommt.«

Sloane öffnete die Wagentür und zog seine Pistole. »Gehen wir.«

Lacey war nicht sicher, ob sie tatsächlich ein Geräusch von der Treppe her gehört hatte. Alte Häuser hatten manchmal ein Eigenleben. Sie spürte jedoch, daß sich die Atmosphäre im Zimmer verändert hatte, als wäre das Thermometer schlagartig gefallen. Lottie Hofmann bemerkte es auch; Lacey sah es an ihren Augen.

Später wurde ihr klar, daß es die Gegenwart des Bösen war, das sich heimtückisch anschlich und den Raum durchdrang – so real, daß es fast mit Händen zu greifen war.

Dasselbe Schaudern hatte sie gepackt, als sie sich im Wandschrank versteckte und Curtis Caldwell nach dem Mord an Isabelle die Treppe herunterkam.

Dann hörte sie es wieder. Ein kaum wahrnehmbares Geräusch, aber nicht zu verkennen. Das bildete sie sich nicht ein! Jetzt war sie ganz sicher, und ihr Herz fing wie wild an zu pochen. Jemand war auf der Treppe! Ich werde sterben, dachte sie.

Sie sah die Angst in Mrs. Hofmanns Augen und legte warnend den Finger auf die Lippen. Er kam ganz langsam die Treppe herunter und spielte Katz und Maus mit ihnen. Lacey sah sich im Zimmer um. Die einzige Tür lag direkt neben der Treppe. Es gab keinen Fluchtweg. Sie saßen in der Falle!

Ihr Blick fiel auf einen gläsernen Briefbeschwerer, der auf dem Kaffeetisch lag. Er war etwa so groß wie ein Baseball und sah schwer aus. Sie konnte nicht danach greifen, ohne aufzustehen, und das wollte sie nicht riskieren. Statt dessen berührte sie Mrs. Hofmann an der Hand und deutete auf den Briefbeschwerer.

Von Laceys Platz aus war nur die untere Hälfte der Treppe zu überblicken. Da stand der Mann jetzt. Durch die gedrechselten Holzstäbe sah Lacey einen auf Hochglanz polierten Schuh.

Mit zitternder Hand griff Lottie Hofmann nach dem Briefbeschwerer und reichte ihn Lacey. Lacey stand auf, holte aus, und als der Mörder, den sie als Caldwell kannte, in voller Größe zu sehen war, schleuderte sie ihm den Briefbeschwerer mit aller Kraft gegen die Brust.

Die schwere Glaskugel traf Caldwell direkt oberhalb des Magens, als er sich gerade anschickte, die letzten Stufen hinunterzueilen. Durch die Wucht des Aufpralls geriet er ins Stolpern, so daß er die Pistole fallen ließ. Lacey machte sofort einen Satz vorwärts, um sie mit einem Tritt außer Reichweite zu befördern, während Mrs. Hofmann auf wackligen Beinen zum Ausgang hastete und die Tür aufriß. Sie schrie.

Detective Sloane stürzte an ihr vorbei in die Diele. Gerade als sich Savaranos Finger um die Waffe schlossen, trat ihm Sloane fest auf das Handgelenk. Hinter ihm stand Nick Mars, zielte auf Savaranos Kopf und wollte gerade abdrücken.

»*Nicht*!«, schrie Lacey.

Sloane wirbelte herum und schlug seinem Partner gegen die Hand, so daß die Kugel, die für Savaranos Kopf bestimmt war, dessen Bein traf. Er heulte auf vor Schmerz.

Wie betäubt beobachtete Lacey, wie Sloane dem Mörder Isabelle Warings Handschellen anlegte, während draußen die Sirenen herannahender Polizeiautos schrillten. Endlich richtete sie ihren Blick auf die Augen, die sie seit Monaten bis in ihre Träume verfolgten. Eisblaue Iris, glanzlose schwarze Pupillen – die Augen eines Mörders. Aber dann erblickte sie etwas Neues darin.

Angst.

Plötzlich stand Bundesstaatsanwalt Gary Baldwin, umringt von seinen Mitarbeitern, vor ihnen. Er sah erst Sloane an, dann Lacey, dann Savarano.

»Also sind Sie uns zuvorgekommen«, sagte er mit widerwilligem Respekt. »Ich hatte gehofft, daß wir als erste da sind, aber trotzdem – das war ganze Arbeit. Meinen Glückwunsch.«

Er beugte sich über Savarano. »Hallo, Sandy«, begrüßte er ihn leise. »Ich habe nach Ihnen gesucht. Und der Käfig mit Ihrem Namen dran ist schon in Vorbereitung – die dunkelste, kleinste Zell in Marion, dem ungemütlichsten Bundesgefängnis im Land. Dreiundzwanzig Stunden am Tag unter Verschluß. Einzelhaft selbstverständlich. Wahrscheinlich wird's Ihnen nicht gefallen, aber man kann ja nie wissen. Manche Leute bleiben in Einzelhaft nicht besonders lange bei Verstand, und dann spielt es keine Rolle mehr. So oder so, denken Sie darüber nach, Sandy. Ein Käfig. Nur für Sie allein. Ein winzig kleiner Käfig. Den haben Sie dann ganz für sich bis ans Ende Ihrer Tage.«

Er richtete sich auf und wandte sich an Lacey. »Alles in Ordnung mit Ihnen, Miss Farrell?«

Sie nickte.

»Mit dem hier nicht.« Sloane ging auf Nick Mars zu, der kalkweiß geworden war, und nahm ihm die Pistole ab. Dann öffnete er die Jacke seines Partners und holte dessen Handschellen heraus. »Beweismittel stehlen ist schlimm genug. Aber Mordversuch ist noch um einiges schlimmer. Du weißt ja, wie's gemacht wird, Nick.«

Nick legte die Hände auf den Rücken und drehte sich um. Sloane fesselte ihn mit seinen eigenen Handschellen. »Jetzt sind es wirklich deine, Nick«, sagte er mit finsterem Lächeln.

65

Da Jimmy Landi den ganzen Nachmittag nicht mehr aus seinem Büro kam, schaute Steve Abbott schließlich bei ihm rein. »Jimmy, wie geht's?« fragte er.

»Besser denn je, Steve«, erwiderte Landi knapp.

»Du siehst aber nicht gut aus. Ich wünschte, du würdest aufhören, Heathers Tagebuch zu lesen. Das schlägt dir aufs Gemüt.«

»Und ich wünschte, du würdest aufhören mir zu sagen, daß ich es nicht lesen soll.«

»*Touché.* Ich verspreche, daß ich dir nicht mehr auf die Nerven gehe. Aber denk dran, Jimmy – ich bin immer für dich da.«

»Ja, Steve, ich weiß.«

Um fünf erhielt Landi einen Anruf von Detective Ed Sloane. »Mr. Landi«, sagte er, »ich rufe vom Polizeipräsidium aus an, weil ich denke, wir sind es Ihnen schuldig, Sie auf dem laufenden zu halten. Der Mörder Ihrer Exfrau ist in Haft. Miss Farrell hat ihn zweifelsfrei identifiziert. Er wird auch des Mordes an Max Hofmann beschuldigt. Und vielleicht können wir beweisen, daß er für den Unfall Ihrer Tochter verantwortlich ist.«

»Wer ist es?« Jimmy Landi merkte, daß er gar nichts empfand – weder Überraschung noch Ärger, nicht einmal Trauer.

»Er heißt Sandy Savarano. Ein bezahlter Killer. Wir rechnen damit, daß er uns bei den Ermittlungen voll und ganz unterstützt. Er will nicht ins Gefängnis.«

»Das will keiner«, sagte Jimmy. »Wer ist sein Auftraggeber?«

»Das werden wir voraussichtlich bald erfahren. Wir warten nur darauf, daß Sandy auf den rechten Weg findet. Außerdem ist uns noch ein etwas kleinerer Fisch an die Angel gegangen, den wir verdächtigen, das Tagebuch Ihrer Tochter gestohlen zu haben.«

»Verdächtigen?«

»Ja, rein rechtlich gesehen, obwohl er schon gestanden hat. Aber er schwört Stein und Bein, er hätte die drei unlinierten Seiten nicht genommen, die wir Ihrer Meinung nach verloren haben. Vermutlich hat Ihr Partner recht. Die sind nie bei uns angekommen.«

»Die sind nie angekommen«, stimmte Jimmy zu. »Das ist mir jetzt auch klar. Mein Partner weiß anscheinend eine ganze Menge.«

»Miss Farrell ist gerade hier und macht ihre Aussage, Sir. Sie möchte gern mit Ihnen sprechen.«

»Einverstanden.«

»Mr. Landi«, sagte Lacey. »Ich bin schrecklich froh, daß es vorbei ist. Für mich war es ein Martyrium, und ich weiß, wie schlimm es für Sie erst gewesen sein muß. Die Frau von Max Hofmann ist hier bei mir. Sie hat Ihnen etwas zu sagen.«

»Ja, bitte.«

»Ich habe Heather in Mohonk gesehen«, begann Lottie Hofmann. »Ein Mann war bei ihr, und als ich Max beschrieb, wie er aussah, hat er sich schrecklich aufgeregt. Er sagte, der Kerl sei ein Gangster, ein Drogenhändler, und niemand würde ihm das zutrauen, am wenigsten Heather. Sie hätte keine Ahnung, daß ...«

Obwohl sie die ganze Geschichte schon einmal gehört hatte, fröstelte Lacey bei dem Gedanken an die schlimmen Verbrechen, die verübt worden waren, nachdem Max Hofmann Heather vor ihrem Freund gewarnt hatte.

Sie hörte aufmerksam zu, als Mrs. Hofmann den Mann schilderte, den sie an jenem Tag gesehen hatte. Offensichtlich niemand, den *ich* kenne, dachte Lacey erleichtert.

Sloane nahm den Hörer von Mrs. Hofmann entgegen. »Kommt Ihnen der Mann, den sie beschrieben hat, bekannt vor, Sir?«

Er hörte einen Moment zu und wandte sich dann an Lacey und Mrs. Hofmann. »Mr. Landi wäre Ihnen sehr dankbar, wenn Sie jetzt gleich in sein Büro kämen.«

Lacey wünschte sich nichts sehnlicher, als daheim in ihrer Wohnung zu sein, in den Whirlpool zu steigen und anschließend ihre eigenen Sachen anzuziehen. Dann wollte sie zu Kit, um alle wiederzusehen. Es gab dort ein spätes Abendessen, und Bonnie durfte aufbleiben. »Aber nur auf ein paar Minuten«, sagte sie.

»Länger dauert es nicht«, versprach Sloane. »Und dann fahre ich Mrs. Hofmann nach Hause.« Sloane wurde ans Telephon gerufen, als sie das Präsidium verließen. Als er wiederkam, sagte er: »Bei Landi bekommen wir Gesellschaft. Baldwin ist unterwegs.«

Die Empfangsdame führte sie hinauf, wo Jimmy sie erwartete. Als Lottie Hofmann die schönen Möbel bewunderte, erklärte Jimmy: »Das Restaurant war früher halb so groß. Als Heather klein war, war das hier ihr Kinderzimmer.«

Lacey fühlte sich durch Landis gelassenen, fast gleichgültigen Tonfall an eine unnatürlich stille See erinnert, bei der eine heftige Unterwasserströmung in eine Flutwelle umzuschlagen droht.

»Schildern Sie mir bitte noch einmal genau den Mann, den Sie mit meiner Tochter gesehen haben, Mrs. Hofmann.«

»Er sah sehr gut aus, er –«

»Warten Sie. Ich möchte, daß mein Partner das mitanhört.« Er betätigte die Sprechanlage. »Steve, hast du einen Augenblick Zeit?«

Steve Abbott trat lächelnd ins Büro. »Gibst du jetzt dein Einsiedlerdasein auf, Jimmy. Oh, Verzeihung, ich wußte nicht, daß du Besuch hast.«

»Interessanten Besuch, Steve. Mrs. Hofmann, was fehlt Ihnen?«

Lottie Hofmann deutete auf Abbott. Sie war aschfahl im Gesicht. »Sie sind der Mann, den ich mit Heather gesehen habe. Sie sind derjenige, den Max als Drogenhändler und Gangster und Dieb bezeichnet hat. Sie sind schuld daran, daß ich allein bin …«

»Wovon reden Sie?« protestierte Abbott wütend. Die Maske der Freundlichkeit war gefallen. Mit einem Mal war es möglich, dachte Lacey, sich diesen gutaussehenden, liebenswürdigen Mann als Killer vorzustellen.

In Begleitung von einem halben Dutzend FBI-Agenten kam Bundesstaatsanwalt Gary Baldwin herein.

»Wovon sie redet, Mr. Abbott, ist, daß Sie ein Mörder sind, daß Sie den Auftrag gegeben haben, ihren Mann zu töten, weil er zuviel wußte. Er hat seine Stellung hier gekündigt, weil er gesehen hatte, was Sie trieben, und wußte, daß sein Leben keinen roten Heller wert war, wenn Sie dahintergekommen wären. Sie haben die alten Lieferanten wie Jay Taylor fallenlassen und sich bei Mafiafirmen eingedeckt, zum Großteil mit Diebesgut. Im Casino sind Sie genauso vorgegangen. Und das ist nur eine Ihrer Machenschaften.

Max mußte Heather darüber aufklären, wer Sie sind. Und Heather wiederum mußte sich entscheiden, ob sie es zulassen sollte, daß Sie weiterhin ihren Vater betrügen, oder ob sie ihm die Wahrheit sagen sollte.

Dieses Risiko wollten Sie nicht eingegehen. Savarano hat uns gesagt, daß Sie Heather angerufen und behauptet haben, Jimmy Landi hätte einen Herzanfall und sie müsse sofort nach Hause kommen. Savarano hat sie erwartet. Als Isabelle Waring nicht aufhörte, nach Beweisen dafür zu suchen, daß Heathers Tod kein Unfall war, wurde auch sie zu gefährlich.«

»Das ist eine Lüge«, rief Abbott. »Jimmy, ich habe nie –«

»Doch, das hast du«, sagte Jimmy mit ruhiger Stimme. »Du hast Max Hofmann getötet, genauso wie die Mutter meiner Tochter. Und Heather. Du hast sie ermordet. Warum mußtest du dich an ihr vergreifen? Du hättest jede Frau haben können, die du wolltest.« Jimmys Augen loderten vor Zorn. Seine Hände ballten sich zu gewaltigen Fäusten, und sein schmerzerfüllter Schrei dröhnte durch den Raum. »Du hast mein Kind bei lebendigem Leib verbrennen lassen«, brüllte er. »Du ... du ...«

Er machte einen Satz über den Schreibtisch, und seine kraftvollen Hände schlossen sich um Abbotts Kehle. Nur mit vereinten Kräften gelang es Sloane und den FBI-Agenten, seinen tödlichen Griff zu lockern.

Jimmys qualvolles Schluchzen hallte im ganzen Haus wider, als Baldwin Steve Abbott verhaftete.

Sandy Savarano hatte sein Abkommen mit der Staatsanwaltschaft vom Krankenhausbett aus unter Dach und Fach gebracht.

Um acht Uhr traf der Fahrer ein, den Jay geschickt hatte, um Lacey in ihrer Wohnung abzuholen. Er wartete in der Eingangshalle auf sie. Lacey war zwar ganz darauf versessen, ihre Familie wiederzusehen, aber einen Anruf mußte sie noch erledigen. Sie hatte Tom soviel zu erzählen, soviel zu erklären. Baldwin, nun plötzlich ihr Freund und Verbündeter, hatte gesagt: »Sie sind jetzt aus dem Schneider. Wir haben eine Absprache mit Savarano getroffen, folglich brauchen wir Ihre Aussage nicht, um Abbott dingfest zu machen. Sie sind also außer Gefahr. Aber halten Sie sich eine Weile bedeckt. Warum fahren Sie nicht einfach in Urlaub, bis sich die Wogen geglättet haben?«

Nur halb im Scherz hatte sie erwidert: »Sie wissen ja, ich habe eine Wohnung und einen Job in Minnesota. Vielleicht sollte ich einfach dahin zurückgehen.«

Sie wählte Toms Nummer. Die inzwischen so vertraute Stimme klang angespannt und besorgt. »Hallo«, meldete er sich.

»Tom?«

Ein Freudenschrei. »Alice, wo bist du? Geht's dir gut?«

»Mir ist es nie besser gegangen, Tom. Und dir?«

»Ich bin krank vor Sorge! Seit du verschwunden bist, habe ich fast den Verstand verloren.«

»Das ist eine lange Geschichte. Ich werde sie dir ein andermal erzählen.« Sie hielt inne. »Nur noch eins: Alice wohnt hier nicht mehr. Glaubst du, du könntest dich daran gewöhnen, mich Lacey zu nennen? Ich heiße Lacey Farrell.«